SUITE NOIRE
DistelLiteraturVerlag

Chantal Pelletier (geb. 1949) ist Schauspielerin, Drehbuchautorin, Dramatikerin und Schriftstellerin. Nach mehreren Romanen kam sie 1998 mit «Eros et Thalasso» zur *Série Noire*. Sie vermischt die gefühlsbetonte Schärfe eines sozialen Blicks mit distanziertem Spott und war so, auch dank ihres schwarzen Humors und der ausgefeilten Dialoge, eine der ersten Frauen, die sich im «Roman noir» durchgesetzt haben.
Bei Distel sind von Chantal Pelletier bisher erschienen: «Eros und Thalasso», «Bocksgesang» und «More is less».

Chantal Pelletier

Schießen Sie auf den Weinhändler

Aus dem Französischen von
Katarina Grän

DistelLiteraturVerlag

«Schießen Sie auf den Weinhändler» ist in der Reihe SUITE NOIRE,
herausgegeben von JEAN-BERNARD POUY,
bei Éditions La Branche (Paris) unter dem Titel
«Tirez sur le caviste»
erschienen und ist eine Hommage an: «Tirez sur le pianiste»
(«Down There», 1956) von David Goodis
(Série noire Nr. 379, 1957, Éditions Gallimard).
Das Buch wurde verfilmt von Emmanuelle Bercot, produziert von
AGORA FILMS (Paris) für FRANCE 2 und ARTE.

Ouvrage publié avec le concours du
Ministère français de la culture –
Centre national du livre

Dieses Buch erscheint mit Hilfe des
französischen Kultusministeriums –
Centre national du livre

Deutsche Erstausgabe

Umschlagentwurf: Jürgen Knauer, Heilbronn
Photos: © AGORA FILMS, Paris
Druck und Bindung: Druckerei Steinmeier GmbH, Nördlingen
ISBN 978-3-942136-01-3

I

Die Sellerie-Remoulade war widerlich und meine Frau wirklich eine zu schlechte Köchin, ich habe es nicht mehr ausgehalten, ich habe geschossen. Sie fiel auf der Stelle um, ohne zu schreien, ihre Augen haben sich nur ein wenig geweitet, nach der Art *was ist denn mit dir los?* Sie war meine Scherze gewohnt, ich war stets zu Scherzen aufgelegt, aber sie hat ziemlich schnell begriffen, dass dies kein Scherz war, und ihr Kopf ist zur Seite gekippt. Dieses Mal ist ihr nichts mehr eingefallen, aus und vorbei!

Ich habe einen Schluck Rotwein des Hauses getrunken, einen 95er, einen meiner besten Jahrgänge. Er war sehr lebendig, mit einem Anklang von Brioche in der Nase. Ich war zufrieden. Natürlich lag meine Frau in der Küche ein wenig im Weg, aber sie rührte sich nicht, und sie hatte nicht lange rumgemuckst, ein Glück, ich habe es gerne, wenn die Dinge glatt laufen.

Es war acht Uhr abends, Ende November, es war schon lange dunkel, ich habe die Sellerie-Remoulade in den Mülleimer geworfen, meine Frau hat es nie verstanden, eine annehmbare Mayonnaise zu machen, ich hätte schon viel früher reagieren sollen, aber wir sind da alle gleich, wir lassen die Dinge schleifen. Bei meiner Frau hatte ich aus Faulheit, aus Schwäche gezögert. Ich habe mich arrangiert, weil ich gelernt hatte zu kompensieren, ich ging oft ins Restaurant und manchmal habe ich mich sogar selber an den Herd gestellt. Das ist doch der Gipfel!

Ich habe mir einen Kir eingeschenkt, mit echter Crème de Cassis, die ich jedes Jahr extra von einem Hersteller in Dijon kaufe, das ist sozusagen die echte, kein Sirup, ein Kilo Früchte, ein Liter achtzigprozentiger Alkohol, ein Kilo Zucker zum Einlegen, ein Liter Wasser zum Aufkochen, knapp zwei Minuten, aber man merkt das Wasser nicht. Dieses besonders gewagte Elixier, nicht so süß wie das Grundrezept, konnte nicht eine Sekunde mit Konfitüre verwechselt werden, nein. Eine Diva, vom Alkohol in ein großes Symphonieorchester getragen, der Bursche, der das machte, war ein Künstler, nicht wie meine Frau.

Ich habe also ein paar Tropfen von diesem Nektar auf den Boden eines Glases geschenkt, sie mit einem Weißwein aus unserer Gegend verdünnt, schön trocken, schön kühl, und diesen friedlichen

Moment genossen, ich hatte so wenige davon gehabt. Es war schön warm, dabei musste es draußen verdammt kalt sein, ich habe mir einmal mehr dazu gratuliert, nicht bei der Heizung geknausert zu haben, ich mochte meinen Komfort, man lebt schließlich nur einmal. Das ist das, was meine Frau hätte denken können – die im Übrigen nie viel gedacht hat –, wenn sie nicht steif auf dem Boden gelegen wäre. Denn damals war ich so blöd, ich habe geglaubt, die Toten denken nicht! Sie behielt ihre Gedanken jedenfalls für sich, den Kopf zwischen dem Mülleimer und der Spüle, nicht gerade sexy, was die Kleidung betraf, ein weiter schwarzer Rock und ein alter grauer Pulli. Sie hat es nie verstanden, sich zu kleiden! Während ich meinen Weißwein mit Cassis trank, empfand ich keinerlei Reue, es gab Grenzen bei dem, was ein Mann ertragen konnte. Eine Frau, die weder attraktiv noch eine gute Köchin ist, ist ermüdend, ich war geduldig genug gewesen. Wenn man zwanzig Jahre zusammen lebt, sollte eine Ehefrau den Geschmack ihres Mannes kennen und ihm immerhin eine gewisse Aufmerksamkeit entgegenbringen. Sie wusste genau, dass ich bei der Sellerie-Remoulade keinen Spaß verstand, die, zugegeben, nicht ganz einfach hinzubekommen ist. Aber man ist ja lernfähig. Davon war ich damals jedenfalls überzeugt, heute, im Nachhinein, bin ich da längst nicht mehr so sicher. Das

Kochen ist eine Begabung, entweder man hat sie, und wenn man daran arbeitet, erreicht man etwas, oder man hat sie nicht, na ja dann, vergiss es.

Apropos attraktiv: meine Frau war anmutig gefallen, das war sonst gar nicht ihre Art, sie lag der Länge nach ausgestreckt flach auf dem Rücken, ein Lächeln auf den Lippen, die Augen ruhten auf dem Ofen, in dem doch eigentlich gar nichts brutzelte. Sie blutete nicht übermäßig, hatte nur einen roten Fleck auf der linken Brust, einen hübschen Farbtupfer, der ihrer schwarzen und grauen Kleidung, die diese Abwechslung dringend brauchen konnte, ein wenig Fröhlichkeit verlieh. Wie dem auch sei, es zeugte von einem Mangel an Geschmack, wenn man Trauerkleidung wählt, wo doch keineswegs vorauszusehen war, dass man in den nächsten Stunden sterben wird.

Bevor ich wegging, habe ich nachgesehen, ob Viviane ihrerseits auch wirklich gegangen war, denn sie war die Sorte Frau, bei der man gar nicht misstrauisch genug sein konnte. Man wähnte sie tot und traf sie mitten in der Nacht beim Zähneputzen wieder. Sie war zu allem fähig, außer dazu, eine anständige Mahlzeit zuzubereiten, oder jedenfalls viel zu selten. Sie war von Anfang an eine schlechte Wahl gewesen. Ich neigte beim Essen eindeutig ein wenig zu Kompromisslosigkeit, was mir ganz normal erschien, nichts im Leben nimmt so viel Zeit in Anspruch, außer schlafen.

Ich aß vier Mal am Tag, und ich sah nicht ein, warum ich Tausende von Malen im Jahr einen Albtraum durchleben sollte. Als ich jung war, habe ich nicht ausreichend nachgedacht, sonst hätte ich mir meine Heirat besser überlegt, ich hätte meinen Vater das nicht auf seine Art arrangieren lassen. Ich habe teuer für meine Schwäche bezahlt, ich habe mich in der Frau getäuscht, das geschah mir recht, man konnte sich nicht immer nur beklagen, man musste auch seine Fehler eingestehen. Seitdem habe ich Zeit gehabt, meine Fehler zu ermessen, und mit dieser Arbeit bin ich noch nicht fertig, aber ich habe nichts anderes mehr zu tun, also ermesse und ermesse ich.

Viviane und ich hatten schon seit einer ganzen Weile in der Verlängerung gespielt, ohne die geringste Hoffnung, einen Elfmeter zu verwandeln. Sie hatte schon in den Jahren zuvor heimlich geplant abzuhauen, ich hatte ihre Pläne gerade noch rechtzeitig durchkreuzt. Ich war nicht die Sorte Mann, den man einfach so aus einer Laune heraus verlassen konnte, im Nachhinein hätte sie sich vor Sehnsucht nach mir verzehrt, ich hatte es vorgezogen, ihr diese Qual zu ersparen.

Von nun an würde Viviane weder Sehnsucht noch Ärger haben, das war schon besser so. Ich habe mich über sie gebeugt, um sie zu befühlen, sie begann kalt zu werden, und es schlug nirgends ein Puls, weder am Handgelenk noch am Hals. Ich habe ihr die Augen geschlossen, sie hatte ja das Recht, in Frieden zu ruhen, wie man so sagt.

Bei alledem bekam ich Hunger. Auf dem Herd köchelte auf kleiner Flamme etwas in einem Topf, ich hob den Deckel hoch, ein *Bœuf bourguignon* tänzelte in seinem schönen braunen Kleid, das war sicher das Gericht, das Viviane am besten hinbekam, jedenfalls am wenigsten verdarb. Ich drehte das Gas ab. Die letzte Bemühung meiner Gattin würde sich bestens als Essen für Morgen eignen, Fleisch in Sauce schmeckt aufgewärmt besser.

Ich bin einen *Tête de veau* im «Rince-Doigts» essen gegangen, der Kneipe gegenüber der Kirche, wo die Säufer aus der Gegend wie jeden Abend krügeweise Weißwein tranken und drei Angetrunkene grölend Karten spielten. Zu viel Senf in der *Sauce ravigote*, es würde genügen zu sagen, «Senf in der *Sauce ravigote*», was an sich schon ein Frevel ist, die *Sauce ravigote* ist eine Vinaigrette, keine Senfsauce, man fügt dem Essig und Öl Kapern, gehackte Zwiebeln, Petersilie, Kerbel, Schnittlauch und Estragon hinzu, salzt, pfeffert, nicht weiter schwierig, kein Bedarf an Senf, aber es handelte sich weniger um einen Fehler, als um Betrug! Mir machte man nichts vor, die List war zu plump. Der Koch konnte sich noch so sehr mit dem Senf austoben, um seinen Fehler zu kaschieren, ich habe schon beim ersten Bissen gemerkt, dass nicht mehr Kerbel in der Melange war als Fantasie in der Kleidung meiner Frau, die gerade dem Mülleimer Gesellschaft leistete.

Was eben das anbelangte, hatte ich beschlossen, mir wegen der Leiche keine Sorgen zu machen, mir würde schon etwas einfallen, sich nur nicht den Kopf zerbrechen. Meine Frau würde ohnehin niemandem groß fehlen außer mir, niemand würde sich ihretwegen Sorgen machen, überhaupt kein Grund, Angst zu haben. Ich hatte alle Zeit der Welt.

Der *Tête de veau* war perfekt, er duftete köstlich, der Sud musste es in sich haben. Im Herzen der Rolle, wo die Knorpel knackten und die Schwarten zerschmolzen, war die Zunge versteckt, fürstlich, fest und zart. Das war gut, ich habe es so genossen, dass ich darüber die unverzeihlichen Verirrungen mit der Sauce vergessen habe, und außerdem war es reichlich, ich konnte auf das «Rince-Doigts» zählen, sie würden mich öfter sehen, jetzt, wo ich keine Köchin mehr hatte. Ich beendete meine Mahlzeit mit einem *Saint-Nectaire*-Käse, zu kalt und zu hart, der mehr nach Kühlschrank als nach den Wiesen der Auvergne roch, aber man durfte wirklich nicht kleinlich sein. Ich saß niedergeschlagen vor meinem starken doppelten Espresso und seufzte.

Ich bin trotz allem gesättigt wieder nach Hause gegangen. In der Küche hatte meine Frau sich nicht gerührt, zwangsläufig, aber sie lag in der Küche wirklich im Weg, ich war pausenlos gezwungen, über sie hinwegzusteigen. Für eine Frau, die ich schon seit langem nicht mehr ehrte, war dies vielleicht eine Ehre, aber sie durfte nicht zu lange dauern, ich verabscheute unnötige Anstrengungen. Ich stellte ihr den Fernseher an und ging in den Lagerkellern herum, während ich mich fragte, wo ich sie wohl loswerden könnte. Auf meinen Hunderten und Aberhunderten von Quadratmetern fehlte es nicht an Plätzen, um eine Leiche verschwinden zu lassen. Die Fässer, die Bottiche, die Pressen…

Ich bin überall ein wenig herumgeschlendert, während ich nachdachte. In der Essigfabrik habe ich sogar an die «Schiffe» gedacht, diese großen Fässer, in denen mein Vater früher Essig machte, den er unter unserem Firmenzeichen «Ledoux et fils» vermarktete. Seit Jahren waren sie ungenutzt. Die Idee gefiel mir gar nicht schlecht. Dass meine Frau ein «Schiff» nähme, um zu sehen, ob die Trauben woanders reifer waren, erschien mir treffend, und außerdem stellte ich mir vor, dass der Essig ihr eine schöne karmesinrote Farbe verleihen würde, die sie dringend brauchte.

Ich fing an zu gähnen, ich begann müde zu werden, ich habe mich lieber schlafen gelegt und den Transport und das endgültige Verschwinden der Leiche auf morgen verschoben, die Nacht würde Rat bringen, selbst wenn sie, was bei mir seit langem der Fall ist, nie sehr lang war. Im Winter wie im Sommer stand ich jeden Morgen um vier Uhr auf, frisch und munter.

Wohl ausgeruht würde ich am nächsten Morgen bei Tagesanbruch alle Zeit der Welt haben, um meiner Frau eine letzte Ehre zu erweisen, und ich beschloss, sie eine letzte ruhige Nacht in der Küche verbringen zu lassen, deren Wert sie nicht zu schätzen gewusst hatte. Viele Frauen hätten vor Freude geweint, wenn sie so eine bekommen hätten. Ich hatte ein Vermögen bei einem Küchenhersteller gelassen, der die ganzen Stars und Profis der Gastronomie ausstattete. Meine Frau hatte über dem Katalog davon geträumt, ich hatte sie ihr geschenkt. Sie wird sich nun schwertun, noch einmal einen so großzügigen Mann wie mich zu finden. Schlechte Köche haben definitiv nicht viele gute Eigenschaften und kultivieren zu viele Mankos, insbesondere sind sie nicht zu Dankbarkeit fähig, meine Frau war der mehr tote als wandelnde Beweis dafür, aber dennoch der Beweis.

Im Bett habe ich ein kleines Glas alten Marc getrunken, um den Zahnpastageschmack zu vertreiben, und bin eingeschlafen wie ein Baby, glücklich und zufrieden, keine schnarchende Frau an meiner Seite zu haben.

Als Christian am nächsten Tag Punkt sieben Uhr dreißig gekommen ist, war ich bei der Zwischenmahlzeit in der Küche, im Grunde bei meinem rituellen zweiten Frühstück. Dem Kaffee und den bestrichenen Baguette-Broten nach dem Aufstehen folgten, drei Stunden später, das Glas Weißwein, eine Terrine, ein kleines Ragout, ein Hasenpfeffer, ein Kalbsfrikassee, kurz, etwas Geschmortes, von dem ich einen Teller mit einer dicken Scheibe von einem Brotlaib aß, und manchmal, als Vorspeise, eine Salami aus der Herstellung meines Cousins, kein Zeug aus dem Supermarkt, reines, mit Kartoffelschalen gemästetes Schwein, alle Düfte des Morvan, die einem bis hinten in den Gaumen stiegen, und zerstoßener Pfeffer, der, von den Zähnen zermalmt, Aromen freisetzte, die einen Toten aufgeweckt hätten.

Apropos Toter, da mir Antworten immer lieber als Fragen waren, bin ich Christian zuvorgekommen, der sich wie jeden Morgen seine Schale Kaffee mit Milchpulver eingeschenkt hatte, darauf legte ich Wert, ich habe meine Angestellten nie schlecht behandelt.

«Da haben wir's, die Chefin hat ihre Koffer gepackt.»

«Ruanda?»

Volltreffer, Christian. Lieber noch als Antworten waren mir Fragen in Form einer Antwort, und Christian hatte natürlich die richtige getroffen. Nicht nötig, eng vertraut mit meiner Frau zu sein – das war übrigens niemand wirklich, nicht einmal ich –, um zu wissen, dass sie seit Jahren davon träumte, sich auf den Weg zu machen, um das Elend der Welt in den Gegenden zu lindern, in denen es sich zusammenballte. Meine Frau war so, sie sammelte Kleider für die Armen, wurde Patin von Hunger leidenden Kindern, hatte ein Patenkind in Afrika, ein weiteres in Asien, sie war so, mit einem großzügigen Herzen, das schließlich trotz allem unter ihrer linken Brust zerfetzt war, als würde Großzügigkeit sich nicht immer auszahlen.

«Alle Achtung!»

Christian schüttelte den Kopf, beeindruckt. Viviane galt seine grenzenlose Bewunderung, da er selbst nie aus dem Department herausgekommen war, und erst recht nicht aus der Bourgogne, außer einmal, um an einem Boule-Wettkampf in Lavandou teilzunehmen, und das hatte ihn stark geprägt. Er hatte keine Ahnung, dass die ebenso abenteuerliche wie mildtätige Gesinnung meiner Gattin niemandem mehr helfen würde. Auch regte nichts den Verdacht in ihm, dass sie ihr Leben für eine widerliche Sellerie-Remoulade gelassen hatte. Keine Spur mehr von dem gestrigen Zwischenfall in der Küche, die Leiche war verschwunden, ich hatte gute Arbeit geleistet. Ciao, Bella!

«Also hat sie… Sie ist wirklich…»

Ich dachte schon, er würde sagen, sie wäre wirklich kein Schlappschwanz, was für jeden unangenehm gewesen wäre, das muss er geahnt haben, und sein Gestammel hat sich in seiner Schale Robusta-Milchpulver-Kaffee verloren. Christian war kein großer Redner, wenn er für seine Redegewandtheit bezahlt werden müsste, wäre er sicher nicht an den gesetzlichen Mindestlohn herangekommen.

«Tja, Ruanda», habe ich gesagt. «Irgendein Ort hat sich mit Hilfe ich weiß nicht was für einer Organisation befreit. Sie hat nicht lange gefackelt, mein Lieber, sie hat sich sang- und klanglos aus dem Staub gemacht.»

«Na, dazu braucht man Mut, sag ich!»

«Den hat sie, sie hat mich verblüfft! Wenn man Monate an einem derartigen Ort verbringen will, kann es einem nicht an Courage fehlen, soviel ist sicher!»

«Monate?»

«Sie kommt nicht vor Weihnachten nächstes Jahr zurück, und selbst das ...»

«Das muss ja komisch für Sie sein!»

«Pah! Das ist ein Opfer für sie wie für mich, aber man muss als Paar eine offene Geisteshaltung haben, sonst erträgt man es auf Dauer nicht zu zweit!»

Christian hat den Kopf geschüttelt, ich weiß nicht recht, was in seinem kleinen Spatzenhirn vorging. Er war ein guter Junge, er hatte mit achtzehn Jahren im Knast gesessen, wegen einer

Raubüberfall-Geschichte, in die er sich hat hineinziehen lassen, und er hat es ausbaden müssen, er war zu einfältig, ich würde sogar sagen an der Grenze zu schwachsinnig. Abgesehen von dieser Geistesschwäche, konnte ich mich nicht über ihn beklagen, er war mit Leib und Seele bei der Arbeit, und wenn er nicht viel zwischen den beiden Ohren hatte, war das nicht immer von Nachteil. Sein Strafregister machte mir keine Angst, ich wusste, dass er mir meine Großzügigkeit hundertfach zurückzahlen würde, so laufen die Geschäfte, gib du mir, so geb ich dir.

Ich habe mein Glas Weißwein ausgetrunken, und wir sind die Flaschen füllen gegangen, wir hatten für Ende der Woche eine Lieferung von fünfhundert Litern vorzubereiten.

Mittags habe ich Christian angeboten, zum Essen mit zu mir zu kommen, ich habe das *Bœuf bourguignon* aufgewärmt. Es war ein Gedicht, das Fleisch hatte die Sauce so gut durchtränkt, die Sauce hatte das Fleisch so gut durchtränkt, der gekochte Wein, die Gewürzkräuter, die Karottenscheiben, die Zwiebeln, das Ganze ergab eine schmackhafte Mischung, zart, und das alles zerging einem im Mund. Die letzte Mahlzeit meiner Frau war gelungen, sie hatte schließlich doch nicht nur Fehler. Wenn man richtig suchte, konnte man sogar einige Vorteile entdecken, sie war mutig und hatte sich für ihr Alter gar nicht schlecht gehalten, also bei dem Gedanken musste ich lachen.

Daher habe ich auf ihr Wohl getrunken, mit einem Rotwein natürlich, einem Mâcon, der begann, sich in Richtung eines zarten Orange aufzuhellen, eine Nase Cyrano und ein Bukett, das eher einer Vermählung als einer Beerdigung würdig war, kurz, ein Hochgenuss, ein Wein des Hauses selbstverständlich, zu Hause trinke ich nur Wein aus eigener Herstellung, ich bin doch nicht blöd.

Am Nachmittag sind wir gut mit der Arbeit vorangekommen, und am Abend bin ich wieder ins «Rince-Doigts» gegangen. *Côte de veau* mit *Gratin dauphinois*. Das Fleisch, mit Weißwein abgelöscht, sah edel aus und schmeckte gut, das Gratin ließ zu wünschen übrig, sie hatten fade, weichkochende Suppenkartoffeln genommen, man fragt sich warum, das ergab einen grauen Brei, der nach Eisen und Wasser schmeckte. Ich habe beschlossen, mein Elend geduldig zu ertragen, und habe mich mit einem Camembert getröstet, der gerade zu zerlaufen begann, wie es sich gehörte.

Allmählich nahm mein neues Leben Gestalt an. Hin und wieder brachte ich Abwechslung in meine Vergnügungen und fuhr fünf Kilometer weiter zum «Relais du Château». Es kam auch vor, dass ich mir ein schön weiches Omelette aus vier oder fünf Eiern mit Schnittlauch machte, das ich mit

Kartoffeln der Sorte «La Ratte» aus dem Garten begleitete, von denen ich noch einen ordentlichen Vorrat auf dem Speicher hatte. Ich schälte sie kaum und wischte sie mit einem Geschirrtuch ab, bevor ich sie in eine Kupferpfanne mit reichlich schäumender Butter warf, ich ließ sie durch die Luft wirbeln, sie fielen kullernd wie Murmeln in ihren honigfarbenen Saft zurück und bildeten eine tabakfarbene Kruste. Zum Schluss fügte ich grobes Salz hinzu, ein Lorbeerblatt, und los geht's mit dem schön knusprigen Panzer auf meinen Teller, ich spürte, dass ich einen dieser großen Momente erlebte, in dem das Feste und das Weiche die Katastrophenstimmung besiegten, einen dieser seltenen Augenblicke, dem ich selbst tot noch nachtrauern würde, das wusste ich jetzt schon. Manchmal schob ich auch gefüllte Tomaten in den Ofen, von denen Viviane jeweils drei in Plastikschälchen in die Tiefkühltruhe gelegt hatte, bevor sie nach Ruanda ging. Ich gebe zu, dass meine Frau zumindest in gewissen Dingen vorgesorgt hat.

Viviane ließ nicht viel von sich hören, aber dort bei ihr im Busch stand es sicher weder mit der Post noch mit dem Telefon zum Besten, und ich machte mir keine Sorgen. Niemand machte sich übrigens Sorgen. Doch dafür ging es mir nicht besonders gut, nicht seelisch, nein, ich meine physisch.

Ich war ungewöhnlich müde, die Mahlzeiten im Restaurant bekamen mir nicht. Ich musste eine Lösung finden. Weihnachten ist vorbeigegangen. Keine Familienfeier, Gott sei Dank, ich hatte keine Familie, außer einem Neffen, der in Paris lebte und den ich nie sah. Viviane und ich hatten keine Kinder, zum Glück, meine Frau hatte mir nie damit in den Ohren gelegen, einmal eine Fehlgeburt, und sie hatte deswegen kein allzu langes Theater gemacht. Wir hatten mit dem Weinberg und Weinkeller, den ich von meinem Vater geerbt hatte, der mit achtundfünfzig Jahren mitten in der Weinlese an einem Herzinfarkt gestorben war, genug zu tun. Durch sein Hinscheiden hatte sich meine Arbeit verdoppelt, zumal meine Mutter, die sich um den Papierkram kümmerte, ihm zwei Jahre später ins Grab gefolgt war, sie ertrug ihr Leben als übrig gebliebene Hälfte nicht. Ich hatte die Verwaltungsarbeit weitergeführt, die ich nicht mochte, aber ohne ging es nicht, ich hatte keine Wahl. Viviane war zu nichts zu gebrauchen, der Kummer beim Tod meiner Eltern hatte sie in die große Jauchegrube der Depression gestürzt, die sich seit ihrer Fehlgeburt zu füllen begonnen hatte. Zu gefühlsduselig, nichts zu machen, kein Wunder, dass sie in Ruanda geendet ist, wenn man freiwillig in solche Länder ging, durfte man nicht alt werden wollen.

Kurz, das Ganze war jahrelang nicht leicht für

mich gewesen, Tote und Deprimierte waren der Arbeit nicht förderlich, und ich hatte für vier arbeiten müssen. Zumal der Weißwein, mein Haupterzeugnis, seit anderthalb Jahrzehnten wie warme Semmeln wegging, die Amerikaner und die Japaner importierten, was das Zeug hielt, und man musste schließlich liefern. «Ledoux et fils» war in Tokio und Los Angeles bekannt wie ein bunter Hund, und bei alledem schuftete mein Dummkopf von Christian wie ein Esel.

Wir hatten eine AOC für das Weinbaugebiet erhalten, das außerdem durch seine romanischen Kirchen berühmt war, und die Region, die Gemeinden und das Department hatten sich zusammengeschlossen, um den Stein und den Wein, die tausendjährige Vergangenheit und die Zukunft der Weinkeller des Jet-Sets, bestmöglich zu vermarkten.

Als Viviane fort war, hatte ich also Weihnachten meine Ruhe. Ich habe mir Gastronomie-DVDs gekauft, davon waren massenweise in dem Versandhauskatalog, den meine Frau seit Ewigkeiten kostenlos bezog, weil sie vor unserer Heirat Grundschullehrerin gewesen war. Sie konnte diesen verdammten Katalog stundenlang anschauen, angeblich ließ sie das ein wenig rumkommen. Ich hoffte, dass sie nun wenigstens in Ruanda die Gelegenheit hätte, ein wenig rumzukommen.

Ich habe einen Weihnachtsabend vor einer hübschen Auswahl aus Leberpastete und Kaviar verbracht und zwei Flaschen *Blanc de blanc* getrunken, die mein Vater für seine Enkel zurückgelegt hatte, die nie zur Welt kommen würden, um ihn zu trinken, ich musste mich wohl oder übel opfern.

Etwa vierzehn Tage nach Weihnachten, nein, eine Woche, ich weiß nicht mehr, ich glaube, es war der Epiphanias-Sonntag, bin ich nach Mâcon gefahren, um an einer Weinmesse teilzunehmen. Die Aussteller waren in den Genuss eines feuchtfröhlichen Festschmauses gekommen. Ich stand noch unter dem Schock der Tauben mit *Foie gras*, die man uns zwischen der Vorspeise und dem Hauptgericht serviert hatte. Man musste in ein und demselben Bissen Füllung, Sauce und Fleisch genießen. Die Liebe auf den ersten Blick widerstand jeder Analyse. Es schien mir, als hätte ich eine Spur wahrscheinlich flambierten Whisky ausgemacht, einen ordentlichen Schuss kräftigen Weißwein, Landschinken, *Foie gras de canard*… aber das erklärte nicht alles, es blieb vor allem das Wunder, die einwandfreie Harmonie, und ich ertappte mich dabei, dass ich Viviane das erste Mal seit ihrem Fortgang vermisste. Wenn sie da gewesen wäre, hätte ich sie bedrängt, sich in ein gründliches Studium der Taube zu vertiefen, wobei sie sich auf unsere Kochbuchsammlung, eine Bibliothek von fünfhundert Bänden, hätte stützen können. Ich behielt auf jeden Fall die Idee des in die Sauce integrierten Taubenkleins im Hinterkopf, das dieser seinen ganzen Saft abgegeben hatte.

Um zu versuchen, mich von so viel Ergriffenheit zu erholen, habe ich mir die Beine um den Place Gambetta herum vertreten. In einer Nebenstraße verkaufte übrigens ein Feinkostgeschäft Schweinsfüße in Aspik, an die ich mich noch gut fünfzehn Jahre, nachdem ich sie gelutscht hatte, erinnerte.

Ich überquerte den Place Gambetta, als ich an Aline vorbeigekommen bin, ohne sie richtig wahrzunehmen, dennoch hatte sich ihr Bild ausreichend in mir festgesetzt, um mich kehrtmachen zu lassen. Ein junges Mädchen saß auf einer Bank und aß Sellerie-Remoulade aus einer Plastikschale! Sie war jung, das war eher nachteilig, aber höchstwahrscheinlich war sie sehr arm, was ein mächtiger Vorteil war, das habe ich mir gleich gesagt, ich hatte unverhofftes Glück. Schlecht gekleidet, Haare wie ein Heuschober, wirklich total fertig, aber, um die Wahrheit zu sagen, das interessanteste Detail, das sich mir unbewusst eingeprägt und mich zur Umkehr gezwungen hatte, war, mit welcher Feinfühligkeit und Esslust diese Nana ihre Plastikgabel in die Schale tauchte. Eine Künstlerin, ein Star des Hors-d'œuvres, ein Genie der Mayonnaise! Ihr üppiger Mund kaute mit einer Wollust, die meine Sinne weckte, ich war ganz aufgewühlt. Ich habe mich neben sie auf die Bank gesetzt und zugesehen, wie sie sich ganz in ihren Genuss vertiefte. Ich war so verstört, dass ich wie auf den Mund gefallen war.

«Guten Appetit», habe ich gesagt.

Sie hat mit ihrem kleinen, erregenden Spielchen weitergemacht und die Gemüse-Rohkost mit einer Lust verschlungen, die eine Erektion bei mir hätte auslösen können, wenn ich für solche primitiven Anwandlungen noch anfällig gewesen wäre.

«Schmeckt's?»

«Zu viel Senf, nicht der kleinste Stängel Petersilie, das ist industriell hergestellt, hat nichts mit hausgemacht zu tun», hat sie gebrummt.

Dieser verdrießliche, aber kennerische Kommentar zu meinem Lieblings-Hors-d'œuvre übertraf meine Hoffnungen, ich stand kurz vor einem Herzkollaps.

«Sie können eine Sellerie-Remoulade zubereiten?»

«Das ist meine Spezialität!»

«Das interessiert mich!»

«Ich schneide die Sellerieknolle in vier oder fünf Stücke und blanchiere sie eine Minute … Das ändert alles!»

In der Tat, dieses Detail änderte alles, sobald Viviane aus Ruanda zurückkehrte, würde ich ihr den Trick stecken, ich war sicher, dass diese ganz einfache Idee niemals ihr armes Hirn gestreift hatte. Die Erfindungsgabe und Geistesgegenwart dieser jungen Frau verschlugen mir die Sprache. Ich brauchte sie, mit oder ohne ihr Einverständnis, ich zog in Erwägung, sie zu entführen, wenn sie sich wehrte, hopp!, ich würde sie kidnappen, sie zu mir nach Hause verfrachten, Schluss mit den Restaurants, das wahre Leben gehörte mir. Seit Viviane weg war, ist mir hin und wieder der Gedanke durch den Kopf gegangen, eine Köchin einzustellen. An Kohle fehlte es nicht, meine Konten bei «Crédit Agricole» waren gut gefüllt, aber es hatte noch nicht Klick gemacht. Dafür brauchte ich einen seltenen Vogel, und der war da, auf dem Place Gambetta, der auf Sellerie-Remoulade spezialisierte seltene Vogel, Irrtum ausgeschlossen.

Ich habe beschlossen, nicht lange um den heißen Brei herumzureden:

«Doppelt soviel wie der gesetzliche Mindestlohn, Unterkunft, Verpflegung, wäre das okay für Sie?»

Sie hat mich finster angestarrt, sie schien nicht ganz einfach zu sein:

«Ich schlaf mit keinem, ich mag keine Kerle.»

«Ich mag auch keine Kerle, darum geht es nicht, und ich habe im Bett eindeutig lieber meine Ruhe, in dieser Hinsicht werden Sie kein Problem mit mir haben.»

Sie hat mich angesehen, wusste nicht, woran sie war.

«Meine Frau ist für mehrere Monate abwesend, ich ersticke in Arbeit, und ich suche jemanden, der für mich kocht.»

Sie hat mich immer noch angesehen, ein Blick wie ein Untersee-Tunnel, diese junge Frau war kaum zu ertragen, vielleicht war das der Beweis für ihr Talent, Künstler sind ja immer etwas sonderbar.

«Nur kochen?»

«Das ist schon eine ganze Menge!»

Sie hat ihre Sellerie-Remoulade mit einer Raffinesse aufgegessen, die einfach nicht aufhörte mich zu elektrisieren.

«Ich bin nicht käuflich!»

Ich war müde, die Mahlzeit lag mir immer noch schwer im Magen, ich fand einfach keine Argumente, dennoch war ich höchstmotiviert.

«Sie haben trotz allem etwas Besseres verdient, als Sellerie-Remoulade aus einer Plastikschale zu essen», habe ich mich vorgewagt.

All dies Rumgezicke hat mich aufgeregt, ich hatte die Schnauze voll, aber ich habe gespürt, dass der Ansatz mit dem Verdienst ihr gefallen hat, das hat mich ermutigt. Ich habe ihr das Appartement beschrieben, das sie zu ihrer Verfügung haben würde, sechzig Quadratmeter ganz für sich allein – dort brachte ich jedes Jahr meine Erntehelfer unter –, die professionell ausgestattete Küche, die ländliche Umgebung, der Garten, der gigantische Fernsehschirm, ich habe nichts ausgelassen. Und dann habe ich gewartet, sie reagierte nicht.

Sie war schon eine ganze Weile fertig mit ihrer Schale, aber sie hatte noch nicht ja gesagt, jetzt reichte es langsam.

«Doppelt so viel wie der Mindestlohn?» wollte sie klargestellt haben.

«Deklariert und alles …»

«Lieber nicht!»

«Schwarz, wenn Sie wollen, mir egal!»

Meine Nerven lagen blank, dieser jungen Frau mangelte es an Entscheidungskraft, das konnte ich nicht ausstehen.

Ich habe es auf mich genommen, die Verhandlung fortzuführen, sie wolle durchaus kommen und sich das ansehen, um sich klarzuwerden, aber ich müsse ihr Bedenkzeit geben. Da habe ich mich aufgeregt, ich habe gesagt, dass ich es äußerst eilig hätte, sie könne zugreifen oder nicht, jetzt oder nie.

Schließlich hat sie Vernunft angenommen, wir haben meinen Wagen geholt, ich habe vor einer Art Heim gehalten, das den Mittellosen im Winter Zuflucht bot, sie ist mit einem Koffer wieder herausgekommen, und wir sind zu mir nach Hause gefahren, ich war ganz hin und weg, ich hatte meine Köchin.

Sie hat sich sofort sehr für die Anlagen der

Weinkeller interessiert, sie wollte wissen, wie das alles funktioniert, verlangte nach Einzelheiten, die Gärbehälter, die Pressen, kurz, ganz das brave Mädchen, das etwas lernen möchte, ich habe Christian auf Besichtigungstour mit ihr geschickt. Der ganze Rahmen hat ihr wirklich gefallen. Die Küche, das Appartement, das Haus, der Park. Das übertraf ihre Erwartungen. Das konnte man sehen, sie hat nicht rumgemeckert.

Sie war eine wortkarge junge Frau, die sich nicht durch Geschwätz hervortat, das war schon mal ein großer Pluspunkt. Ich habe mich nicht lumpen lassen, ich habe sie im Voraus bezahlt. Auf meine Bitte hin ließ sie sich die Haare schneiden, kaufte farbenfrohe, fröhliche Kleider. Schon bald hat sie mich nicht besonders gestört. Ich hatte meine Arbeit, ich sah sie nur zu den Mahlzeiten. Ich ging nie in ihre Gemächer. Jeder für sich, darauf legte ich Wert.

Zum Kochen hatte sie Talent, kein Zweifel, sie war gewissenhaft, verstand es, die Produkte auszuwählen, sie war eine gute Saucenköchin mit einem Gefühl für das richtige Verhältnis. Von Wein verstand sie überhaupt nichts, wir haben Proben mit weißem, rotem, jungem, altem gemacht, ich habe versucht, ihr die Beschaffenheit, die Aromen, die fruchtigen Nuancen, die blumigen Duftnoten beizubringen, sie hatte einen Gaumen und eine gute Nase, sie merkte sich, was man ihr sagte. Um zu viele Anschnauzer zu vermeiden, beschloss ich, den Wein selbst auszuwählen, bis sie in der Lage wäre, mir angemessene Vorschläge zu machen. Im Großen und Ganzen kamen wir klar miteinander.

Der einzige Haken, vor allem am Anfang: ihre Faulheit. Keinerlei Sinn für Arbeitszeiten. Ich schnauzte sie an, ich ließ das interne Telefon läuten, um sie aus dem Schlaf zu reißen, ich musste ihr zeigen, wer der Boss war, ich ließ ihr nichts durchgehen. Gott sei dank habe ich nie Kinder erzogen, aber mit einem Vater wie mir hätten sie gespurt. Sie war nicht so widerspenstig, wie ich befürchtet hatte, sie murrte und meckerte, aber das musste nicht allzu viel bedeuten. Ich ermahnte mich wiederholt zu Geduld, sie musste ihren Rhythmus finden. Ich glaubte, eine gute Investition gemacht zu haben.

Sie brauchte ein paar Wochen, um sich daran zu gewöhnen, um vier Uhr morgens aufzustehen, Kaffee zu kochen, die Baguettes zu schmieren, die Ragouts, Terrinen oder Pasteten zuzubereiten, die zum zweiten Frühstück serviert wurden, das Mittagessen auf den Weg zu bringen, die Speisenfolge der Woche zu planen, einzukaufen, rechtzeitig im Voraus beim Schlachter, Geflügel- oder Fischhändler zu bestellen. Kurz, sie musste gedrillt werden, und ich habe mein Ziel erreicht. Allmählich hat sie aufgehört, sich zu sträuben, sich aufzuregen, sie hat sich in den Trott gefügt, und ich konnte auf ihr pünktliches und zuverlässiges Verhalten zählen.

Natürlich wollte ich auch, dass sie sich um den Garten kümmerte. Ich verlangte keinen professionellen Gemüsegarten von ihr, ich war bereit, mich mit dem strikten Minimum zufriedenzugeben: Salat, Tomaten, Radieschen, Kartoffeln, Gewürzkräuter, Karotten. Mit dem grünem Gemüse würden wir bis nächstes Jahr warten, ich wollte sie lieber nicht zu sehr unter Druck setzen. In der ersten Zeit würde Christian ihr helfen, er hatte den grünen Daumen, und ich wusste, dass dieser Tölpel ihr nur zu gern zu Diensten sein würde. Sie hat nicht herumgemotzt.

Ich wusste ihre Begeisterung für Kochbücher zu schätzen, irgendwas würde zwangsläufig hängen bleiben. Ich sah sie stundenlang lesen und sich Notizen machen. Ich fragte mich, wie Viviane die Sache aufnehmen würde, wenn sie aus Ruanda zurückkäme, vielleicht würde ihr der Platz, den diese junge Frau im Haus eingenommen hatte, nicht gefallen. Ich sagte mir, dass meine Frau, wenn sie ihr bisschen Verstand in den unerträglichen Landstrichen, in die sie gegangen war, nicht total verloren hat, diese junge Frau zum Vorbild nehmen würde. Sie konnte sich von ihrem Talent inspirieren lassen, um eine annehmbare Köchin zu werden. Im Grunde war ich voller Hoffnung, und ich habe meine körperliche Form sehr schnell so gut wiedererlangt, dass ich mich gefragt habe, ob das «Rince-Doigts» mich nicht nach und nach vergiftet hätte, wenn das noch länger so weiter gegangen wäre. Ich hätte mich in Acht nehmen sollen: ein Restaurant mit solch einem Namen zu schmücken war kein gutes Zeichen.

Abends nach dem Abendessen unterbreitete Aline mir nach einem Ritual, das ich ihr erfolgreich aufoktroyiert hatte, die Ideen für die Speisenfolge der nächsten Tage. Anfangs habe ich alles entschieden, dann habe ich ihr allmählich mehr Freiheit gelassen. Sie machte mir Vorschläge, ich wandelte sie ab, erklärte ihr meine Vorlieben. Ich mochte das Exotische nicht besonders, das angeberische Überladen mit Gewürzen, dieses ganze Chichi, das mehr dem leeren Geschwätz als dem Geschmack förderlich ist. Sie lernte mich nach und nach kennen, ich hoffte, dass sie mich bald überraschen und erraten würde, was ich mag und was nicht, aber davon waren wir noch weit entfernt. Abgesehen von ihrer Sellerie-Remoulade, die sich tatsächlich als hervorragend gelungen entpuppte, gelang es ihr auch, mich mit *Tournedos Rossini* und Ente mit Oliven zu überzeugen. Ihr *Baba au rhum* war richtig durchtränkt, nicht zu süß, und sie verstand es, Sahne zu schlagen. Wahrlich eine Künstlerin.

Sie war seit zwei oder drei Wochen hier, als wir

zum ersten Mal aneinander gerieten. Ein Hühnchen, das sie mir gebraten servierte. Zugegeben herrlich goldbraun, aber die Enttäuschung kam gleich mit dem ersten Bissen, sie hatte das Tier nach Peking-Art oder ich weiß nicht was für einem Mist dieser Art mit einer süß-salzigen Mischung glaciert, die den Fleischgeschmack zunichte machte und elendiglich nach dem Verdauungsschnaps verlangte, noch bevor man sich über den Käse hergemacht hatte. Ich bin aufgestanden und habe ihr voll ins Gesicht geschlagen, sie hat geblutet wie ein Schwein, ich war mir meiner Kraft nicht bewusst gewesen.

Sie hielt sich den Kiefer, ich hatte ordentlich hingelangt, aus ihrer Nase spritzte Cassis-Soße:

«Der spinnt wohl, der Typ!»

«Du wirst nicht dafür bezahlt, die Ware zu verderben, verdammt noch mal!»

Sie heulte, typisch, Viviane war auch so, die kleinste Ohrfeige, und los ging's mit der Heulerei. Ich habe ihr eine Lektion erteilt, ich habe nach Herzenslust gebrüllt.

Die Methode hat gewirkt, denn in den folgenden Tagen schien Aline auf einmal einen Stern verliehen bekommen zu haben, das glich einer Oper, bei ihren *Coquilles Saint-Jaques* kamen mir fast die Tränen, ein *Molleux au chocolat* hat mich an meinen ersten Orgasmus mit der Bäckerstochter erinnert, als ich 16 war und wir uns zwischen den heißen Baguettes wälzten, die aus dem Ofen kamen, schon allein der Gedanke daran, 35 Jahre danach, und ich hätte wieder einen Ständer kriegen können.

Ich sagte mir, dass wir nun soweit waren, die Kleine hatte verstanden, im Grunde war sie anständig, nur eine Ohrfeige von Zeit zu Zeit, und man konnte sich auf sie verlassen.

Es war ummittelbar nach den *Coquilles Saint-Jaques* und dem denkwürdigen *Molleux au chocolat*, als eines Morgens der Briefträger mit spöttischem Gesicht kam und mir die Post brachte, oben auf den Rechnungen lag ein Brief mit einer wunderschönen Briefmarke, die einen großen Affen in einem sehr grünen Wald zeigte.

«Aber wirklich, Ihre Frau ist schon was Besonderes.»

Ich habe nicht gleich begriffen und fand es wahrlich dreist, die arme Viviane mit einem großen Affen zu vergleichen, ich habe nichts gegen Tiere, vor allem wenn sie vom Aussterben bedroht sind, aber trotzdem, das war unglaublich frech. Als ich meine Brille aufgesetzt und den Poststempel mit gültigem Datum entziffert hatte, begriff ich. Der Brief kam aus Ruanda. Ich war zutiefst gerührt, meine Frau hatte mich nicht vergessen, das war wirklich äußerst lieb von ihr.

Gefühlsduselei ist wahrhaftig nicht mein Ding, und es war ein Fehler, mich hinreißen zu lassen.

Der Brief war nicht an mich, sondern an Viviane adressiert, das hatte ich ganz vergessen: es war ja in Ruanda, wo ihr afrikanisches Patenkind Schwierigkeiten hatte, ordentlich aufzuwachsen. Das Schreiben, dem eines Sitzenbleibers in der ersten Grundschulklasse ähnlicher als dem eines Mitglieds der «Académie française», bedankte sich für das Paket, die Kleine war gerade zwölf Jahre alt geworden, sie konnte es kaum erwarten, ihre Patentante in Frankreich zu besuchen. Da schau an, das fehlte gerade noch!

Ich habe den Brief in die Tasche gestopft und ging malochen, während Aline die Tomaten füllte. Ich habe den Urwald, den großen Affen und Afrika schnell vergessen, ich war mitten im Rebschnitt, verbrannte Reben, reinigte die Pressen, fünfzehn Stunden am Tag, mir blieb gerade Zeit, die Füße unter den Tisch zu stellen, und weiter ging's.

Vierzehn Tage später ist der Briefträger gekommen, mit Unschuldsmiene:

«Ihre Frau hat uns zwar nicht darum gebeten, aber wir haben weiterhin Kleider, Konserven und Medikamente gesammelt, und wir haben das Geld für das Versenden, ich glaube, sie könnte das da unten ganz gut gebrauchen.»

Gut gebrauchen, nicht unbedingt, aber ich wusste nicht, was ich ihm sagen sollte, diesem Typ, außer, dass er mir mit seinen Geschichten auf den Wecker ging, aber er konnte es sich nicht verkneifen fortzufahren, meine seelische Verfassung war ihm völlig schnuppe:

«Ihre Frau ist ein wenig überstürzt fortgegangen, sie hatte auch Sachen beiseite gelegt, das weiß ich, und …»

Also dann, der Kerl gab sich Mühe, er begann mich zu interessieren, ich dachte an all die Sachen von Viviane, die sich noch im Schrank und in der Kleiderkammer befanden, der Junge sollte Zeug für seine Sammlung bekommen!

«Das ist eine hervorragende Idee, Viviane wird sich freuen!»

Ich habe Aline gebeten, sich darum zu kümmern, Vivianes Kleider und Schuhe, die noch im Schlafzimmer und im Keller waren, auszusortieren.

«Sie wird dort unten selbst entscheiden, was sie behalten und was sie weggeben will …»

Das Patenkind würde zufrieden sein. Ich war es nicht wirklich.

Zuerst schlich Christian um Aline herum, sobald er sie entdeckte, er wurde noch dämlicher als zuvor. Das war von Anfang an so, wurde aber immer schlimmer und allmählich zur Plage. Sie schien dieser Hundeblick, mit dem er sie ansah, nicht anzumachen. Wahrscheinlich hatte sie mir keine Märchen aufgetischt, sie mochte wohl wirklich keine Kerle, ich glaube, sie war tatsächlich lesbisch, was sie aber nicht daran hinderte, ihn scharfzumachen, und er wusste nicht mehr, wo ihm der Kopf stand und überhaupt. Das war ärgerlich, ich konnte mich nicht mehr richtig auf ihn verlassen. Eines Tages hat er mir 30 Liter Wein versaut, weil er ihn in schlecht ausgewaschene Flaschen gefüllt hat, ich war fuchsteufelswild. Wir haben wie die Tiere geschuftet, um den Boden zu bearbeiten, die Reben zu pflanzen, zu pflegen und zu beschneiden, die Trauben zu ernten, zu pressen, gären zu lassen, das Ganze durfte auf gar keinen Fall im Rinnstein landen. Ich habe Christian zur Schnecke gemacht, aber feuern konnte ich ihn nicht, seit fünf Jahren arbeitete er jetzt hier, er kannte sich gut aus, und die Arbeitsstunden, um einen anderen einzuarbeiten, gab mein Terminkalender nicht her.

Aline verstand es, mich all diese kleinen Nachteile, die mit ihrer Anwesenheit einhergingen, vergessen zu lassen. Sie hat mir eine Taube mit *Foie gras* serviert, die noch besser war als jene, die mir an dem Tag in Mâcon, als ich sie kennengelernt hatte, so gut geschmeckt hatte. Ich sagte mir, dass ich dieser jungen Frau eigentlich alles verzeihen konnte, sie war wirklich bewundernswert.

Der Briefträger hatte einem Transportunternehmen den Auftrag erteilt, das, was sie zur Seite gelegt hatten, an die Adresse des Patenkindes meiner Frau dort unten in der Nähe von Kigali zu liefern. Er war ganz aus dem Häuschen, hatte ihr einen langen Brief geschrieben, ich fragte mich, ob er nicht sogar ein wenig zu sehr auf sie abfuhr, der Dreckskerl, und um mich zu besänftigen, hatte er mir Zuckererbsen aus seinem Garten gebracht, die ersten, nicht zu groß, von einem schön zarten Grün. Diese Dinger sind im Frühjahr ein Leckerbissen, der Saft der Götter, die Essenz der Knospe. Als ich sie Aline gegeben habe, habe ich ihr gesagt, dass wir uns überlegen sollten, sie im Garten anzupflanzen, ich liebte sie abgöttisch.

Ich ahnte nicht, dass sie mir die Ware dermaßen versauen würde. Als sie fade, zerkochte Dinger auf den Tisch gestellt hat, einen wirklich widerlichen Brei von einem abscheulichen Grün ähnlich den Bohnen aus der Konserve, ist mir der Kragen geplatzt:

«Was soll das da sein?»

«Na, die Zuckererbsen!»

Ich konnte mich nicht bremsen, ich habe ihr den Teller aufs Gesicht gedrückt, um sie mit ihrem Schmorbraten zu ersticken, ich habe ihr das ziemlich heiße Ding aufgepresst, ich hielt sie an die Wand gedrückt, sie zappelte herum, sie bekam keine Luft mehr, das geschah ihr recht, Scheiße!, mir meine Zuckererbsen zu verpfuschen, sie hat mir Fußtritte und Ohrfeigen verpasst! Ich hätte ihr den Rest geben können, aber ich hab den Teller fallen lassen. Sie hat geräuschvoll nach Luft geschnappt, wie ein Fisch an Land, wie eine aus den Fluten gerettete Ertrinkende, ich habe ihr zwei oder drei Ohrfeigen verpasst, damit sie schnell wieder zu sich kam.

«Nie wieder, hörst du, die Zuckererbsen gehören gerade so *al dente*, in Dampf gegart, nur ein wenig frische Butter oder, zur Not, mildes Olivenöl darüber. Verstanden?»

Sie hatte offensichtlich kapiert: die folgenden Tage konnte ich nicht klagen. Sie hat mich umhegt. Spargelspitzen, Lammkarree, Rinderschmorbraten mit Karotten, in der Küche herrschte Frühling. Ich kam sogar in den Genuss einiger Desserts, von denen ich nicht geglaubt hatte, sie je bei mir zu Hause an meinem Tisch genießen zu können. Ich schwebte im siebten Himmel. Heute, da mir schlemmen verboten ist, verstehe ich erst, was es heißt, im siebten Himmel zu schweben, da ist nichts zu machen, man kostet die guten Dinge nie genug aus, solange sie sich bieten.

Die darauffolgende Woche hat sie mir *Artichauts à la barigoule* – farcierte, in Weißwein gedünstete Artischocken – serviert, das fand ich ganz schön verwegen, so etwas macht eine Heidenarbeit, wenn man etwas anderes als Hundefutter zustande bringen will. Nun, ungefähr das war es aber, was sie mir aufgetischt hat. Sie hatte die kleinen Artischocken *Poivrade* schlecht zurechtgeschnitten, es waren noch harte Blätter dran, man brauchte sie nur anzusehen, dann wusste man schon, dass sie ungenießbar sein würden. Sie waren alles andere als appetitanregend, sie waren schon vor dem Kochen schwarz geworden, das sah ein Blinder, als wäre es kompliziert, sie in Zitronenwasser zu legen. Außerdem, das war der Gipfel, hatte sie die Milchlinge durch einfache Champignons ersetzt, ein Albtraum! Da *Barigoule* die provenzalische Bezeichnung für Milchling ist, konnte es keine *Barigoule* ohne *Barigoule* geben! Das Gute daran waren das fruchtige Aroma und das feste Fleisch des Milchlings, der sein köstliches Aroma mit der Artischocke *Poivrade* entfaltete und im Mund ein unendlich zartes Geschmackserlebnis auslöste, Scheiße!

Sie war es, die mir dieses Gericht liebenswürdig vorgeschlagen hatte, ich dachte, das wäre ihre Spezialität, ich hatte sie nicht darum gebeten! Ich kochte vor Wut und fragte mich außerdem, wo der geräucherte Speck abgeblieben war. Ich saß dort vor meinem Teller, niedergeschlagen, hatte den Appetit verloren, ich weiß nicht, wie ich mich beherrschen konnte, nicht sofort in die Luft zu gehen.

Der Dampf stieg mir in die Nasenlöcher, es roch nicht wirklich schlecht, nein, man durfte nicht übertreiben, aber sie hatte zu viel Lorbeer benutzt, das übertönte all die anderen Gewürze.

Man hätte meinen können, sie hätte sämtliche Dummheiten anhäufen wollen.

Als ich dann die Gabel zum Mund geführt habe, bin ich beim ersten Bissen explodiert, das war widerlich, die junge Frau war wahrlich eine Null, ich konnte nicht mehr, ich habe begonnen, sie anzuschreien, Mademoiselle hat mich wie den letzten Dreck behandelt, ich bin aufgestanden, die Knarre in der Hand, HALT DIE KLAPPE!, und ich habe gezielt.

II

Ich habe die Tür verriegelt, eine dicklicher, jovialer Typ kam aus dem Hinterzimmer seines Ladens: *Guten Tag, Mesdemoiselles*, Vanessa setzte ihre Vernasch-mich-Mine auf, sie kann ziemlich nuttig sein, wenn sie die Typen scharfmachen will, die fahren auf ihre üppigen Formen ab, sie sind alle gleich, sobald sie ihre Titten sehen, können sie sich nicht mehr halten, das ist sofort die «Milch-Mama». Der Typ, der schon ganz schön ausgebrannt wirkte, obwohl er bestimmt noch keine dreißig war, hat geglaubt, dass Sankt Nikolaus ihm zu Weihnachten eine gut aufgeblasene Puppe schickte.

«Was kann ich für Sie tun?»

Ich drehte ihm den Rücken zu, als schielte ich nach dem Bordeaux und dem Champagner, holte tief Luft, drehte mich um, den Bauch eingezogen, die Arme ausgestreckt, ein wahres Nervenbündel, das eine tschechische CZ-Pistole umklammerte:

«Umfallen, ohne zu meckern, und fahr zur Hölle!»

Ich zielte aufs Herz, er riss seine großen Augen auf, es stimmt, dass Vanessa und ich auf den ersten Blick liebenswürdig wirken, aber auf einmal begriff der Typ, dass es keine gute Idee war, sich auf den äußeren Eindruck zu verlassen, dass es besser war, bei den letzten Kunden aufzupassen, wenn der Laden leer und die Kasse voll ist. Zu spät, sein trüber Blick floss dahin, verlor sich vor Angst. Ich schoss noch einmal, und das zerfetzte ihm die Kehle, zwei oder drei Liter Beaujolais spritzten auf seinen Kittel, er schwankte, bevor er über der Theke zusammenbrach.

Schnell habe ich den Schalldämpfer von der Knarre genommen, ihn in die linke Tasche meines Blousons gestopft und die CZ in die rechte. Ich fühlte mich richtig gut, als hätte ich eine ordentliche Nummer geschoben. Ein Ausblick aufs Nirwana. Es war jedes Mal das gleiche, die Pumpe, die klopft, die rast, total erregt, weil sie ihren Schuss Morphium bekommen hat. Die Entspannung, die Erleichterung, die Ekstase, die steinharten Muskeln, die sich plötzlich lockern.

Eine Oma wollte hereinkommen, sie versuchte, die Tür aufzudrücken, ich ging hin und schenkte ihr ein strahlendes Lächeln, *untröstlich, wir haben geschlossen*, zwei Minuten nach acht Uhr abends zu Zeiten der Fünfunddreißig-Stunden-Woche, man soll doch nicht träumen. Sie insistierte, aber nicht zu sehr, zog mit ihrer Einkaufstasche wieder ab und fragte sich wohl, was sie in ihrem Alter zur Stunde der Zwanzig-Uhr-Nachrichten im Fernsehen draußen zu suchen hatte. Das hat mich nervös gemacht, ihr Auftauchen ließ mich schneller wieder runterkommen, als ich wollte, ich spürte erneut eine Unwetterwarnung in mir.

«Wir müssen uns beeilen», sagte ich.

«Das Arschloch, seine Kasse ist fast leer!» jaulte Vanessa auf, als sie die Kröten zählte.

Diese schlechte Nachricht gefiel mir ganz und gar nicht. Der zweite Reinfall seit dem Sommer, das gab einem schon zu denken. Selbst bei einem Weinhändler zwischen Weihnachten und Neujahr kein Jackpot mehr, die Kreditkarten rafften alles an sich, es waren wirklich hoffnungslose Zeiten. Meine Handschuhe berührten einen Korkenzieher, es juckte mich, sein Spiralgewinde in jemanden hineinzubohren, ich begann einen gefährlich dicken Kloß in der Brust zu spüren, atmosphärischen Druck, der nach Unwetter roch, der Trip verging immer schneller, das war schlecht gelaufen.

«Zweitausend!»

Scheiße! Das war wirklich nichts. Ich habe die Zähne zusammengebissen, bis es weh tat. Zweitausend, kaum genug, um das nervige Weihnachten zu vergessen. Dabei hatten wir uns dermaßen einen abgefroren, dass wir es verdient hätten, das Jahr weniger erbärmlich zu beschließen. Schwierigkeiten sind wie Erdbeben, wenn sie andauern, verursachen sie böse Schäden.

Vanessa begann, nach den Flaschen zu schielen, sie konnte nicht anders, der Wein war ihre große Schwäche. Einige Fläschchen trugen dreistellige Preisschilder, das passte. Schließlich hatten auch wir ein Recht auf Geschenke, wir bedienten uns bescheiden und nickten dem Typ, der über der Theke zusammengesunken war, seinen kahlen oder fast kahlen Schädel artig wie ein großes, behaartes Ei auf dem Packen Geschenkpapier voll grüner Tannen und goldener Sterne ruhend, freundlich zu. Fröhliche Ostern!

Draußen in der Kälte regnete es, das Wasser rann die Bürgersteige der Rue Belleville entlang, es stank. Vanessa hat sich bei mir eingehakt, sie drückte meinen Arm und fing an, mir leise einen Anschiss zu verpassen:

«Ich spüre, dass du nervös bist, du machst mir Stress. Genieße den Augenblick, meine Große, siehst du nicht, wie schön Weihnachten ist?»

Die Feinkosthändler und Konditoren machten vor dem Schließen sauber, aber in den Schaufenstern herrschte noch Festbeleuchtung, Goldglitter und Lichtergirlanden, um Jesus, an den nicht mehr viele glaubten, zum Geburtstag zu gratulieren, eine Leberkrise wegen der Glaubenskrise, das kostete vor allem Strom.

«Du könntest auch gerade die Reste des Truthahns und der Maronen aufessen, eingeklemmt zwischen dem Tannenbaum, dem Fernseher und den Schwiegereltern. Darf man nie vergessen! Es gibt immer Schlimmeres.»

Sie hatte recht. Ich wusste nicht, warum die Euphorie so schnell, so total verflogen war, dabei versuchte ich, die Dinge von ihrer guten Seite zu sehen: ruhig, Arm in Arm, Vanessa und ich auf der Straße, zwei Freundinnen, die den Abend trotz des Regens, der auf sie herabprasselt, fröhlich und voll Zuversicht beginnen. Sie eine Flasche *Crozes-Ermitage* in der Hand, ich zwei Cognac im Rucksack. Ich war höllisch erregt, als hätte ich mir zwei oder drei Linien Koks reingezogen.

«Kannst du es mir nicht gleich besorgen, hier, jetzt sofort? », habe ich zu Vanessa gesagt.

Sie hat mich mit ihrer schulmeisterlichen Miene angesehen.

«Du würdest höchstens den Hintern voll verdienen!»

Während wir die Treppen zur Métro-Station Jourdain hinuntergingen, schob sie die Hand in meine Hose und ließ sie unter dem Slip und der Strumpfhose über meinen Hintern gleiten, bis sie mir zwei Finger zwischen die Schamlippen geklemmt hat, die ihr Recht forderten.

«Allerdings!»

Ich bekam langsam weiche Knie.

«Lass den Teig schön gehen, meine Große, danach ist es besser!»

Sie hat ihre Hand wieder herausgezogen, sich die beiden Finger in den Mund gesteckt:

«Auf dein Wohl!»

Wenn sie diese Art kleine Sketche für mich spielte, hätte ich alles für sie getan, dieses Mädchen hatte mich in der Hand, fünfzehn Jahre mehr auf dem Buckel als ich, das war genau das, was ich brauchte. Mutter und Schwesterherz, wir kamen gut miteinander aus, wir ergänzten uns perfekt, wir beide, sie hatte Köpfchen, das liebte ich an ihr, außer ihren Fettpolstern, ihrer verschlagenen Visage, darüber hinaus war sie völlig verdorben, sie zeigte mir, wo's lang ging, und das hatte ich bitter nötig.

Als die U-Bahn die Station verlassen hat, fühlte ich mich besser. Wir kuschelten uns auf den Klappsitzen aneinander, ich lutschte an meinem Daumen, während ich an Vanessas Hand dachte, die unter meine Strumpfhose geglitten war. Ich konnte es kaum erwarten, dass sie wiederkäme.

An der Station Hôtel de Ville haben wir die Metro Richtung Gare de Lyon gewechselt, wo es unter dem Glasdach noch trostloser war. Am Automaten unter dem Restaurant «Le Train Bleu» haben wir zweimal erster Klasse im nächsten TGV nach Mâcon gelöst, das roch nach Hochzeitsreise. Wir haben uns eine Tragetasche mit Flaschenbier geleistet, macht nichts, wenn der Fischzug nicht so gut gewesen war, wie vorgesehen, von so einer Kleinigkeit würden wir uns nicht unterkriegen lassen. Zwei oder drei Flaschen von dem Gebräu haben unsere Laune wieder gehoben, wir haben allein beim Anblick der sauren Gesichter der Leute gelacht.

Unmittelbar bevor wir in den TGV stiegen, gaben wir uns vor dem Zug einen schön tiefen Zungenkuss, ich grapsche Vanessas Brüste mit vollen Händen, das hat auf dem Bahnsteig einen eisigen Windzug erzeugt. Aber Pech gehabt, keinen Alten, keinen Scheißer hat der Schlag getroffen, nur auf den Boden gesenkte Blicke, kleine Räuspereien, ein Ellenbogen, der einen anderen anstupste, um auf den Frevel hinzuweisen, Stimmen, die flüsterten *hast du das gesehen?*, aber sie hatten nichts gesehen.

Wir haben ein Viererabteil genommen, vier Plätze ganz für uns allein, ich war ganz aufgeregt, zwischen meinen Beinen machten mich Ameisen verrückt, ich konnte nicht mehr, Vanessa hat mir eine kleine Entspannungssitzung auf der Toilette angeboten, das hat mich in der Tat beruhigt. Ich hätte gern noch etwas mehr gehabt, aber sie versprach mir, dass ich nichts dabei verlieren würde, wenn ich wartete, und wenn sie etwas verspricht, weiß ich, dass mir eine schöne Zeit bevorsteht.

Im Speisewagen haben wir Nudeln mit Käse aus Plastikbechern gegessen, das war widerlich. Weil Vanessa den *Crozes* für eine gute Mahlzeit aufheben wollte – das hier ging echt zu weit, sie nahm es mit diesen Dingen sehr genau, und ich war einverstanden –, haben wir Wein aus Gläsern getrunken, die wie Yoghurtbecher mit etikettierten Deckeln verschlossen waren: Gamay, Côtes du Rhône. Vanessa war total besoffen, bei mir ging's, ich konnte einiges vertragen.

Am TGV-Bahnhof Mâcon-Loché haben wir ein Taxi zum Bahnhof in der Innenstadt genommen, der schnauzbärtige Fahrer sah uns mit wissendem Lächeln an, das sicher zu verstehen geben sollte, dass wir ähnlich gepolt waren, aber wir wollten ihm auf keinen Fall unser ganzes Leben erzählen, wir wollten unter uns bleiben. Als wir uns einen Zungenkuss gegeben haben, hat ihn das offensichtlich begeistert.

Er hat auf uns gewartet, während ich unsere Koffer von der Gepäckaufbewahrung holte und Vanessa sich mit dem Handy herumschlug, um ein Hotel zu buchen, dann fuhr er uns zum *Park Inn* am Ufer der Saône ein paar Kilometer außerhalb der Stadt. Der Schnauzbärtige gab uns seine Karte, es wäre ihm ein Vergnügen, uns aufzulesen, wo immer wir wollten.

«Das ist traurig, aber Leute wie uns sehe ich hier in der Gegend nicht oft.»

«Pah, wir sind doch alle Brüder und Schwestern, oder?»

Ich fand, dass das nicht stimmte, aber Vanessa und er haben sich die Hand darauf gegeben, als hätten sie ein gutes Geschäft gemacht.

«Bis bald», habe ich gesagt.

Das *Park Inn* war ziemlich hässlich, aber trotzdem für Reiche, wahrscheinlich in einem großen Park, wie der Name besagte, aber man sah überhaupt nichts wegen des Nebels. An der Rezeption verlangten wir das Teuerste, was sie hatten. Ein Typ nahm unsere Koffer und führte uns in eine altmodische Suite mit babyblauer Tapete, mit zusammengewürfelten Sesseln und Verzierungen auf den Schranktüren, die glauben machen sollten, dass sie schon Jahrhunderte gesehen hatten, obwohl man ihnen das Sperrholz ansah. Aber immerhin war das Bett breiter als lang und überall lagen Teppiche, und im Salon stand ein Ledersofa vor einem großen Flachbildschirm. Was verlangt das Wohl des Volkes mehr?

Wir haben das Bett sofort eingeweiht, Vanessa hält ihre Versprechen immer, das hat mich entspannt, weil töten, ist anstrengend, da ist nichts zu machen. Wir haben Champagner getrunken, während wir uns in der runden Badewanne mit Whirlpool befummelt haben und auf einem der Pay-per-

View-Kanäle, die sie im Fernsehen anboten, einen Porno angeschaut. Als Vanessa Essen beim Zimmerservice bestellt hat, hat dies lange auf sich warten lassen. Nach und nach haben wir angefangen zu vögeln. In der Bettwäsche mit der feinen Stickerei haben wir wie die Bekloppten gegrunzt, und als der Typ vom Zimmerservice mit seinem kleinen Servierwagen, bedeckt mit silbernen Cloches, gekommen ist, hat Vanessa ihm nackt aufgemacht. Der Typ hat getan, als sei nichts, ist nicht mal rot geworden, hat nicht mal getan, als wüsste er nicht, wo er hinsehen sollte, ich nehme an, dass Vanessa nicht seine Art von Schönheit war, er stand wohl mehr auf Magere, und da mussten wir prustend loslachen. Wir haben ihn gebeten, uns die Flasche *Crozes* aufzumachen, und er ist abgezogen, ohne etwas anderes zu sagen als *aber mit Vergnügen, ich bitte Sie, guten Appetit.* Wir konnten uns gar nicht wieder einkriegen.

Wir haben auf unsere Zukunft angestoßen, selbst wenn wir nicht allzu sehr daran glaubten, und Vanessa hat klar gestellt: «Auf Lissabon!» daran hielt sie fest, sie sah sich sogar schon dort, eine Kneipe dort unten, am Ufer des Tejo, ich für meinen Teil hatte nie einen Fuß dorthin gesetzt, ich konnte mir absolut nichts darunter vorstellen, aber ich vertraute ihr.

Sie hat den *Crozes* nicht schlecht gefunden, robust, ein sieben Jahre alter, der schöne Knie unter seiner Robe hatte, damit kennt Vanessa sich aus, das ist ihr Ding, ein wahrer Profi, wenn sie will, kann sie wie ein Buch reden, *leicht trocken im Abgang wegen der holzigen Note*. Ich war sicher, dass sie ihr Bistro eines Tages schließlich haben würde, selbst wenn ich Zweifel hatte, ob sie an ihrem Tresen am Ufer des Tejo einen Wein diesen Schlags haben würde. Kurz, der Wein war gut genug, um den miserablen Fraß hinunterzuspülen, der sich unter den Silbercloches verbarg: Geflügelbrust, die nicht in Bestform war, sie war nicht nur im Abgang trocken und hatte keine holzige Note, und der Lachs hatte, statt den Strom hinaufzuschwimmen und sich fortzupflanzen, lieber ein armseliges und langweiliges Leben ohne Belastungsproben im Schlamm eines Bassins geführt. Wir haben trotzdem gegessen, hieran und daran gepickt, als wären es Erdnüsse oder Oliven, um dem Magen, der den Wein in leerem Zustand schlecht verträgt, eine Grundlage zu geben, und wir haben die Flasche ausgetrunken, die wirklich gut war, ein Geschmack von Cassis und kandierten Blumen, der Lust auf mehr machte.

Vanessa träumte natürlich schon von einer besseren Begleitung zu diesem Nektar:

«Machst du mir in Lissabon Tauben mit *Foie gras*?»

«Und *Tournedos Rossini*.»

Das waren ihre beiden Lieblingsgerichte, sie war ganz verrückt nach *Foie gras*, das traf sich gut, ich bereitete sie für mein Leben gern zu. Der Duft und die Konsistenz einer *Foie gras mi-cuit*, wenn sie sanft in der Pfanne dahinschmilzt, machten mich gaga. Mich für diese Art Hochgenuss in die Küche zu stellen, ließ mich die Sorgen des Daseins vergessen, und an denen mangelte es weiß Gott nicht. Außerdem war es ein besonderes Vergnügen, für Vanessa zu kochen, man musste sie nicht lange bitten zu essen, ich hatte noch nie jemanden gesehen, der sich so den Bauch vollschlug wie sie, und das bekam ihr gut. Ich war bestimmt einen Kopf größer und fünfundzwanzig Kilo leichter als sie, wir bildeten ein Super-Paar, wir beide, ein echt geiles, fotogenes Gespann. Nie in Konkurrenz. Am Herd, zum Beispiel, brauchte ich nicht mit Vanessa zu rechnen, kaum rührte sie einen Topf an, ging alles schief, sie hätte es sogar fertiggebracht, Wasser anzubrennen.

Am Morgen haben wir im Bett gefrühstückt, während wir uns die Techno-Clips auf dem Kanal M6 angeschaut haben. Vanessa fing an, mir Aprikosenmarmelade auf den Oberschenkel zu schmieren, *damit ich dich besser verspeisen kann, meine Große*, wir fingen wieder von vorn an, und so ging das zwei Tage lang. Wir kamen nicht zur Ruhe, wir schnupften ein wenig, mir blieb nur noch ein bisschen Koks.

Am Abend sind wir in das Restaurant hinuntergegangen, nachdem wir einen dicken Joint geraucht hatten. Da war nicht viel los, Vertreter mit ihrem fahlen Teint und Familien, die auf dem Weg nach Süden zu weiteren Angehörigen ihrer Sippe waren, das war trist, aber wir hatten unseren Spaß, wir bestellten das Teuerste, wir haben sogar Froschschenkel gegessen, die in Butter schwammen, ein richtiger Schmelz aus Knoblauch und Petersilie, als würden die Viecher nicht aus der Tiefkühltruhe kommen, woran jedoch kein Zweifel bestand. Wir haben gebratene *Foie gras* mit Feigen verputzt, wir haben *Fondants au chocolat* verschlungen und dabei Champagner gezischt, das war das große Leben.

Am letzten Abend wollte Vanessa, dass wir wieder ein wenig Moos machen, um den Coup auf den Weinhändler zu kompensieren, der nicht einträglich genug gewesen war. Sie hat sich an einen großen Belgier rangemacht, der ganz allein vor seinem Entrecôte und seinem Kronenbourg saß, und ihm gesagt: das macht fünfhundert Euro die Nacht für uns beide, alles, was du willst, er machte nicht den Eindruck, als hätte er die Weisheit mit Löffeln gefressen, er hat gestammelt, dass er nicht nein sagen könne, auch er hatte kein Weihnachten gehabt.

Vanessa wollte die Kröten in bar sehen, bevor wir anfingen. Wir haben seinen Wagen genommen, er hat Kies aus einem Automaten am Kai in Mâcon gezogen, dann sind wir in die Suite hinaufgegangen. Vanessa hat angefangen, die zwei Flaschen Cognac zu studieren, ein 1973er Delamain und ein 1952er Armagnac, sie hat einen kleinen, kennerischen Pfiff ausgestoßen, den Armagnac gewählt, und uns große Gläser eingeschenkt. Der haute ordentlich rein, aber in einer hervorragend orchestrierten Symphonie fühlte sich der Belgier wie im siebten Himmel.

Als wir uns ausgezogen haben, ist er ins Schwimmen gekommen, er wusste nicht mehr, wo ihm der Kopf stand, wir konnten noch so an ihm herumfummeln, das brachte nicht viel. Irgendwann hat er sein großes rosa-graues Gerippe hochgehievt, es war jämmerlich, ihn splitternackt herumlaufen zu sehen, mit seinem Arsch, der soweit zwischen den Beinen verschwand, dass er nur eine Ritze unten am Rücken bildete, und hat ein Ding aus seiner Jackentasche gezogen, einen dicken, hyperrealistischen schwarzen Dildo. Vorausschauend, der Typ. Mit Horror hatte ich das Requisit aus Silikon vor Augen, das voller überflüssiger Details war: die verdammt gut nachgemachte Eichel, die komische Penisnaht und die Öffnung, die hervortretende Vene darunter, kurz, äußerst geschmacklos. Vanessa hat sich nicht im geringsten um die beschissene Ästhetik von dem Ding geschert, sie hat sich an die Arbeit gemacht, ihm ihren üppigen Körper dargeboten, hat ihre ganzen Fettpölsterchen auseinander geschoben und er ist mit dem Ding in sie eingedrungen, sie hatte keine Angst vor dem Teil, das machte ihr nichts aus, schließlich war es nicht so leicht, sein Leben zu verdienen, davon konnte ich ein Lied singen.

Plötzlich hat die Sache den Belgier motiviert. Zu sehen, wie das Ding in ihr Teil rein und raus ging, hat ihn zappelig gemacht, schließlich hat er sich an die Arbeit gemacht und ihr seinen langen, krummen Schwanz in den Bauch hineingesteckt. Sobald er in ihr war, ist er sehr schnell gekommen und fing gleich an zu grunzen. Danach hat er sich keuchend auf dem Rücken ausgestreckt. Ich sah ihn so wenig wie möglich an, ich fand die Haare, die sich von den Knien bis zum Kinn auf ihm kräuselten, einfach widerlich. Er war dermaßen mager, das reinste Klappergestell, dass ich schlimme Fantasien hatte, ich sah in seinen Rippen Sprossenleitern, über die grauenhafte Insekten krabbelten, wenn er nachts schlief.

Aber hier schlief er ganz und gar nicht, er verschnaufte lediglich. Schon bald wollte er mit mir weitermachen, das hat Theater gegeben, ich konnte mir nicht verkneifen, ihm ein Knie in sein Gehänge zu rammen, aber es ist nicht allzu übel ausgegangen, Vanessa hat sich erneut geopfert, sie musste damit gerechnet haben, dass sie für die veranschlagte Summe zweimal ran musste. Ich war angeekelt.

Nach dieser zweiten Rallye fühlte er sich ein wenig müde, wir haben die günstige Gelegenheit genutzt, die fünfhundert Euro eingesackt und ihn rausgeschmissen.

Sobald er weg war, hat Vanessa eine Stinklaune an den Tag gelegt, ich konnte sie verstehen, sie hatte sich voll verausgabt. In solchen Momenten darf man sie nicht nerven. Wir sind ins Bett gegangen, und ich habe keinen Ton von mir gegeben, ich bin sofort eingeschlafen.

Als ich aufgewacht bin, hatte ich Kopfschmerzen, eine verdammte Migräne, ich habe den Arm nach Vanessa ausgestreckt, sie war schon auf.

Das Zimmer war der reinste Saustall. Klamotten, Flaschen, Teller und Bestecke lagen auf dem Teppich und den Läufern herum. Die Silberschalen glänzten in dem Licht, das durch die Vorhänge drang, in einem nahezu außerirdischen Ambiente.

«Vanessa?»

Ich habe meine Migräne ins Bad geschleppt. Es stand mit Lippenstift auf dem Spiegel: *ich geh nach Lissabon, sobald ich einen guten Plan hab, ruf ich dich an…* Das Luder hatte zwei oder drei Herzen und einen Pfeil gezeichnet, der auf das Handy wies, das neben dem Korb mit den Warenproben zum Händewaschen, Schuhepolieren und

Duschen, ohne sich den Kopf nass zu machen, an den Akku angeschlossen war. Auf dem Display zeigte ein winziger, sehr unscharfer Zeichentrickfilm eine Katze, die ihrem Geld hinterher rannte. Die Hündin!

In meinem Kopf hämmerte es, als würde er mit dem Knüppel bearbeitet, ich bin auf der Suche nach meiner Jacke in das Zimmer gestürzt, ich habe alles durch die Gegend geschleudert, die Speisecloches, die Klamotten, die Flaschen; wenn sie meine Jacke mitgenommen hatte, die ganze Kohle, würde bei mir die Sicherung durchbrennen. Schließlich habe ich sie gefunden, das hat mich ein wenig erleichtert, die Knarre war in der einen Tasche, der Schalldämpfer in der anderen, und in der Innentasche mit Reißverschluss: vier Fünfzigeuroscheine.

Ich habe mich angezogen, das Handy eingesteckt und meinen Koffer genommen. Im Fahrstuhl hat mir meine abstoßende Visage im Spiegel Angst gemacht, ich hatte eine schrecklich wilde Mähne und ein verdammtes Übergepäck an Tränensäcken unter den Augen, ich sah krank aus, einfach zum heulen, ich habe mir gesagt, dass das mit vierundzwanzig Jahren kein Leben war, so dem Geld hinterherzulaufen.

Ich ging durch die Halle, ohne einen Blick auf den Empfang zu werfen, einer der Typen hat mich gerufen, ich habe mich taub gestellt:

«Mademoiselle!»

Ich bin schneller gegangen, er ist auf mich zugestürzt:

«Ihre Freundin hat ihre Rechnung vergessen.»

Ich habe nach meiner Tasche getastet, ich sah rot, als würde mir das Blut aus dem Kopf spritzen, ich würde dieses Arschloch abknallen, scheißegal, ich dachte, dass Vanessa, diese Hündin, mich wirklich fertig machen wollte, dieser dicke Fiesling, und dann, ich weiß nicht wie, ist es mir trotz des Rots und des Schwindels gelungen, vage etwas zu verstehen.

«Da sie bar bezahlt hat, wäre es vielleicht besser …»

Sie hatte bezahlt! Ach ja, das war schon besser, ich habe die Rechnung genommen und mich bedankt, ich war völlig durcheinander, das Biest hatte an mich gedacht, hatte nicht beschlossen, mich in der allergrößten Scheiße hängen zu lassen, sie war trotz allem eine Königin. Und ohne sie hatte ich nichts von einer Prinzessin, wahrlich nicht, unmöglich, noch an irgendwas zu glauben. Ich bin zu Fuß die Nationalstraße entlang gegangen, meinen Koffer im Schlepptau, um mich zu beruhigen.

In den darauffolgenden Tagen habe ich mich bei Mado verkrochen, einer alten Freundin, die in der Nähe von Charnay ein Heim für Taugenichtse meiner Sorte führte.

Ich schlief fünfzehn Stunden am Tag, ich aß

praktisch nichts, ich wusch mich nicht mehr, das war der große Abstieg ins Land der Depression und Lethargie. Ich stand nur auf, um zu pinkeln, rauchte bei der Gelegenheit einen dicken Joint und kehrte in die Horizontale zurück. Wenn ich schlief, ging es mir nicht besser, die bösen Erinnerungen kamen in meinen Träumen wie Kotze wieder hoch, es war immer das Gleiche, mein Stiefvater, der meine Mutter schlug, ihre Schreie und das Blut, das aus dem Mund kam, kurz, sogar im Schlaf tat ich mich äußerst schwer damit, fröhlich zu sein. Ich hing tiefschwarzen Gedanken nach. Die Pechsträhne dauerte schon so lange an, dass ich da nicht wieder rauskommen würde, da war ich sicher. Ich musste bis zu meinem dreizehnten Lebensjahr zurückgehen, als ich Champion im Savate-Boxe-Française gewesen war, bevor ich mit meinem Stiefvater richtig Scheiße gebaut hatte, um einen kleinen Lichtblick in dem Saustall zu finden, in dem ich mich bewegte. Seit ich mit fünfzehn die Schule verlassen hatte, weil es steil bergab mit mir ging, war mir nicht der kleinste Erfolg in den Schoß gefallen.

Das Handy ließ mich nicht mehr los, ich hatte einen Anruf von einem Mädchen erhalten, das kein französisch sprach, rumänisch oder so was, und als ich Vanessas Nummer wählte, war besetzt, natürlich, ich rief mich selbst an, eine Schnapsidee, jemandem sein Handy zu überlassen, man musste aus dem Auf-Wiedersehen wirklich ein Adieu machen wollen. Manchmal dachte ich in einem dichten Nebel, dass ich vielleicht alle Nummern im Adressbuch des Handys anwählen sollte, dass ich Vanessas Spur dadurch wiederfinden könnte, sie würde mich wieder unter ihren Fittichen dulden, sie würde erneut Besitz von mir ergreifen, aber ich war nicht in der Verfassung, irgendetwas zu unternehmen. Ich dachte an unsere schönen Augenblicke zusammen, es gab eine Menge davon, und ich verabscheute den Gedanken, dass die letzte Erinnerung an sie ihr Hintern war, in dem das Ekel von Belgier steckte, ich fragte mich sogar, ob sie das nicht absichtlich gemacht hatte.

Ich steckte die Nase nicht raus, es hatte geschneit und musste kalt sein, denn aus dem Fenster sah ich die schneeweißen Bürgersteige. In dem Heim war es warm, das war immerhin etwas.

Nach einer Woche hatte ich kein Haschisch mehr und war so müde vom vielen Schlafen, dass ich beschloss, mich bis in die Innenstadt vorzuwagen. Ich hatte Lust, in dem eisigen Nebel zu krepieren oder alle umzunieten, denen ich begegnete, was auf das Gleiche hinauslief. Ich war versifft, vor meinen Augen tanzten Schmetterlinge, und plötzlich, ich weiß selbst nicht recht warum, hatte ich eine Art Energieschub, ich wollte da rauskommen, die Scheiße ändern.

Ich bin in ein Feinkostgeschäft an der Rue de Paris gegangen und habe eine Schale Sellerie-Remoulade gekauft, das erste Mal seit Vanessa fortgegangen war, hatte ich wirklich Hunger. Ich habe mich auf eine Bank auf dem Place Gambetta gesetzt, um sie zu essen. In meine alte Daunen-Jacke gehüllt, zitterte ich wie eine Greisin, lange würde ich es in der Kälte ohne Bewegung nicht aushalten.

Dort hat der Verrückte sich an mich herangemacht, ich mochte ihn von Anfang an nicht, er hatte etwas von dem Belgier mit dem Dildo im Park Inn, ich war ganz und gar nicht bereit, die Beine breit zu machen, um wieder flüssig zu werden, das habe ich ihm gleich gesagt, es schien ihn nicht entmutigt zu haben. Er hat gefragt, ob das schmeckte, was ich da aß, ich habe erklärt, dass es nicht gerade umwerfend war. Er fing an, mir einen Haufen Fragen zu stellen, angeblich suchte er eine Köchin, ich habe nicht richtig zugehört. Essen war nicht mehr mein Ding, außer um Vanessa den Mund wässerig zu machen, mit dieser alten Geschichte hatte ich nichts mehr am Hut. Ich hatte schon als Kind gelernt, Essen zuzubereiten, mit sieben Jahren, in dem Restaurant, das mein Schwiegervater mit meiner Mutter führte. In dem Alter, in dem Kinder krumme Häuser mit dicken Schornsteinen und einen Weg, der im Himmel verschwindet, zeichnen, lernte ich Mehlschwitze,

Bechamelsauce, geschmortes Ragout und Sandkuchen zu machen. Sobald ich dieses Alphabet auswendig konnte, bin ich zu Sätzen, Kapiteln übergegangen. Mit zwölf war ich zu einem wandelnden Rezeptbuch geworden, mit einem Händchen für Saucen, Gebäck, Marinaden. Wenn ich außerhalb der Kochtöpfe keine Scheiße gebaut hätte, hätte ich mir vielleicht vorstellen können, eines Tages eine richtig große Chefkochmütze auf dem Kopf zu tragen, wie ein Kerl. Aber ich war unfähig, was daraus zu machen. Vom Kochen, vom Savate-Boxen war mir nicht viel geblieben. Man muss die Gaben pflegen, damit sie etwas bringen, von allein kommt nichts.

Ich habe also weiter meine Sellerie-Remoulade gegessen, während ich mir einen abgefroren habe, und vermieden, in die dreckige Visage von dem Kerl zu blicken, der mich gerade anmachte. Er bot Knete und Unterkunft, das kam einem Begräbnis gleich. Er wollte die Arbeitslosigkeit bekämpfen, das war klar, ein Starrkopf erster Güte, das war offensichtlich. Im Laufe des Gesprächs, ich weiß nicht, wie es gekommen ist, habe ich an die Tauben mit *Foie gras* und die *Tournedos Rossini* gedacht, von denen Vanessa träumte, und deren Rezepte ich nicht mehr recht zusammenbekam, es war schon so lange her, seit ich keinen Kochtopf mehr angerührt hatte, meine Erinnerungen verblassten. Unterdessen bestand der andere darauf, dass ich mir sein Haus anschaute, seine Küche, das wollte ich zur Not dann auch gerne tun, ich dachte mir, dass ich letztendlich vielleicht etwas aus der Situation machen könnte.

In seinem Auto, einem super Audi-Automatik mit Ledersitzen und jeder Menge Schalthebeln am Armaturenbrett, wurde ich dann langsam weich. Wenn ich mich an den Herd stellte, konnte ich die Freudlosigkeit des Lebens vielleicht vergessen. Und außerdem konnte ich, wenn ich Kohle verdiente, ohne etwas davon auszugeben, schon bald nach Lissabon abhauen, um Vanessa wiederzusehen. Man musste wirklich auf dem letzten Loch pfeifen, um an so einen Blödsinn zu glauben. Ich habe also zugesagt und mich eingerichtet.

In den ersten Tagen habe ich mich abgeplagt, ich hatte nicht mal mehr Haschisch, um mich wieder aufzubauen. Er hat mich sofort bezahlt, schwarz, bar auf die Hand, ich habe die Scheine in die Gefriertruhe gelegt, reichlich genug, um ein Flugticket nach Lissabon zu kaufen, was ich irgendwann tun würde, aber nicht jetzt gleich, erst musste ich wieder auf die Beine kommen.

Ich hatte ein großes Appartement ganz für mich allein, ein ziemlich scheußliches Zwei-Zimmer-Appartement mit einem großen Bett im Schlafzimmer und im Wohnzimmer Sessel und einen Fernseher. Ein richtiger Unterschlupf.

Der Typ schuftete wie ein Verrückter, total manisch, schlief nie, ich weiß nicht, wo er die Energie hernahm. Vielleicht aus dem Essen, von dem er besessen war. Ich musste im Morgengrauen aufstehen, um seine verschiedenen Mahlzeiten zuzubereiten, und anfangs hätte ich ihn ein paar Mal fast geschlagen, so gern hätte ich morgens ausgeschlafen. Ich habe mehrere Wochen gebraucht, um mich daran zu gewöhnen, der Typ ließ mir nichts durchgehen, er schrie rum, er hatte einen miesen Charakter, aber im Grunde war das gar nicht so schlecht für mich, ich brauchte eine starke Hand, und schließlich habe ich mich an den Rhythmus gewöhnt, vor allem, als die Tage allmählich etwas länger wurden, ich bin um halb fünf ohne Wecker aufgewacht, muss allerdings sagen, dass ich schon vor zehn Uhr abends todmüde war, ein echtes Huhn.

Eines Tages hat er mich richtig hart geschlagen, angeblich, weil ich ein Brathähnchen mit einer doch äußerst raffinierten Glasur verfeinert hatte. Das hat ihm nicht gefallen, und ich habe seine dicke Faust ins Gesicht bekommen, ich glaube, wenn ich meine Knarre gehabt hätte, hätte ich ihn auf der Stelle umgelegt, aber er hat mich völlig unerwartet erwischt. Und als die Wut verrauscht war und mit ihr der Schmerz, das Blut, das überall rann, habe ich ein Gefühl großer Ruhe und, ich würde fast sagen, eine Art Respekt vor diesem unberechenbaren Typen empfunden. Ich hatte meinen Patron gefunden. Sogar Vanessa hat dadurch an dem Tag einen Schlag einstecken müssen, sie war nun nicht mehr die einzige, die mich beherrschte.

Eines nachts hat mich das Handy geweckt, ein Typ, der mich für Vanessa hielt, angeblich vermisste er sie, *ruf mich zurück, Schätzchen, auf dass wir beide eine kleine Spritztour machen.* Das hat mir überhaupt nicht gefallen. Ein andermal hat der Typ eine Nachricht hinterlassen, jedenfalls hatte ich den Eindruck, dass er es war, *ich habe einen guten Plan für uns beide, Liebling, ruf schnell zurück.*

Ich musste mir Klamotten kaufen, der Patron hatte diesbezüglich ziemlich genaue Vorstellungen, er wollte nicht unbedingt sexy Zeug, das war immerhin etwas, aber farbenfroh. Warum? Ein Rätsel. Er war weder Witwer, noch Junggeselle, aber er lebte ganz allein, seine Frau war nach Ruanda gegangen, um sich um das Elend dort zu kümmern, und da gab es bestimmt einiges zu tun, aber ich begriff, dass sie hatte abhauen wollen. Mit ihrer besseren Hälfte konnte man nicht leben, sowenig wie mit allen Kerlen, aber dieser hier war schlimmer als viele, nicht so schwachsinnig wie mein Stiefvater, das war auch nicht schwierig, aber mein Stiefvater würde wenigstens niemandem mehr auf den Wecker fallen. Ich hatte ihm das Hirn weggepustet, nach allen Regeln der

Kunst, der allererste Typ, den ich umgelegt hatte. Nach ihm waren nicht wenige andere gekommen, ich wusste nicht genau wie viele, rechnen war noch nie meine Stärke gewesen, aber meinen Stiefvater würde ich bestimmt nicht vergessen. Er schlug mich nicht oft, selbst wenn ich es darauf anlegte, es war immer meine Mutter, die alles abbekam. Eines Tages, als er sie schlug und sie zu laut schrie, zielte ich auf dieses Schwein, nach allen Regeln der Kunst, und seine Visage verschwand unter einer Perücke aus blutendem Fleisch. Keine Zeit, das Schauspiel zu genießen, meine Mutter warf sich auf mich, als wollte sie mir mit den Fingernägeln die Augen auskratzen, sie war wirklich bekloppt, meine Mutter, schön, superschön, aber völlig meschugge. Sie hatte verflucht viel Kraft, um mich zu packen, mich zu ohrfeigen, ich hatte mich gewehrt, ich und meine Mutter richtig am Kämpfen, und dann war der Schuss losgegangen, sie ließ mich los, ihre Hände flogen in die Luft, sie fiel auf mich, ein Loch im Plexus, meine bildschöne Mutter schrie nicht mehr. Das war das Ende, meine Mutter in den Armen, aus und vorbei, ihr Blut strömte über meine Jeans, aus und vorbei, ich war tot, blieb irgend so eine Tussi, die alles vermasseln würde, müßig zu glauben, dass ich da je rauskommen könnte. In meiner Brust war etwas zerrissen wie ein Lumpen, den man in zwei Teile zerschneidet, man hat mir mit einem Messer die Eingeweide zerschnitten. Das war das letzte Mal, dass ich geheult habe, ich habe den größtmöglichen Nutzen daraus gezogen, aus all diesem Wasser, das herauslief, so lange, dass ich seitdem kein Wasser mehr in mir habe, um es laufen zu lassen. Eine wahre Sahara. Ich habe so viele Tränen vergossen, dass die Flics den Arzt riefen, und der Arzt schickte mich in ein Sanatorium, man hat mich gehätschelt, mein Vater und meine Mutter, die sich gegenseitig umgebracht hatten, und ich schrie, dass das nicht mein Vater war, dieser Schwachkopf, ich hatte keinen Vater, ich könnte Dutzende von Typen umlegen und würde keine Gefahr laufen, plötzlich meinen Vater umzulegen, die anderen waren mir immer scheißegal gewesen, je weniger davon übrig blieben, desto besser.

Ich hatte oft Lust, den Fresssack umzulegen, aber da ich den Gedanken jedes Mal von mir schob, gewöhnte ich mich an ihn. Und das ist schlecht, man darf sich nicht an jemanden gewöhnen, wenn man ihn in Ruhe kaltmachen will. Je besser man jemanden kennt, desto weniger bringt man ihn um. Und außerdem war ich furchtbar müde, ich war es nicht gewohnt, so viel zu arbeiten, und ich dachte zu oft an Vanessa, das raubte mir alle Kraft.

Was ich dennoch an diesem Verrückten schätzte, war seine Verrücktheit, und außerdem versuchte er nicht, mich zu begrapschen, und so was traf man selten. Er ließ mich in Ruhe, außerhalb der Mahlzeiten bekam ich ihn nie zu Gesicht. Nach dem Abendessen gab er mir Empfehlungen für die Menüs, die Speisen, den Arbeitsplan etc., dieser Typ musste beim Militär gewesen sein, um so streng zu werden, und das missfiel mir nicht gänzlich. Obendrein hatte er einen großen Vorteil, er machte nicht viel Konversation. Wir aßen nicht gemeinsam, ich schaffte es, vor oder nach ihm das zu verschlingen, worauf ich gerade Lust hatte. Ich hielt mich wirklich für eine gute Köchin, ich aß supergut. Vanessa würde grün werden vor Neid, wenn ich ihr davon erzählte. Nach zwei oder drei Wochen habe ich übrigens angefangen, alle Menüs aufzuschreiben, um ihr den Mund wässerig zu machen.

Einen guten Teil des Nachmittags, zwischen zwei und fünf Uhr, manchmal länger, hatte ich Ausgang, Anfangs schlief ich, dann ist mir das vergangen. Ich habe die Zeit genutzt, um mich in den Kellern und Lagern herumzutreiben, die waren unglaublich, wenn Vanessa das gesehen hätte, sie hätte durchgedreht. Das Haus stellte vor allem Weißwein her, nur wenig Rotwein.

Christian, der einzige Vollzeitangestellte, ein Typ in meinem Alter, hatte mich ankommen sehen, als wäre ich seine Verlobte, als wollte sein Patron eine Heirat zwischen uns arrangieren, ein Domestikenpaar haben. Der Junge konnte sich das vorstellen, gehorchen und die Schnauze halten bis ans Ende seiner Tage. Er schlich um mich herum, wie um mich zu beschnuppern, bevor er mich fraß. Ich habe versucht, ihm zu verstehen zu geben, dass ich seinen Typ nicht mochte, ich meine, dass Männer nicht mein Ding waren, und er begriff nicht, worauf ich hinaus wollte, er begriff übrigens überhaupt nichts. Egal, ich habe beschlossen, ihn zu benutzen, Dummheit ist ein gutes Werkzeug, und ich konnte natürlich davon profitieren, dass er mir niemals etwas abschlagen würde.

Er hat mich durch die Betriebsanlagen geführt. Am besten gefiel mir ein kleines, rosa verputztes Gebäude hinter dem Haus abseits der Weinkellereien. Es barg eine seit langem stillgelegte Essigfabrik, der Patron wollte kein Personal mehr, nur Christian und Saisonarbeiter. Wenn es nach mir gegangen wäre, hätte ich die Essigfabrik behalten. Im ganzen Gebäude stach einem der strenge, saure Geruch in die Kehle, biss in die Augen, das brannte, und ich liebte das.

In einem dunklen Raum schlummerten ziemlich große Fässer, dann kleinere, die dazu gedient hatten, den Balsamico heranreifen zu lassen, der nacheinander in Eichenfässer, dann in Kastanien-, Kirschbaum- und Akazienfässer umgefüllt wurde. Der Geruch hing noch in den Räumen, in dem letzten Akazienfass befand sich übrigens noch ein Rest. Daraus wurde regelmäßig die Flasche gefüllt, die ich in der Küche benutzte. Als er mich zum ersten Mal dorthin geführt hatte, fühlte Christian sich wie jemand, der eine ungebildete Touristengruppe durch den Louvre führte. Er erzählte mir mit bebender Stimme, wie er als kleiner Junge gesehen hatte, wie der Saft der weißen Trauben zur Erntezeit stundenlang unter freiem Himmel über einem Feuer gekocht wurde, bis er auf die Hälfte reduziert war. Anschließend das Klären und die verschiedenen Abfüllungen und der Reifeprozess, der Jahre dauerte.

Ich mochte die Ausdünstungen der Essigfabrik lieber als die der anderen Keller. Vielleicht, weil es sich schon um Absude handelte wie für den Balsamico, der mehr von einer Sauce als von einem Würzmittel hatte, so dass es nach Estragon, Schalotte, Fenchel, Minze, Basilikum, nach all den aromatisierten Essigsorten duftete, die sie früher hergestellt hatten, und deren Wohlgeruch noch vorhanden war, eine wahre Hexenküche, die noch Jahre später nach frischen Kräutern roch.

«Wir dürfen keinen Essig mehr aus den großen Fässern nehmen, die Essigmutter ist sauer geworden», hat mir der Einfaltspinsel erklärt.

Ich habe laut aufgelacht, er hat mich ein wenig erschrocken angeschaut, er war wirklich ernsthaft schwachsinnig, der arme Junge, ich habe mich gefragt, wie Essig noch sauer werden konnte.

Ich hatte schon bald genug von seinen dämlichen Blicken, ich habe ihm erzählt, dass ich Jungfrau war, was verdammt noch mal stimmte, dass ich mich für meinen Ehemann aufhob. Daraufhin hat er sich noch mehr an mich geklammert, ich war praktisch eine Heilige für ihn, und vielleicht war ich auf meine Art letztendlich tatsächlich eine. Wie dem auch sei, ich wollte an dem Ort keinen Feind haben, ich dachte, dass ich ihn früher oder später brauchen könnte, daher habe ich einen Weg gefunden, ihm eine sehr große Freude zu machen, ohne dass es mich allzu viel kostete, und das ist zwei oder drei Mal die Woche zur Gewohnheit geworden.

Er kam am Nachmittag zu mir, ich spielte die Ahnungslose, er kam, ich trug einen blauen Baumwollbademantel, und ich sagte: *mach es dir in dem Sessel bequem, ich muss mir die Zähne putzen.* Ich ließ die Badezimmertür offen und den Bademantel fallen, das war nicht kompliziert. Ich bürstete mir die Zähne, die Haare… kurz gesagt, ich präsentierte ihm meinen Arsch, denn ich glaube nicht, dass mein Rücken, meine Schultern oder meine Haare ihn groß beeindruckten. Er nahm ein Papiertaschentuch, setzte sich in einiger Entfernung mir gegenüber in einen Wohnzimmersessel, und los ging's, er hatte zehn Minuten, um sich einen runterzuholen, mehr nicht. Tatsächlich brauchte er sehr viel weniger, er war ein guter Junge.

Ich sah niemanden außer dem Patron und Christian, und das war mir nur recht so. Ich hätte Vanessa gebraucht. Die anderen waren mir scheißegal. Schließlich hatte ich meine kleinen Gewohnheiten, ich konnte nicht klagen. Ich zählte meine Mäuse im Gefrierschrank. Mit dem, was ich bei den Einkäufen abzweigte, kam ich mir beinahe reich vor.

Eines Tages habe ich, bevor ich auf den Markt an den Uferstraßen von Mâcon ging, Haschisch bei Serge besorgt, kolumbianische Spitzenqualität, ich habe auch Koks bei ihm bestellt, das ich eine Woche später abgeholt habe. Das hat meinen Alltag deutlich gehoben.

Allmählich lernte ich die Händler, die Marktbudenbesitzer kennen, ich stand hoch im Kurs, weil ich nicht aufs Geld schaute. Es machte mich an, einkaufen zu gehen, der Patron überließ mir seinen Wagen, eine wahre Quarzuhr, die kein Geräusch von sich gab. In diesen Augenblicken hatte ich den Eindruck, wirklich jemand zu sein. So hätte ich nach Lissabon abhauen können, aber ohne Vanessa hatte ich Schiss, vielleicht ließ ich langsam nach, begann solide zu werden. Schon das Alter?

Meistens sagte ich mir, dass ich nur eine kleine

Pause einlegte. Ich erlaubte mir zu vergessen. Ich machte Profit. Der Boss schaute nicht auf die Kohle, der Stapel Scheine im Gefrierschrank wuchs stetig an. Die Küche war eine angenehme Gesellschaft, zwei Öfen im gusseisernen Gasherd mit Grill, die elektrische Friteuse, eine Super-Mikrowelle, Kupfertöpfe, das war Vier-Sterne-Qualität, und zwischen den Koriander- und Schokoladendüften, Walkman über den Ohren, vergaß ich fast alles, außer Vanessa natürlich.

Ich las stundenlang Kochbücher, im Wohnzimmer stand eine ganze Wand davon, Desserts, Fleisch, Wild, Schokolade, Mousse, Gratins. Alles. Ich lernte Rezepte auswendig, dafür habe ich ein gutes Gedächtnis. In Lissabon würde Vanessa über mein Wissen nur so staunen, ich würde ihr den Bauch damit vollstopfen.

Das Schlimmste war der Garten, eine wahre Strafe, als hätte man einem Sträfling aufgetragen, Steine zu schlagen. Ich betrachtete diesen Unrat, Grünzeug, das noch vom letzten Jahr hochstand, ich hatte keine Ahnung, was dieser Mist sein mochte. Als Christian mir beigebracht hat, die Gartenfräse zu benutzen, ging es besser. Sie erinnerte mich an das Motorrad in der glückseligen Zeit, als Vanessa und ich auf einer 650er die Küste bei Menton unsicher gemacht hatten, wo wir geile Coups bei stinkreichen Alten gedreht hatten. Immer bin ich gefahren, Vanessa presste sich fest an mich, so ließ es sich leben. Notgedrungen musste ich daran denken, als ich, Walkman über den Ohren, die Maschine schob und die Erde umgrub, die in dicken Klumpen aufbrach, auf denen rosige, glänzende Würmer zappelten.

Als ich erst einmal gründlich aufgeräumt hatte, war ich ganz zufrieden beim Anblick der fruchtbaren, sauberen Erde, die darauf wartete, dass ich etwas hineinsteckte, damit sie ihre Arbeit machen konnte. Christian hat mir eine Liste der Dinge gegeben, die im Gartencenter gekauft werden mussten, und er half mir beim Säen und Pflanzen. Normalerweise machten wir das nach der Sitzung mit dem Zähneputzen, dann war er besser drauf. Ein echter Sklave, man braucht einen, wenn man einen Patron hat, das rückt die Dinge zurecht.

Ich habe mir angewöhnt, vor der Gartenarbeit einen dicken Joint zu rauchen und mir eine Linie reinzuziehen. Allmählich ist die lästige Arbeit zu einem superguten Trip geworden, vor allem an den schönen Tagen, die nun kamen. Ich hoffte zwar abzuhauen, bevor ich sehen konnte, was da sprießen würde, aber das war nicht weiter wichtig, vielleicht würde es beim Kochen helfen, die Dinge aus der Erde kommen zu sehen und nicht immer aus dem Kühlschrank. Ich wusste nicht so recht. Ich hatte keine Ahnung, wie Vanessa das gesehen hätte. Der Boss sprach nie mit mir über das, was im Gemüsegarten passierte, ich nehme an, dass er auf Christian vertraute, dass der den rechten Arbeitsablauf überwachte, oder vielleicht sah er auch heimlich nach, ich weiß es nicht.

In jedem Fall schien er zufrieden mit mir zu sein und ließ mich immer mehr in geradezu himmlischer Ruhe. Eines Tages hat das Handy geklingelt, auf dem Display stand *keine Rufnummer*. Vielleicht wollte Vanessa mir mitteilen, dass sie einen guten Plan hatte. Sie wusste noch nicht, dass ich drei Mille hatte, um sie zu investieren, für uns beide das große Los.

Durch das viele Training am Herd bin ich in Schwung gekommen, ich habe überraschend eine Taube mit *Foie gras* aufs Menü gesetzt, auf dem Markt habe ich einen Händler aus Bresse ausfindig gemacht, der Supertiere verkaufte. Da habe ich mich wirklich selbst übertroffen, der Patron hat es gemerkt, er hat es genossen, das war's, ich hatte ihn in der Tasche. Ganz normal, Vanessas Lieblingsgericht zu kochen, hatte mich zu Höchstleistungen beflügelt.

Unser Trott ist schwer aus dem Gleichgewicht geraten an dem Tag, als ihn eine seltsame Marotte überkam: ich sollte die Sachen seiner Frau aussortieren, nein, nicht nur aussortieren, sondern in Taschen und Koffer packen, um sie nach Ruanda zu schicken. Diese Extraarbeit hat mir ganz und gar nicht gepasst, das brachte meinen Biorhythmus durcheinander, und außerdem haben mir die Sachen der Herrin überhaupt nicht gefallen. Was für fürchterliche Klamotten, grässliche Dessous, seine Alte dürfte wohl nicht jeden Tag ihren Spaß gehabt haben.

Der Patron hatte gesagt, dass ich mir die Sachen nehmen konnte, die mir gefielen, aber ich lief keine Gefahr, über sie herzufallen. Ich habe dennoch zwei oder drei Pullis zur Seite gelegt und einen schrecklich hässlichen Pelz, von dem ich vielleicht die Ärmel abschneiden konnte, zumal ich nicht sah, was sie in Ruanda mit einem Nerz anfangen sollte, wenigstens schien es einer zu sein, Kaninchen war es jedenfalls nicht. In einem Karton ganz hinten im Kleiderschrank lag eine ganze Babywäscheausstattung, Strampelanzüge, Hemdchen, Baumwollfrottee, Handgestricktes, sorgfältig gefaltet. Ich begriff nicht. Christian hatte behauptet, dass der Patron keine Kinder hatte. Vielleicht hatte sie an die Armen gedacht, das hier war genau das Richtige für Ruanda. Ich habe angefangen, den Karton auszuleeren, es kam mir vor, als würde ich mit Puppen spielen, ich, die das immer gehasst hat, sogar als ich ganz klein war.

Ich habe die Kleidungsstücke eins nach dem anderen in einen großen Plastikbeutel gelegt, und unten im Karton war genau so ein Plastikbeutel, rechteckig und ziemlich schwer, gut verschlossen.

Ich habe ihn geöffnet. Darin lagen Bündel von Fünfzig-Euroscheinen, an den Ecken mit Nadeln zusammengeheftet, ganz wie es sich gehört. Das hat mir echtes Herzjagen gemacht, ich habe noch nie soviel Kohle auf einem Haufen gesehen. Ich habe gezählt. Zwanzig Scheine in einem Bündel: tausend! Dreißig Bündel… Das waren ja fünfzehn Weinhändler! Ich habe versucht nachzudenken, aber es ist mir nicht gelungen. Ich habe gedacht, dass der Patron mir eine Falle gestellt hat, dass er mir hinter der Tür auflauerte, und dass er hereinplatzen und mir eine kräftige Ohrfeige verpassen würde: *hab ich dich auf frischer Tat ertappt!* Pass bloß auf, ich musste ja nicht sofort loslegen. Ich habe die Scheine wieder in den Beutel gelegt, dann den Beutel in den Karton, und den Beutel mit der Babywäsche obendrauf.

Ich konnte mich kaum beruhigen, ich dachte natürlich an nichts anderes mehr, ich bereute schon, ich hätte die Scheine nehmen, die aus der Gefriertruhe dazutun und verduften sollen. Ich brütete schwer darüber nach. Ich habe einen Joint geraucht, aber das hat meinen Zustand nur noch verschlimmert. Ich tat mich sauschwer damit, das Abendessen zuzubereiten, ich hatte meinen Kopf hinten im Schrank bei dem Beutel mit den Scheinen gelassen. Ich starb vor Angst, kalter Schweiß lief mir den Hals runter, ich kam ins Schleudern, für diese Dummheit würde ich teuer bezahlen, ich wusste nicht warum, und das war es, was mich so sehr in Panik versetzte, nicht genug Grips, um zu begreifen, aber ich war überzeugt, dass diese Knete eine Falle war, aus der ich keinen Ausweg hatte. Ich hätte Vanessa gebraucht, ihre Intelligenz.

Ich bin sicher, dass der Patron beim Abendessen gemerkt hat, dass ich nicht gut drauf war, er hat gefragt, ob ich mich um die Sachen seiner Frau gekümmert hätte, ich habe nur gesagt, dass ich noch nicht ganz fertig war, er hat nicht weiter nachgehakt, dafür hat er sich fürchterlich über die Zuckererbsen aufgeregt, ich habe den Teller voll in die Fresse bekommen, ich habe gedacht, er würde mich damit ersticken, in dem Moment hätte ich ihn umlegen können, ich habe blitzartig die dreckige Fresse von meinem Stiefvater gesehen, meine Mutter, die schrie, bevor sie über den Jordan gegangen ist, ich habe ihm Ohrfeigen und Fußtritte verpasst, diesem Arschloch, sollte er seine Zuckererbsen doch von unten fressen. Anschließend hat er mir eine Lektion erteilt, so eine Sauerei von grünem Gemüse, völlig zerkocht, verdorben, in mir hämmerte es, das würde ein böses Ende nehmen.

Später, in meiner Bude, habe ich mir zwei Linien reingezogen, bevor ich mich durchs Fernsehen gezappt habe. Ich hatte einen fast vollständigen Überblick über die Programme, als ich mich plötzlich wie befreit fühlte, um meine Pläne weiterzuverfolgen. Dieser Wahnsinnige hatte sich im Grunde ganz zu Recht aufgeregt. Ich habe begonnen, die Dinge ganz deutlich zu sehen, ich hatte einige Neuronen wiedergefunden: ich wusste bestimmt, dass er keine Ahnung von der Kohle in seinem Schrank hatte, die dem Tod von fünfzehn Weinhändlern entsprach. Wenn er davon gewusst hätte, hätte er mir nicht die Zuckererbsen ins Gesicht geschleudert, er wäre weniger feinschmeckerisch gewesen. Ich wusste nicht, warum seine Frau diese Kohle nicht mit nach Ruanda genommen hatte, was sie vorhatte, und das spielte auch keine Rolle, ihr Mann war nicht eingeweiht. Das hatte sie gut gemacht, sie, die die Armen so liebte, konnte sich glücklich schätzen, ihr verborgener Schatz würde einer ewigen Verliererin zugute kommen, die es verdient hatte, wenigstens einmal in ihrem Leben dreißig Mille vor sich zu haben. Ich habe an Vanessa gedacht, sie war es immer, die die Coups vorbereitet hat, sie hatte Köpfchen, dies war der Moment zu beweisen, dass ich auch nicht ganz ohne war. Ich würde verduften, aber zum richtigen Zeitpunkt, nichts dem Zufall überlassen.

Christian hatte gesagt, dass der Patron und er Anfang des Monats zu einem Weinwettbewerb nach Lyon fahren würden. Ich würde die Gelegenheit nutzen und mit den Scheinen im Beutel, meinen Ersparnissen und meinem letzten Monatslohn, den er mir vorher noch geben würde, wie immer bar auf die Hand, abhauen. Lissabon gehörte mir, wir würden ganz vornehm leben. Köpfchen! Darauf kam es an.

Am nächsten Tag habe ich die Scheine aus der Babywäsche in den Schacht befördert, der unter der Badewanne angebracht war, ein praktisches Versteck, in dem schon die CZ und der Schalldämpfer warteten.

Während der Mahlzeiten war ich ganz Lächeln mit ihm, und ich habe ihm den Gaumen sanft gekitzelt, ein wahres Festival professioneller Kochkunst. Ich hatte einen teuflisch guten Fisch, ich habe mich sogar an eine Überraschung der Chefköchin gewagt: Pistazienmakronen. Bei einem Marokkaner auf dem Markt hatte ich dicke, sehr grüne und schön frische Pistazien aufgetrieben und die Zubereitung war eine Mordsarbeit gewesen. Sie aus der Schale lösen, in kochendes Wasser werfen, um sie zu häuten, zu Puder zermahlen… ich hatte eine Wahnsinnszeit damit verbracht. Ich hatte ihm diese höllisch guten Makronen noch warm serviert. Ihre feine Kruste war so knusprig, dass sie zum Orgasmus in den Ohren führte, dann schlugen die Zähne in eine Creme, deren reiner Mandelgeschmack sich im ganzen Mund ausbreitete, ein Zeug, das an Buddhas Erleuchtung heranreichte.

Dem Patron haben sie gut geschmeckt, aber ich

glaube nicht, dass er dieses Wunderwerk richtig zu schätzen wusste, weil er sich zu sehr über das Rindfleisch mit Karotten hergemacht hatte, das hat ihm den Appetit verdorben. Dieser Mangel an Urteilsfähigkeit war ein großer Minuspunkt an ihm, ich war enttäuscht, so ein Feinschmecker war er also auch wieder nicht.

Mitten in der Nacht hat in meiner Bude das Handy geklingelt, ich bin aus dem Bett gesprungen, um ranzugehen, in einer Art böser Vorahnung. Ich habe ihre Stimme sofort erkannt, Vanessa ging's nicht gut, das hörte man, mein Blut hat in weniger als einer Sekunde zwei- oder drei Runden gedreht, ich hatte überall Ameisen, unglaublich, diese Nana beherrschte mich immer noch, nichts zu machen. Sie hat erklärt, dass sie tief in der Scheiße steckte, Lissabon wollte nichts von ihr wissen, sie gab mir keine richtigen Einzelheiten, sie konnte nicht zu lange reden, aber ich glaubte, verstanden zu haben, dass sie im Begriff war, Portugal zu verlassen, die Flics auf den Fersen und ziemlich mittellos.

«Machen wir wieder unsere Spritztouren, meine Große?»

Ich würde nicht nein sagen, mir war Lissabon scheißegal, um so mehr, als ich nie eine Begabung für Sprachen gehabt hatte, und außerdem kam das gerade recht, die Weinberge des Patrons aus Mâcon wollten auch nichts mehr von mir wissen, sie hatten alles gegeben, was sie zu geben hatten.

Sie hat mich nach Menton bestellt, ins «Café de la Bourse», nicht weit vom Hafen.

«In vierzehn Tagen um sechs Uhr?»

«Am 8.?»

«Am 8.!»

«Mir ist danach, unser Wiedersehen ganz groß zu feiern, mein Baby, es ist schlecht gelaufen, seit wir uns nicht mehr gesehen haben.»

Ich wollte nicht herumstreiten, aber schließlich war sie es, die abgehauen war, ohne mich nach meiner Meinung zu fragen.

«Ich habe eine feine Überraschung, mein Schatz», habe ich gesagt, «du wirst sehen, wir werden uns eine schöne Zeit machen.»

Das schien ihr wieder Mut zu machen, wir haben uns überall geküsst, dann haben wir das Gespräch beendet.

Am letzten Tag des Monats, das heißt am Abend vor dem Tag, an dem er mir meinen Lohn hätte zahlen müssen, hat der Patron wieder seinen Koller gekriegt. Die farcierten und in Weißwein gedünsteten Artischocken hatten ihn nicht begeistert, der Monsieur hat sich in blinde Wut reingesteigert, eine Knarre von ich-weiß-nicht-wo hervorgezaubert, sie mir unter die Nase gehalten und mich angebrüllt, die Klappe zu halten. Das hat mich nicht beeindruckt, ich hatte genug von diesen armen Kerlen gesehen, die ganz aus der Fassung gerieten, wenn ich meine Knarre auf ihr stumpfsinniges Gesicht richtete. Das hat er nicht erwartet, ich habe seine Knarre mit dem Fuß weggekickt, nur keinen Mist bauen, ich wusste noch, wie man das Bein hebt. Ich habe die Knarre im Flug aufgefangen und gezielt, seine Visage hat's in Stücke zerrissen, er hat sich im Kreis gedreht und mit seinen weißen Augen die Decke angestarrt, bevor er über dem Tisch zusammengebrochen ist.

In der Küche ist es ganz still geworden, ich habe das Gas unter den Artischocken abgestellt, die langsam anbrannten, die hatten mir so schon genug Ärger eingehandelt. Vanessa hat mir sofort gefehlt, ich hatte schon lange niemanden mehr ohne sie umgelegt, aber ich würde sie bald wiedersehen, und sie würde stolz auf mich sein. Ich habe den Teller von dem Wahnsinnigen leergegessen, der wirklich nicht wusste, was gut war. Ich fand die Artischocken ganz und gar nicht schlecht, zugegeben, vielleicht hatte ich etwas zu viel Lorbeer dran, aber das war doch kein Grund, so auszurasten. Ich habe etwas von dem Dessert gegessen, ein Clafoutis mit Apfel und mit Zimt gewürzt, schön weich, so gut war es mir noch nie gelungen. Ich hatte Talent, und, nichts zu machen, Talent verliert man nie völlig: ich war ganz zufrieden, dass ich vor langer Zeit Champion im französischen Boxen gewesen war, bevor ich alles vermasselt hatte, das hatte mir im Grunde das Leben gerettet. Ich habe einen alten *Marc de Bourgogne* geschlürft, um diese gute Nachricht zu feiern.

Ich habe all meinen Mut in beide Hände genommen und die Leiche an beiden Füßen gepackt. Ich schleppte sie bis zur Essigfabrik, das war das Schwierigste. In dem großen Raum roch es immer noch genauso gut, von Himbeere bis Estragon, dazwischen der Balsamico, dessen Düfte hartnäckig aus dem angrenzenden Lager eindrangen.

Ich bin die Leiter hinaufgeklettert, um oben an eines der großen Essigfässer heranzukommen, die nicht mehr benutzt wurden, eins von denen, in denen die Essigmutter schlecht geworden war. Ich hob den Deckel hoch, der saure Geruch stach mir in die Kehle, trieb mir die Tränen in die Augen, das war ein aromatisierter Essig – womit, hätte ich nicht sagen können, die Oxidierung hatte die Herkunftsbeschreibung zerfressen. Ich beugte mich hinüber, um hineinzusehen, das Fass war halb voll mit einem dicken und stark glänzenden Sirup, wie *Crème de Cassis*. Perfekt!

Ich ging den Gabelstapler suchen, ich fand ihn in einem der Weinkeller, ich stieg auf, ich warf ihn an und fuhr ihn bis zur Essigfabrik. Dort legte ich den Patron auf die Ladefläche, ich hob ihn hoch, dann kippte ich ihn in das Fass, das hat nur so gespritzt, und der Gestank ist so heftig geworden, dass ich husten musste.

Sobald ich wieder Luft bekam, habe ich mich hinübergebeugt. Die Leiche war auf den Bauch gefallen, die Arme gespreizt, aber der Kerl hatte mir etwas verheimlicht, ein ganz rosiges und nicht eben erfreutes Frauengesicht war an seine Schulter geschmiegt, eine Art riesiges Stückchen Mixedpickles von der zarten Farbe eines in Essig eingelegten Ingwers. Die Frau des Patrons ähnelte im Jenseits dem bösen Geist einer japanischen Manga, alles in allem war sie in ihrer neuen Welt wesentlich sexier als in ihren alten Klamotten der ergebenen Winzerin. Es war also im Estragongeschmack – kein Zweifel, das war bestimmt Estragon –, wo sie mit ihren letzten Leiden konfrontiert wurde, nicht nötig, bis nach Ruanda zu gehen. Hier war die kinderlose Mutter zu Essig geworden. Der Patron und die Patronne letztendlich vereint, der Wahnsinnige und ich, wir hätten uns verstehen können, wir hatten die gleichen Vorstellungen: nicht nur eine ausgesprochene Vorliebe für die Gastronomie, sondern auch für Knarren, die jenen, die nicht schnell genug kapierten, ein drittes Auge bescherten.

Was da trotzdem nicht stimmte, und das bedauerte ich: ich hatte den Patron nicht ausgezogen, das würde nicht gerade top sein für die Konservierung. Seine bessere Hälfte, für ihren Teil, schwamm splitternackt in ihrem Balsam des Jenseits, ganz wie eine ägyptische Skulptur, die sich nicht um den Zahn der Zeit scherte.

Ich habe den Deckel wieder zugemacht, um sie in Ruhe in ihrer Marinade ziehen zu lassen, brachte den Gabelstapler wieder an seinen Platz, und ging zurück, um die Küche sauber zu machen.

Am nächsten Morgen bin ich um vier Uhr morgens aufgewacht, aus Gewohnheit, und ich musste lachen, als ich an die beiden Cornichons dachte, die im selben Fass marinierten. Vanessa würde das bestimmt gefallen. Ich habe mir eine Linie reingezogen, um meinen Aufbruch zu feiern. Als ich meine Tasche packte, dachte ich, dass Vanessa mich zur Schnecke machen würde, und dass sie vielleicht recht hätte. Man blieb nicht wochenlang bei einem Typen, bevor man ihn umlegt, außer, man suchte wirklich Ärger. Ich habe ein wenig nachgedacht.

Um zwanzig nach sieben saß ich am Küchentisch und hatte schon zwei oder drei Kaffee getrunken. Ich habe eine Nummer auf dem Handy gewählt:

«Taxi Guérin? Guten Tag. Meine Freundin und ich haben Ihre Dienste vor einiger Zeit in Anspruch genommen… Wir sind Ihre Schwestern, wenn Sie verstehen, was ich meine…»

Er verstand sofort, jedenfalls war er mir zu Diensten. Ich habe ihn gebeten, mich an der Kreuzung der beiden Departmentstraßen an der Bushaltestelle Richtung Mâcon aufzulesen, Punkt acht Uhr fünfzehn. Er schien ganz zufrieden.

Um sieben Uhr dreißig habe ich Christian im Bademantel empfangen, immer noch in meinem ordinären blauen Baumwollbademantel, der den Pawlowschen Reflex bei ihm auslöste, allein schon wegen des Zähneputzens, so dass er sich auch einen hätte runterholen können, ohne dass ich mir den ganzen Zirkus im Badezimmer antun musste.

Ich habe ihm erklärt, dass der Patron aufgebrochen war, um seine Frau aus Satolas abzuholen, aber der Strohkopf war so erregt bei dem Gedanken, dass ihm eine Extra-Vorstellung zustand, dass ihn das nicht besonders zu interessieren schien. Ich habe ihm eine Schale voll Kaffee serviert und einen großen Löffel Trockenmilch dazugetan, in der ich sechs Tabletten Lexotanil zerdrückt hatte. Ich habe in aller Ruhe mein Frühstück beendet und mir die leicht karamellisierten Artischocken schmecken lassen, die aufgewärmt wesentlich besser waren.

Ich habe den Bademantel ausgezogen, ihn in meinen Koffer gestopft, Christian versuchte, die Augen offen zuhalten, um von einer Darbietung auf der Vorderbühne zu profitieren, wozu er vorher nicht berechtigt war, aber ich sah schon, dass sein ohnehin nicht sehr wacher Geist immer langsamer wurde, er nickte ein, riss sich mit einem Ruck noch einmal zusammen. Schließlich ist sein Kopf auf seinen Ellenbogen gesunken, er schnarchte selig, mit offenem Mund.

Ich habe ihm die Knarre von dem Wahnsinnigen in die Hand gelegt, seine Finger darum geschlossen, vorher hatte ich sie gründlichst mit Glasreiniger gereinigt, damit sie auch wirklich ihm und nur ihm gehörte, die Knarre, die ich dann in die Tischschublade legte, wobei ich sie, ich bin ja nicht blöd, mit Küchenpapier anfasste. Wenn jemand herumschnüffeln würde, ein Flic oder so, man kann nie wissen, würde er den Schuldigen finden. Wenn es aber allen scheißegal war, mir war's das auch. Jedenfalls konnte Vanessa mich nicht zur Schnecke machen, ich hatte mein Bestes getan.

Draußen war es noch dunkel, nicht der kleinste Zipfel Himmel hinter den Wolken. Angesichts meines sprichwörtlichen Glücks fürchtete ich, einen kräftigen Schauer auf den Kopf zu kriegen, aber es war halb so schlimm. In Menton ist der Himmel immer blau, und Vanessa würde einen mit mir draufmachen, das würde mich über alle Erinnerungen an schlechtes Wetter hinwegtrösten.

Als ich meinen Koffer auf dem Schotterweg

hinter mir herzog, ist mir plötzlich klar geworden, dass ich die Artischocken vor dem Kochen in Zitronenwasser hätte legen müssen, und dass es ein schwerer Fehler war, Champions mit Milchlingen zu verwechseln. Aber ich würde mich wieder fangen, ein Talent musste man nutzen, man durfte nicht locker lassen. Ich hatte ein anderes Artischockenrezept behalten, das ich wegen Vanessas kleiner Schwäche auswendig gelernt hatte. *Schnitzel von Foie gras de canard gebraten, mit Artischockenvierteln und Schalotten in karamellisiertem Essig.* Die Schalotten glasig dünsten, warm halten, die *Foie gras* in Schnitzel schneiden, sie von beiden Seiten in der Pfanne anbraten, in einer anderen Pfanne den Zucker karamellisieren lassen, mit Xérès-Essig ablöschen und reduzieren, Balsamico hinzufügen, reduzieren, das Fett der gebratenen Leber hinzufügen, nachwürzen. Die *Foie gras*, die Artischocke, der Essig und der Balsamico, das war eine ganze Welt. Eine Welt der Erinnerungen, im Grunde nicht so schlecht.

Ich spürte, dass ich nicht mehr alles vermasseln würde. Vanessas Abwesenheit hatte mich zu ein wenig Köpfchen gezwungen. Ich fühlte mich erwachsen, und letztendlich sehr jung, um so reich zu sein. Ich habe das Taxi auf der Departmentstraße kommen sehen, zwischen zwei grünen Weinbergen. Es war Frühling, ich ging besseren

Zeiten entgegen, die Knarre in meiner Jackentasche, den Schalldämpfer in der anderen, den Kopf voller Rezepte. Das erste Mal seit langer Zeit war ich einfach nur guter Laune. Ich habe dem Schnauzbärtigen zugewinkt. Auf geht's, Jugend!

Wenn ein Sohn außer Kontrolle gerät und einer neurotisch-strengen Mutter und einem als Musikproduzent ruinierten Vater deren Trennung heimzahlt, was bleibt übrig, um ihn die Jugend einigermaßen heil überstehen zu lassen? Rock 'n' Roll. Und der Vater schöpft wieder Hoffnung, obwohl er weiß, dass diese Musik mit der Energie der Hoffnungslosigkeit gespielt wird. Er versucht, seinem Sohn, der eine vielversprechende Gruppe gegründet hat, zum Durchbruch zu verhelfen. Doch die Zeichen stehen schlecht und die Vergangenheit holt den Papa ein ... **Verfilmt von Patrick Grandperret, mit Antoine Chappey, Léo Grandperret u.a.**

José-Louis Bocquet
Papas Musik
ISBN 978-3-942136-02-0

Bei seiner ersten Ermittlung hat es sich Corbucci, Privatdetektiv mit Migrationshintergrund und der Philip Marlowe von Nizza, nicht leicht gemacht. Dieser Bewunderer von Don Quichotte legt sich einer hübschen Blondine zuliebe mit einem mächtigen mafiosen Netz von privaten Kliniken, korrupten Polizisten und Politikern an. Was ihm für sein Debüt als Privatdetektiv nicht wenige Feinde einbringt. Zum Glück gibt es einen alten Flic, der nicht korrupt ist, und der seiner Spur folgt. **Verfilmt von Brigitte Rouan, mit Ysaé, Gérard Meylan, Sarah Biasini u.a.**

Patrick Raynal
Landungsbrücke für Engel
(Schönheit muss sterben)
ISBN 978-3-942136-03-7

Weitere Infos und Gesamtverzeichnis: www.distelliteraturverlag.de

Sara, die Kunstmalerin werden will, kommt aus dem Kongo nach Paris Barbès. Ein Viertel voller Crack-Dealer und Junkies, wo sie als Prostituierte arbeitet, um das Geld für das Flugticket und die falschen Papiere zurückzahlen zu können. Als sie die Summe nach drei Monaten fast zusammen hat, wird ihr das Geld gestohlen und ihre Zimmergenossin dabei ermordet. Sara sucht Hilfe bei einem ehemaligen Streetworker. Aber von da an ist das ganze Viertel hinter ihr her... **Verfilmt von Dominique Cabrera, mit Aïsa Maïga, Samir Guesmi u.a**

Marc Villard
Die Stadt beißt
ISBN 978-3-942136-04-4

In ihrer engagierten Radiosendung lässt Crista Gefängnisinsassen zu Wort kommen, unter anderem auch einen gewissen Manu. Als dieser entlassen wird, will er sich persönlich bei Crista bedanken, die sich auf der Stelle in ihn verliebt. In der Hoffnung auf einen Job für ihn stellt sie Manu dem geheimnisvollen Leiter des Radios vor, und die beiden kommen tatsächlich ins Geschäft: Manu entwickelt für den Sender ein überaus leistungsfähiges Informatik-System. Was Crista nicht ahnt, ist, dass sie damit den Wolf in den Schafstall gelassen hat ... **Verfilmt von Orso Miret, mit Lubna Azabal u.a.**

Didier Daeninckx
Nur DJs gibt man den Gnadenschuss
ISBN 978-3-942136-05-1

Weitere Infos und Gesamtverzeichnis: www.distelliteraturverlag.de

Annabelle hat im Allgemeinen kein Glück. Sie lässt sich auf jedes krumme Geschäft ein, um sich in Thailand eine Geschlechtsumwandlung leisten zu können, die aus dem «Er» eine richtige «Sie» machen soll. Doch ihr letztes Ding geht gründlich schief. Sich-Mühe-geben, gepaart mit Naivität, genügt nicht, um ihr Ziel zu erreichen. Vor allem wenn man es mit den ganzen Gaunern der Porte de Montreuil zu tun hat. Also bleibt ihr nichts anderes übrig, als sich wie ein «richtiger Kerl» zu verhalten...
Verfilmt von Guillaume Nicloux, mit Clément Hervieu-Léger u.a.

Laurent Martin
Die Königin der Pfeifen
ISBN 978-3-942136-06-9

Der Zeichner Ambroise Fridelance ist schüchtern und kleinmütig. Er lebt so dahin zwischen einer querschnittsgelähmten Frau, die ihm das Leben schwer macht, und einem gewissenlosen Verleger, der ihn für seine Buchillustrationen mehr als knauserig bezahlt. Ambroise hofft aus diesem Desaster herauszukommen, indem er einen alten Hocker aus Familienbesitz verkauft, bei dem es sich um ein kostbares afrikanisches Objekt handelt. Ambroise träumt von Reichtum, Glück und Rache ... Als er merkt, dass er bei dem Geschäft hintergangen wird, offenbart Ambroise ungeahnte Reserven von Wut und Aggressionen...
Verfilmt von Claire Devers, mit Clotilde Hesme, Laurent Stocker u.a.

Romain Slocombe
Das Tamtam der Angst
ISBN 978-3-942136-07-5

Weitere Infos und Gesamtverzeichnis: www.distelliteraturverlag.de

. . . !

südwest

Prof. Dr. med. Reiner Bartl

Kursbuch Osteoporose

Die neuesten Therapien gegen Knochenschwund
Mit Bewegung und Ernährung die Knochen stärken

Mit einem Fitnessprogramm von Martina Gewecke

Vorwort 6

Der Knochen – ein Multifunktionstalent 8

Speicher, Stütze und Schutz 9

Ein architektonisches Meisterwerk 9
Der Knochen – eine ständige Baustelle 11
Prinzip der maximalen Knochenmasse 14
Osteoporose – was ist das eigentlich? 15

Die Diagnose der Osteoporose 20

Risikofaktoren 21

Nicht beeinflussbare Risiken 21
Beeinflussbare Risiken 23

Leitliniengerechte Diagnostik 28

Die Knochendichtemessung 29
Einteilung der Osteoporose 36
Die häufigste Knochenkrankheit 37
Sekundäre Osteoporosen 40
Wann ist eine Knochenbiopsie nötig? 41

Frühzeitig vorbeugen gegen Osteoporose 42

Effektiver Knochenschutz 43

Kalziumreiche Ernährung 43
»Knochenfreundliche« Küche 50

Leitliniengerechte Diagnostik: preiswert – standardisiert – genau.

Vitaminreiche Ernährung .62
Bewegung – viel und regelmäßig .63

Ihr Fitnessprogramm 64

Übungen im Stand 68
Übungen im Sitzen .72
Übungen in Rückenlage .76
Übungen im Vierfüßlerstand .79
Ungeeignete Übungen .83

Weitere Tipps für gesunde Knochen 83

Schluss mit dem Rauchen! .83
»Knochenräuber« Nahrung 84
Untergewicht vermeiden 88
Vorsicht mit Medikamenten 88
Risiko durch chronische Krankheiten 90

Osteoporose erfolgreich behandeln 92

Mit Konsequenz zum Ziel 93

Die Schmerzspirale durchbrechen .93
Psychische Krankheitsverarbeitung 99
Kalzium und Vitamin D als Basisbehandlung 100
Hormonersatztherapie in den Wechseljahren .104
SERMS – maßgeschneiderte Östrogene .108
Bisphosphonate – einfach und effektiv 109

Ihr Fitnessprogramm von Martina Gewecke: kompetent und konsequent.

Parathormon – effektiver Knochenaufbau 116
Strontium-Ranelat – doppelt wirksam 116
Leptin – ein neues Hormon 116
Hoffnung Wachstumsfaktoren 117
Statine – Fettsenker und Knochenstärker 117
Neuentwicklungen 118
Testosterontherapie beim Mann 119
Anabolika für den Muskelaufbau 119
Fluoride – nicht mehr im Einsatz 119
Kalzitonin – kaum noch im Einsatz 120
Sind Kombinationen sinnvoll? 120
Therapiekontrolle – wann und wie? 122
Vibrationen – neue Bewegungstherapien 124
Knochenbruch – kein Grund zur Verzweiflung 125
Osteoporose bei Männern 133
Osteoporose bei Kindern 136
Sorgenkind Wirbelsäule 138

Anhang 144

Diagnose der Osteoporose im Überblick 144
Behandlung der Osteoporose im Überblick 147
Osteoporosemittel mit nachgewiesener Wirkung 151
Glossar 153
Literatur 156
Register 157
Über dieses Buch/Impressum 160

Körperliche Aktivität – lebenslang und mit viel Spaß!

Vorwort

Osteoporose ist heute neben Diabetes mellitus (Zuckerkrankheit), Bluthochdruck und Herzinfarkt ein weltweites Gesundheitsproblem, eine echte »Volkskrankheit«. Die Patienten haben einen dünnen Knochen und leiden an Brüchen (Frakturen). Frauen sind mit 80 % besonders betroffen, aber auch Männer erkranken immer häufiger. Osteoporose hat keine Frühwarnsymptome, und bis vor kurzem wurde sie erst mit Auftreten des ersten Knochenbruchs diagnostiziert. Osteoporose kommt »auf leisen Sohlen« – welcher junge Mensch denkt daran, vielleicht später an Osteoporose zu erkranken?

Unter Einsatz der heute zur Verfügung stehenden und wissenschaftlich überprüften Verfahren könnten deutlich mehr als die Hälfte aller Oberschenkelhalsbrüche und bis zu 80 % aller Wirbelbrüche verhindert werden. Unser heutiges Wissen rechtfertigt meine optimistische Aussage, dass jede Osteoporose vermeidbar und im frühen Stadium heilbar ist – vorausgesetzt, dass Patient und Arzt beharrlich und konsequent dieses Ziel verfolgen.

Immense Kosten

Man schätzt, dass ungefähr 40 % aller Frauen einmal in ihrem Leben einen durch Knochenschwund bedingten Knochenbruch erleiden. Weltweit verursacht Osteoporose etwa zwei Millionen Oberschenkelbrüche jährlich. Berechnen wir 10 000 bis 25 000 Euro pro Operation und Rehabilitation in Deutschland, so werden uns die immensen Kosten dieser Erkrankung für die Gesellschaft bewusst: etwa fünf Milliarden Euro jährlich. Viele Betroffene sind später pflegebedürftig. Osteoporosebedingte Knochenbrüche sind aber auch lebensbedrohlich: Fast ein Viertel aller älteren Patienten mit Oberschenkelbruch stirbt innerhalb eines Jahres nach dem Bruch.

Hoffnungsvolle Fortschritte

In den letzten Jahren haben moderne diagnostische Methoden und neue Medikamente diese Erkrankung aus ihrem stiefmütterlichen Dasein herausgerissen und neue Hoffnungen geweckt:

- Besseres Verständnis des Knochenumbaus
- Zuverlässige Methoden zur Messung der Knochendichte
- Erkennen der Risikofaktoren für den Knochenschwund
- Frühzeitige Maßnahmen zur Verhütung der Osteoporose

▸ Einführung der Medikamentengruppe der Bisphosphonate
▸ Allgemein gültige ärztliche Leitlinien zu Diagnose und Therapie

Aufgrund dieser Fortschritte erscheint es mir realistisch, dass auch die Osteoporose bald zu den historischen Erkrankungen gehören wird, vergleichbar mit der früher gefürchteten Rachitis (Vitamin-D-Mangelkrankheit), die heute mit der Vitamin-D-Prophylaxe in zivilisierten Ländern zu den ausgestorbenen Krankheiten gezählt werden kann.

Rechtzeitige Vorbeugemaßnahmen treffen

Osteoporose zu besiegen hängt wesentlich von zwei Umständen ab:

▸ Die Gesellschaft muss darüber aufgeklärt werden, wie wichtig der Aufbau einer »maximalen Knochenmasse« noch weit vor der Menopause (Ende der Regelblutung in den Wechseljahren) ist – im Idealfall im Jugendalter.
▸ Das Gesundheitssystem akzeptiert die Notwendigkeit, Personen mit Osteoporoserisiko frühzeitig zu erkennen und sie für ein Vermeidungsprogramm zu gewinnen. Dies ist eine wesentlich preiswertere Strategie, als für die enormen Folgekosten der Osteoporose aufzukommen. Angesichts der Zunahme älterer Menschen in unserer Gesellschaft ist dies eine der dringlichsten Aufgaben im Bereich Gesundheit.

Und noch ein Umstand macht mir Mut, an dieses ehrgeizige Ziel zu glauben. Mit der Einführung der Bisphosphonate, einer neuen Medikamentengruppe, können wir bei allen Patienten und Risikogruppen den krankhaften Knochenabbau stoppen, die Knochenmasse damit erhöhen und das Knochenbruchrisiko senken. Somit ist die Osteoporose heute heilbar, vorausgesetzt, dass es noch nicht zu einer schweren Skelettzerstörung gekommen ist: »Osteoporose muss nicht sein!«

Doch um Osteoporose tatsächlich zu vermeiden, ist es notwendig, sofort, konsequent und mit Elan damit anzufangen, auf die Gesundheit unseres Skeletts zu achten. Es ist nie zu spät, damit zu beginnen: »Jeder ist seines Skelettes Schmied!«

Prof. Dr. med. Reiner Bartl

Denken Sie einmal über die 100-Prozent-Regel nach:

▸ 100 % der Bevölkerung haben ein Osteoporoserisiko.
▸ 100 % der Osteoporosefälle sind heute vermeidbar.
▸ 100 % der Osteoporosefälle sind behandelbar.

Fazit: Vorbeugung ist einfacher und effektiver als Therapie!

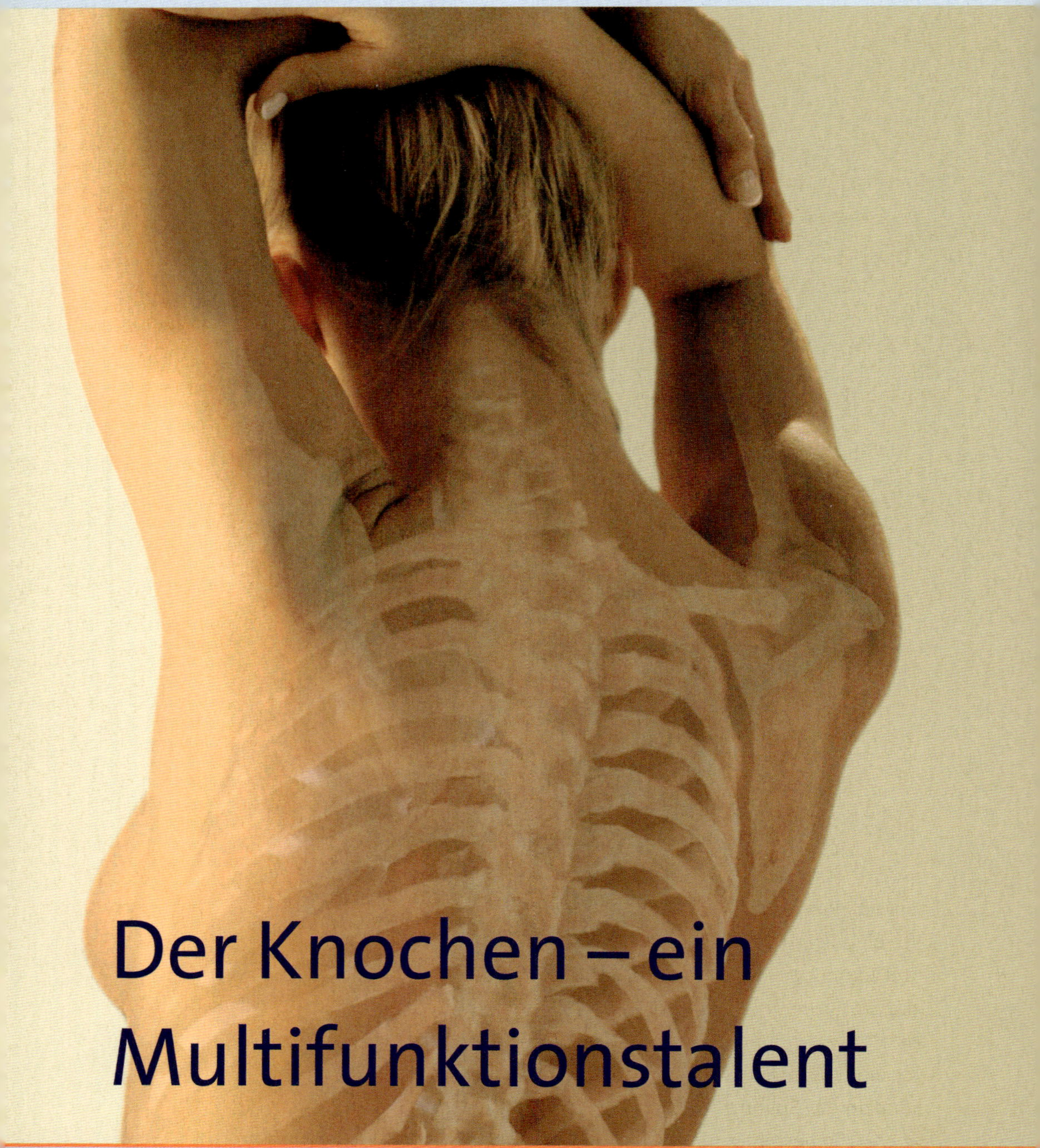

Der Knochen – ein Multifunktionstalent

Die Aufgaben des Skeletts

Speicher, Stütze und Schutz

Neben der Stütz- und Schutzfunktion haben Knochen noch eine wesentliche Aufgabe: Sie sind die größte Mineralbank des Körpers. 99 % des Kalziums, 85 % des Phosphats und 60 % des Magnesiums sind dort gespeichert.
Viele lebenswichtige Funktionen wie Herzschlag, Nervenfunktion, Blutgerinnung und Enzymaktivierung hängen von einem exakt eingehaltenen Kalziumwert im Blut ab. Sinkt dieser Kalziumwert im Blut ab, laufen zahlreiche Regulationsprozesse an, um das lebensnotwendige Kalzium umgehend aus den Knochen zu lösen und in das Blut zu transportieren. Umgekehrt werden Kalzium, Phosphat und Magnesium auf Abruf in den Knochen gespeichert. Auf diese Weise werden täglich mehr als 400 Milligramm Kalzium aus den Knochen herausgelöst und pro Jahr 20 % der Knochen abgebaut. Umgekehrt wird die Knochenbilanz durch einbauende Prozesse genau ausgeglichen. D. h., dass unser Skelett drei- bis viermal in unserem Leben vollkommen erneuert wird. Wird diese Bilanz aber über viele Jahre nicht exakt eingehalten, so haben wir eine negative Kalziumbilanz, die schließlich in ausgedünnten, brüchigen, porösen Knochen, der so genannten Osteoporose, enden muss.

Das Knochengerüst des Menschen, das Skelett, besteht aus ca. 220 Knochen. Neben der Stütz- und Fortbewegungsfunktion gibt uns das Knochengerüst Schutz vor äußeren Einwirkungen. So schützen z. B. die Rippen Herz und Lunge, und der Schädel bewahrt unser Gehirn vor Verletzungen.
Der Knochen enthält auch unser Knochenmark, das die lebensnotwendigen Blutzellen produziert.

Ein architektonisches Meisterwerk

Die Architektur des Knochens ist vorgegeben durch zwei Eigenschaften: Sie muss widerstandsfähig und elastisch sein. So hat beispielsweise die Hüfte eine Belastung von mehr als 250 Kilogramm Gewicht, also eine viertel Tonne, zu »verkraften«; zudem muss sie aber auch kurze harte Schläge und Verwindungen, wie z. B. beim Springen und Skifahren, elastisch abfedern und überstehen können. Dies realisiert der Knochen durch eine spezielle Mischung der Baumaterialien, die wir im Bauwesen als Prinzip der Spannbetonbauweise kennen: die »Zwei-Phasen-Komponente«. So besteht der Knochen aus einem elastischen Knochenmaterial, in dem Kollagenmoleküle wie Seile lamellenförmig angeordnet sind. Dazwischen werden Kalzium und Phosphat in kristalliner Form, vergleichbar mit Beton bei der Spannbetonbauweise, eingelagert und verfestigt. Verschiedene Spurenelemente und Riesenmoleküle (»Mucopolysaccharide«) dienen als Leim, der die Proteinseile mit den Mineralkristallen fest verbindet. Das Kollagen ist für die Elastizität, die kristallinen Mineralien für die Festigkeit und Steifheit des Knochens zuständig. Die richtige Mischung und Reifung der Baukomponenten ist ein komplexes Geheimnis, das viele andere Mineralien, Vitamine, Hormone und Enzyme umfasst und das wir bis heute nur bruchteilhaft verstehen.

Dieser vergrößerte Querschnitt eines spongiösen Knochens zeigt sehr gut die schwammartige Konstruktion. Die Bälkchen sind so angeordnet, dass sie den Belastungslinien des Knochens folgen und damit eine optimale Festigkeit bieten.

Der kortikale Knochen

Der äußere Anblick des Knochengerüsts verbirgt die geniale Architektur. Erst im Röntgenbild können wir die beiden Bauprinzipien erkennen. Manche Knochen sind hohl und gleichen einer Röhre. Dazu werden der Oberschenkel- und der Oberarmknochen gezählt. Dieser Typ der Knochenstruktur wird auch als kortikaler oder kompakter Knochen bezeichnet, da er aus einer kompakten äußeren Rinde besteht. Die moderne Architektur setzt dieses Bauprinzip beispielsweise beim Bau von Fernsehtürmen ein. Ein Rohr ist viel belastbarer als ein massiver Stab.

Der spongiöse Knochen

Einen anderen Aufbau finden wir in den Wirbelkörpern, der Ferse und dem Oberschenkelhals. Diese Knochen sind nicht hohl, sondern wie ein von fester Hülle umgebener Schwamm (Spongiosa) konstruiert. Wir kennen diese Bauweise im Kran- und Brückenbau, bei denen die Belastung des Hauptträgers durch abstützendes filigranes Fachwerk abgefangen wird. Auf den ersten Blick wirken die Knochenbälkchen ungeordnet, bei genauer Betrachtung erweisen sich die Bälkchen als architektonisches Meisterwerk mit exakter Anpassung an die Belastungslinien (Trajektionslinien). Je dichter die Verknüpfungspunkte (Knoten) der Bälkchen ausgebildet sind, desto belastbarer ist der jeweilige Knochen.

Ausgewogen und stabil

Die Belastbarkeit des Knochens hängt also nicht so sehr von der Knochendichte, sondern vielmehr von der ausgewogenen Knochenarchitektur ab. Ca. 80 % unserer Knochen sind kortikal und nur 20 % spongiös. Der kompakte, kortikale Knochen ist sehr dicht, bis zu 90 % verkalkt (kalzifiziert) und hat ein sehr niedriges Oberflächen-Volumen-Verhältnis, er ist also träge und unterliegt einem sehr langsamen Umbau. Der spongiöse Knochen dagegen hat durch die feingliedrige Anordnung eine viel größere Oberfläche und ist daher einem wesentlich schnelleren Umbau ausgesetzt. D. h., dass sich der Knochenschwund (Osteoporose) zuerst an Knochen mit hohem Anteil an Knochenbälkchen äußert: Brüche von Wirbelkörper, Handgelenk, Rippen und Oberschenkelhals.

Der Knochen – eine ständige Baustelle

Der Knochen ist ein hochaktives Gewebe, das sich selbst überwacht und repariert. Knochenschwund beginnt an der inneren Oberfläche unserer Knochen. Der Knochen wird regelrecht von innen ausgehöhlt – bis er bricht.

Der Knochen ist nicht leblos, er ist vielmehr ein lebendiges Organ mit hoher Durchblutung und Stoffwechselaktivität. Bei der Geburt sind nur wenige Knochenteile fertig angelegt und werden erst nach und nach aus Knorpel zum festen, in Lamellen angelegten Knochen umgebaut. Das Knochenwachstum, im Englischen auch modelling genannt, ist erst zur Pubertät mit der Verknöcherung der Wachstumsfugen abgeschlossen: Die endgültige Körpergröße ist erreicht. Das bedeutet jedoch nicht, dass sich ab diesem Zeitpunkt am Knochen nichts mehr tut. Er wird vielmehr ständig umgebaut und den wechselnden Bedürfnissen der Umwelt und Muskelkraft angepasst. Hinzu kommt, dass alternde Knochensubstanz durch Mineralverlust und Kollagenalterung an Festigkeit und Elastizität verliert – der Knochen bricht leichter. Der Körper tauscht daher in regelmäßigen Abständen die gesamte Knochensubstanz aus. Diese Fähigkeit des Materialaustauschs (»remodelling«) dient jedoch nicht allein der Gesamterneuerung, sondern auch der Reparatur eines gebrochenen, verletzten Knochens. Dabei handelt es sich nicht nur um die Reparatur oder Heilung von Brüchen ganzer Knochen, sondern auch um Tausende mikroskopisch kleiner Brüche der Knochenbälkchen (»Mikrofrakturen«), die neben der Knochendichte das Knochenbruchrisiko bestimmen (siehe auch Grafik Seite 13).

Bautrupp im Dauereinsatz

Um diese ständigen Reparaturen und Anpassungen zu bewältigen, bedient sich das Knochengewebe spezialisierter Zellsysteme: Osteoklasten bauen alten, schwachen Knochen in nur wenigen Tagen ab, während Osteoblasten langsam über viele Wochen neuen Knochen wieder aufbauen. Für diesen Umbauprozess steht die unglaubliche Zahl von fünf Millionen Baueinheiten (»bone remodelling units«) bereit. Sie ist vergleichbar mit den Bautrupps der Straßenreparatur: Beschädigter Belag wird abgetragen und mit neuem Asphalt wieder ausgefüllt. Diese Selbstreparatur des Knochens ist von entscheidender Bedeutung für die Entstehung der Osteoporose. Knochenschwund entsteht, wenn über die Jahre etwas mehr Knochen abgebaut als erneuert wird. Wissenschaftler haben errechnet, dass bei der Entstehung der Osteoporose etwa 30 Teile Knochen abgebaut und nur 29 Teile wieder ersetzt werden. Der Knochenschwund steht daher vor allem mit der Anzahl aktivierter Umbaueinheiten in einer Wechselbeziehung. Diese Aktivität spiegelt sich in der Kalziumausscheidung und in den Abbauprodukten des Kollagens im Urin wider.

Der Knochen ist eine »Mimose« und vergisst keinen störenden Einfluss (z. B. Rauchen). Die Baueinheiten des Knochens, wenige Osteoklasten (knochenabbauende Zellen) und viele Osteoblasten (knochenanbauende Zellen), werden durch Hormone und gewebeständige Botenstoffe an einen genauen Bauplan gebunden. Selbst kleinste hormonelle Störungen können über Jahre zu einer negativen Knochenbilanz und damit zu Knochenkrankheiten führen.

Die Anpassung der Knochenmasse

Der Knochenumbau ist sehr komplex und bisher nur zum Teil verstanden. Sein Ziel ist die exakte Anpassung der Knochenmasse an die Muskelaktivität und Belastung; nicht ein Gramm Knochenmasse zu viel wird akzeptiert. Je mehr Muskelmasse wir aufbauen und je mehr Körpergewicht unser Skelett belastet, desto mehr nimmt die Knochenmasse zu. Die dafür zuständigen Zellsysteme des Knochengewebes werden einerseits von systemischen Hormonen, andererseits von Vitaminen, lokalen Gewebefaktoren (Zytokine) und mechanischen Reizen gesteuert.

Der Umbauzyklus des Knochens

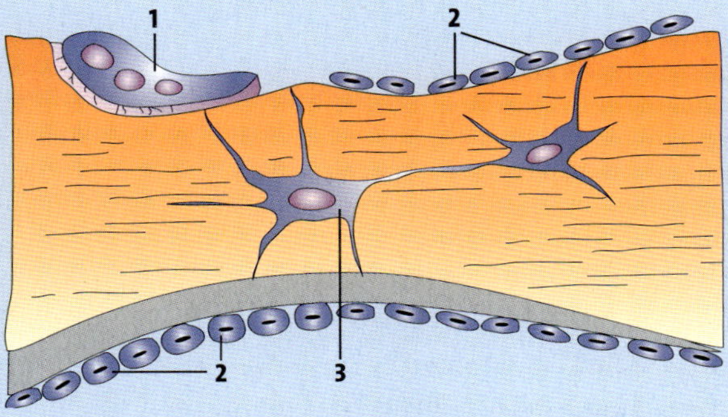

Im Knochen erfolgt ein reger Ab- und Aufbau: Die Osteoklasten (1) »fressen« alte Knochensubstanz auf, die Osteoblasten (2) sorgen für einen Neuaufbau. Die Osteozyten (3) sind für die Versorgung des Knochens zuständig und regulieren den Kalziumgehalt, sie sind die »Beamten« des Knochens.

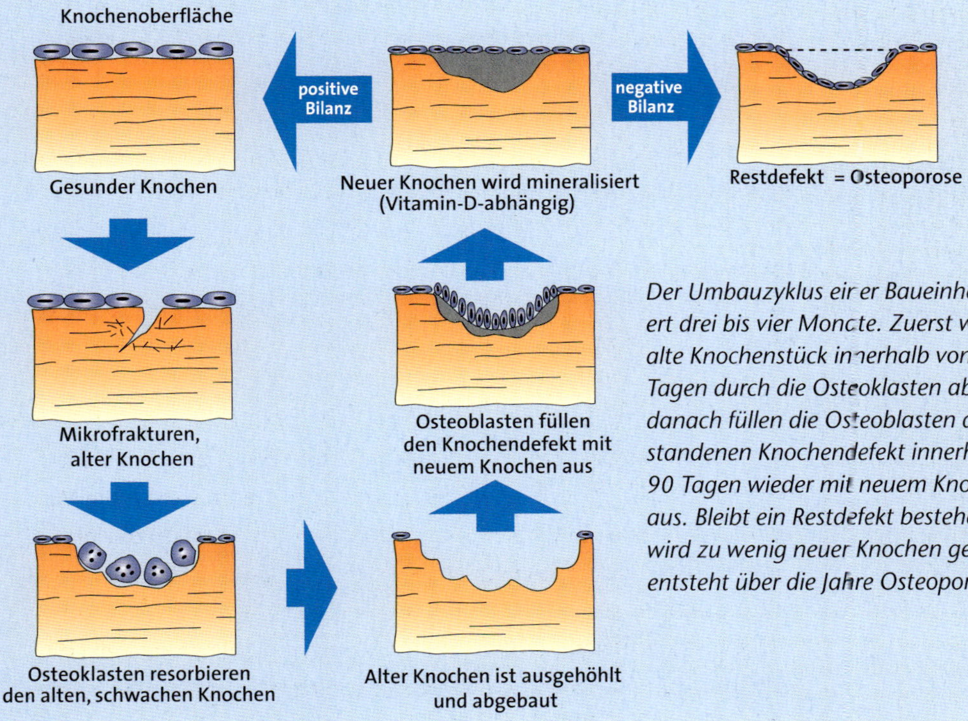

Der Umbauzyklus einer Baueinheit dauert drei bis vier Monate. Zuerst wird das alte Knochenstück innerhalb von zehn Tagen durch die Osteoklasten abgebaut, danach füllen die Osteoblasten den entstandenen Knochendefekt innerhalb von 90 Tagen wieder mit neuem Knochen aus. Bleibt ein Restdefekt bestehen, d. h. wird zu wenig neuer Knochen gebildet, entsteht über die Jahre Osteoporose.

Prinzip der maximalen Knochenmasse

Die maximale Knochenmasse ist das Kapital, von dem wir im Alter zehren. Gehen wir damit sparsam um!

Alle Körperteile altern – das Skelett ist keine Ausnahme. Von der Geburt bis zum jungen Erwachsenen nimmt die Knochenmasse ständig zu, im Alter zwischen 25 und 30 erreichen wir unsere maximale Knochendichte (»peak bone mass«). Einige Frauen erreichen diesen Wert bereits mit 20. Spätestens aber nach dem 30. Lebensjahr verlieren wir mehr Knochenmasse, als wir produzieren. Durchschnittlich betrachtet kommt es zu 1 % Knochenverlust pro Jahr, unabhängig vom Geschlecht. Bevorzugt wird der spongiöse Knochen abgebaut, der eine höhere Knochenoberfläche aufweist und damit anfälliger für die im Alter zunehmend aggressiver werdenden knochenabbauenden Zellen wird. Umgekehrt werden die knochenanbauenden Prozesse mit zunehmendem Alter träger, es wird weniger neuer Knochen produziert. Die beschriebenen »Bautrupps« nehmen daher im Alter an Zahl und Aktivität ab, aber auch die »Zulieferer« werden träger: Im höheren Alter werden weniger Kalzium und Vitamin D aus dem Darm resorbiert, die Haut produziert weniger Vitamin D und die Nieren verlieren vermehrt Kalzium. Die Folge ist, dass die Nebenschilddrüse vermehrt Parathormon ausschüttet und das lebensnotwendige Kalzium aus dem Kalziumspeicher Knochen mobilisiert – auf Kosten der Knochenstabilität. Für diesen Schwund liegen in der Regel keine äußeren Ereignisse oder plausiblen Erklärungen vor; offensichtlich ist er genetisch vorprogrammiert.

Das Kalzitonin senkt den Kalziumspiegel im Blut, das Parathormon hingegen stellt sowohl den Kalzium- als auch den Phosphatspiegel im Blut auf normale Werte ein.

So steigt bei einer Frau der Verlust an Knochen rapide bis auf 4 % pro Jahr nach der Menopause mit Abfall des Östrogenspiegels. D.h., dass eine Frau von ihrem 40. bis zum 70. Lebensjahr im Durchschnitt etwa 40 % ihrer Knochenmasse verliert, ein Mann hingegen verliert im gleichen Zeitraum nur etwa 20 %. Da der Mann in jungen Jahren auch noch einen stärkeren Knochen als die Frau aufweist, ist sein Knochenschwund im Alter bei weitem nicht so dramatisch. Für Frauen aber wurde errechnet, dass 75 % der Wirbelkörperbrüche und 50 % der Oberschenkelbrüche aus dem hohen Knochenschwund in der Menopause resultieren.

Ungesunde Lebensweise in jungen Jahren

Der Grundstock für Knochenprobleme im späteren Alter wird aber häufig bereits in der Jugend gelegt: nämlich wenn durch falsche Ernährung, durch mangelnde Bewegung oder Rauchen die optimale Knochendichte nicht erreicht wird. Die Vorbeugung der Osteoporose beginnt also schon in der Kindheit und mit der richtigen Erziehung zu einer gesunden Lebensweise.

Eltern wie auch schulische Institutionen sind für die richtige Ernährung und für ausreichende sportliche Aktivitäten verantwortlich, denn die maximale Knochendichte, die wir als junger Erwachsener erreichen, ist vergleichbar mit einem Kapital, das wir bis ins hohe Alter klug und sparsam ausgeben bzw. anlegen sollten – auch wenn wir heute sogar die Möglichkeit haben, dieses »Kapital an Knochen« im Alter wieder zu vermehren. Das ist allerdings keinesfalls ein Grund, in jugendlichem Leichtsinn seine Knochenstabilität aufs Spiel zu setzen. Gerade bei unserem Skelett sind ein frühes Knochenbewusstsein und eine aktive Vorsorge von zunehmender Bedeutung, um den altersbedingten vorprogrammierten Knochenschwund zu vermeiden bzw. hinauszuzögern. Daher gilt gerade für junge Menschen der Satz: »Jeder ist seines Skelettes Schmied.«

Der Knochen ist ein vitales und anpassungsfähiges Gewebe, das in ständigem Austausch mit dem Gesamtkörper steht und sich selbst überwacht. Sein Studium hat gezeigt, dass der einfachste Weg zum gesunden Knochen über die kluge Anwendung erprobter Selbstreparaturmechanismen des Knochens führt.

Osteoporose – was ist das eigentlich?

»Osteo« bedeutet Knochen, und »porose« kann mit Durchlässigkeit übersetzt werden. Osteoporose ist also eine Krankheit mit »zu wenig Knochen«. Experten definieren Osteoporose als eine Knochenkrankheit mit allgemeinem Abbau von Knochensubstanz, zunächst ohne sichtbare Veränderung der äußeren Knochenform, jedoch mit Abnahme der mechanischen Belastbarkeit des Knochens und der Neigung zu Knochenbrüchen.

Noch vor wenigen Jahren wurde diese knochenausdünnende Krankheit als ein natürlicher schicksalhafter Altersprozess angesehen, so wie graue Haare oder Altersfalten. Aber an Osteoporose ist nichts »natürlich«. Es ist nicht »natürlich«, zehn Zentimeter kleiner zu werden und sich beim Husten Rippen zu brechen. In Deutschland leiden inzwischen sechs Millionen Menschen, überwiegend Frauen, an den Komplikationen der Osteoporose, an Knochenbrüchen mit ihren desaströsen Folgen. Die gute Nachricht besteht aber darin, dass heute jede Osteoporose vermeidbar und gut behandelbar ist – auch im späten Stadium.

Laut Weltgesundheitsorganisation (WHO) und nach den Leitlinien des Dachverbands Osteologie (DVO) wird heute die Osteoporose nach den Werten der DXA-Knochendichtemessung (Osteodensitometrie) festgelegt. Osteoporose bei der Frau liegt vor, »wenn die Knochenmineraldichte um 2,5 Standardabweichungen (SD) unter dem statistischen Mittelwert gesunder prämenopausaler Frauen (vor den Wechseljahren) liegt«. Damit kann man die Diagnose der Osteoporose bereits vor dem Auftreten eines Knochenbruchs stellen und gezielte Maßnahmen zu deren Vermeidung einleiten. Die Osteoporose ist heute im Frühstadium noch heilbar!

Die Knochenbälkchen sind der Schlüssel für einen belastbaren Knochen. Sind sie durch Osteoporose erst einmal verschwunden, gibt es für Medikamente und für die Bautrupps des Körpers keine Ansatzflächen für Reparaturarbeiten mehr.

Wie aus heiterem Himmel

Wie entsteht Osteoporose? Im Wesen ist sie eine negative Knochenmassebilanz über viele Jahre, die lange unbemerkt abläuft, bis plötzlich bei kleinstem Anlass, z. B. bei heftigem Niesen oder beim Anstoßen an ein Hindernis, ein Knochenbruch auftritt. In der Regel folgen Wirbeleinbrüche, die zu schweren Dauerschmerzen, Skelettdeformierungen und zur Abnahme der Körpergröße führen können. Angst, Mutlosigkeit, Depressionen, zunehmende Unbeweglichkeit und Muskelschwund sind die Folgen dieses »Teufelskreises«, den es schließlich zu durchbrechen gilt.

Spongiöse Knochen als erstes Angriffsziel

Wie läuft der Raubbau im Knochen selbst ab? Die »Bautrupps« des Knochengewebes, bestehend aus abbauenden und anbauenden Zellen, führen ihre Reparaturarbeit bevorzugt auf der inneren Oberfläche des Knochens (Endost) durch. Die weitaus größte Angriffsfläche für die Knochenzellen bieten die Knochen mit hohem Anteil an spongiösem, trabekulärem Knochen (siehe dazu Seite 10ff.), also bevorzugt Wirbelkörper, Hüften, Rippen, Handgelenke und Fersen. Dieses schwammartige Knochengerüst wird fünfmal schneller abgebaut als die kompakte Knochenrinde der langen Röhrenknochen, der so genannten kortikalen Knochen (siehe Seite 10). In der zeitlichen Abfolge werden daher zuerst die Knochenbälkchen im Inneren der Knochen zerstört, die Knochenrinde wird dagegen viel langsamer von der inneren Oberfläche her verschmälert.

Halten die gleichzeitig eingeleiteten Knochenanbaumaßnahmen nicht Schritt mit dem zuerst ablaufenden Knochenabbau, resultiert daraus eine negative Knochenbilanz mit einer Verminderung der Knochendichte. Die Osteoporose entsteht.

Nicht nur eine Frage der Knochenmasse

Der Knochen bricht nicht allein deswegen, weil er dünn ist. Diese Ungereimtheit erkennt man schon daran, dass die Hälfte aller Patienten mit dünnen Knochen nie einen Knochenbruch erleiden. Es ist beispielsweise auffallend, dass Japanerinnen eine deutlich niedrigere Knochendichte und eine geringere Kalziumaufnahme als US-Amerikanerinnen aufweisen; trotzdem ist in Japan die Häufigkeit eines Oberschenkelhalsbruchs zweieinhalbmal niedriger als in den USA.

Neuere wissenschaftliche Studien haben zudem gezeigt, dass Osteoporose mehr als nur zu niedrige Knochendichte ist, sie ist auch ein Qualitätsproblem. Hier ist wieder der Vergleich mit dem Brückenbau angebracht. Die Tragfähigkeit einer Brücke hängt nicht nur von der Dicke des Hauptträgers ab – genauso wichtig ist die Qualität der verwendeten Baumaterialien und vor allem die ständige Wartung vor Witterungseinflüssen. Wird die Brücke nicht regelmäßig entrostet und saniert, so wird sie an ihrer schwächsten Stelle brechen – ganz egal, wie stark der Hauptträger noch ist.

Gesunder Knochen

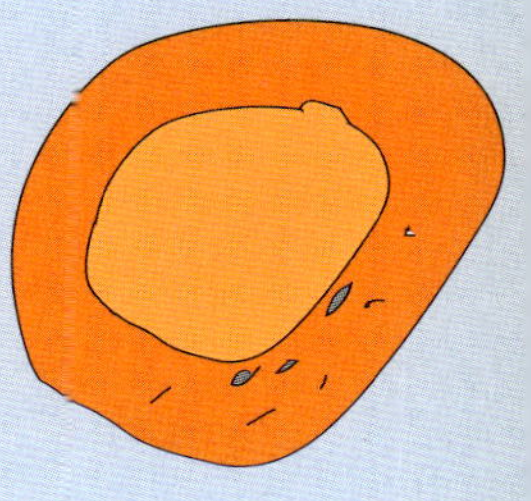

Osteoporotischer Knochen

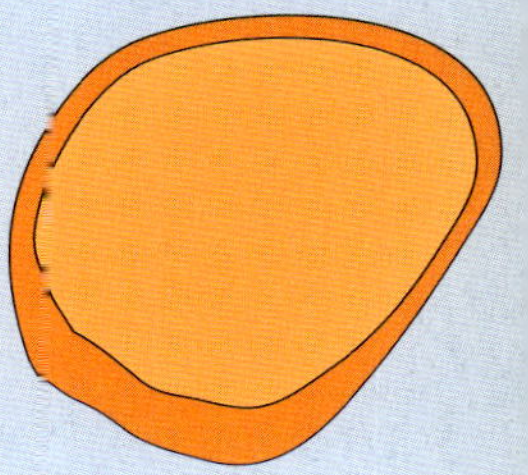

Gesunder und osteoporotischer Knochen im Vergleich: oben der Querschnitt durch einen Oberarmknochen einer jungen Frau mit kräftigem kortikalem Knochen, unten der deutlich »ausgedünnte« Knochen einer an Osteoporose erkrankten Frau.

Zu starke Knochenbelastung

In unserem Knochen laufen ständig winzige Knochenbrüche ab, die zu einer Schwächung der Belastbarkeit führen und einer sorgfältigen Reparatur bedürfen. Heilen diese Tausende winziger Knochenbrüche nicht komplett und vollkommen ohne »Narben« aus, so kommt es ab einem kritischen Punkt zum Bruch des gesamten Knochens. Ist zudem auch noch die Knochenstruktur von Anfang an qualitativ sehr minderwertig angelegt, so kann der Knochen selbst bei normaler Dichte auch ohne Einwirkung von außen problemlos brechen.

Ermüdungs- oder Stressfrakturen treten häufig bei Ausdauersportarten wie Triathlon oder Marathon auf.

Viele Faktoren spielen zusammen

Manche Menschen bleiben bruchfrei, obwohl sie extrem niedrige Knochendichtewerte zeigen. Frauen, die älter als 80 Jahre sind, haben fast alle im Oberschenkelbereich Knochendichtewerte, die einer schweren Osteoporose entsprechen, und trotzdem brechen sich nur wenige den Oberschenkelhals. Was unterscheidet also den dünnen Knochen, der bricht, von dem, der nicht bricht? Die Antwort liegt in der Knochenarchitektur und in der Fähigkeit, minderwertigen Knochen zu reparieren. Der osteoporotisch bedingte Knochenbruch basiert daher in der Regel auf drei Abnormitäten des Knochengewebes, die gleichzeitig vorliegen:

- Erniedrigte Knochendichte
- Mangelhafte Reparaturmechanismen
- Minderwertige Knochensubstanz und Architektur

Knochenbälkchen brechen täglich 1000fach, ohne dass wir es spüren. Diese Mikrofrakturen müssen rasch und vollständig repariert werden – sonst drohen selbst bei normaler Knochendichte große Knochenbrüche.

Für eine Störung der Selbstreparaturmechanismen des Knochens sind viele verschiedene Faktoren verantwortlich:

- Mangel an Baustoffen
- Strahlentherapie
- Mangel an Vitaminen
- Alterung der Knochenzellen
- Toxische Substanzen
- Durchblutungsstörungen

- Chemotherapeutika
- Hormonstörungen
- Schwermetalle
- Immobilität oder Fehlbelastung

Bei der Behandlung der Osteoporose müssen wir also nicht nur eine Erhöhung der Knochendichte, sondern auch eine Verbesserung der Knochenqualität und eine Aktivierung der beschriebenen natürlichen Reparaturmechanismen anstreben.

Magnetfelder steuern den Knochenbau

Es ist schon sehr lange bekannt, dass die Belastung des Knochens Kraftlinien und damit elektrische Potenziale erzeugt, die für den Heilungsprozess und die Erneuerung des Knochens von besonderer Bedeutung sind (der so genannte piezoelektrische Effekt). Diese elektromagnetischen Felder im Knochen sind offensichtlich wichtige Signale für benachbarte Knochenzellen, den Knochen nach den jeweiligen individuellen Bedürfnissen neu zu modellieren. Die uns im Röntgenbild vertrauten »Trajektionslinien« der Knochenbälkchen spiegeln diese Zug- und Druckspannungen, die in elektromagnetische Felder umgesetzt werden, exakt wider. Dort, wo die Spannungslinien zusammendrängen, liegt der kompakte Knochen, wo sie hingegen auseinander weichen, der spongiöse Knochen. Unser Knochen ist daher nach dem so genannten Minimum-Maximum-Prinzip der Brücken- oder Kranbautechnik aufgebaut: Mit einem Minimum an Material soll ein Maximum an Belastbarkeit erreicht werden.

Der praktische Versuch ist daher einleuchtend, mit dem Anlegen von starken Magnetfeldern in Drahtspulen die Heilung von Knochenbrüchen und die Modellierung des neu gebildeten Knochens zu beschleunigen. In der Praxis wird diese Behandlung als Magnetfeldtherapie bezeichnet. Bis jetzt sind von den Krankenkassen folgende Indikationen für eine solche Behandlung anerkannt worden: verzögerte Knochenbruchheilung, Pseudoarthrose und Endoprothesenlockerung.

Der Erfolg der Magnetfeldtherapie ist zwar belegt, es ist jedoch nicht geklärt, welche Wirkung des Magnetfelds den Heilungserfolg bewirkt. Eine Ursache mag im erhöhten Sauerstoffgehalt im Gewebe liegen. Fundierte Studien müssen aber den Wert der Magnetfeldbehandlung im klinischen Alltag noch belegen.

Die Diagnose der Osteoporose

Brüche verhindern statt reparieren

Risikofaktoren

Osteoporose sucht ihre Opfer nicht wahllos aus. Es sind heute viele genetische und erworbene Risikofaktoren bekannt, die für die Entstehung von Osteoporose mit verantwortlich sind. Einerseits gibt es Faktoren, die angeboren sind und daher nicht beeinflusst werden können, andererseits gibt es schwerwiegende Risiken, für die wir selbst verantwortlich sind und die vermieden werden können bzw. müssen.

Osteoporose – kein Schicksalsschlag!

Obwohl viele Faktoren mit der Osteoporose in Verbindung gebracht werden müssen, gibt es Patienten ohne Risikofaktoren, die trotzdem an einer Osteoporose leiden. Findet man keine Ursache für den Knochenschwund, spricht man von idiopathischer Osteoporose. Andererseits gibt es Personen mit mehreren Risikofaktoren, die dennoch keine messbar verringerte Knochendichte zeigen. Im Rahmen einer Vorsorgeuntersuchung sollte daher neben Risikofaktoren für Herz-, Kreislauf- und Tumorerkrankungen auch das Osteoporoserisiko abgeklärt werden.

Früher galt Osteoporose als schicksalhafte Alterskrankheit. Heute kennen wir ihre Risikofaktoren sehr genau. Und wir haben die Werkzeuge, bereits die Entstehung einer Osteoporose zu verhindern. Wir haben es also auch selbst in der Hand, mit stabilen Knochen ins hohe Alter zu gehen. Osteoporose ist heute ein zweifelhafter »Luxus«.

Nicht beeinflussbare Risiken

Wissenschaftliche Untersuchungen zur Häufigkeit der Osteoporose zeigten Faktoren, die sich nicht beeinflussen lassen, z. B. erhöhtes Risiko bei nordeuropäischen Frauen oder bei erblicher Veranlagung, wenn die Erkrankung also schon in der Familie beobachtet wurde.

Familiäre Belastung

Das Sprichwort »Wie die Mutter, so die Tochter« gilt besonders für Osteoporose. Wenn in der Verwandtschaft Personen mit einem Oberschenkelhalsbruch, mit häufigen Knochenbrüchen oder mit einer deutlichen Abnahme der Körpergröße bekannt sind, sind auch Sie ein Risikopatient für Osteoporose.

Abstammung

Man weiß heute, dass die maximale Knochendichte und die spätere Knochenverlustrate genetisch vorprogrammiert sind. Es wurde außerdem nachgewiesen, dass Nordeuropäer das höchste Risiko, Afroamerikaner dagegen das niedrigste Risiko haben, an Osteoporose zu erkranken.

Wenn Sie Ihr Osteoporoserisiko einschätzen wollen, befragen Sie nach Möglichkeit zunächst Ihre Eltern. Der Alterungsprozess des Knochens ist etwa zur Hälfte genetisch vorprogrammiert und wird von Hunderten verschiedener Gene gesteuert.

Geschlecht und Alter

Zwischen dem 30. und dem 35. Lebensjahr befindet sich unser Knochenumbau etwa im Gleichgewicht. Danach beginnt der genetisch festgelegte Knochenschwund, bei der Frau etwas stärker als beim Mann. Mit der Menopause und dem Abfall der Östrogenproduktion nimmt bei Frauen die Osteoporose mit Knochenbrüchen deutlich zu. Bei Männern steigt das Knochenbruchrisiko hingegen besonders deutlich nach dem 75. Lebensjahr und beträgt dann mehr als 30 %.

Nach dem 45. Lebensjahr – ein Bruch folgt dem anderen: Auch wenn man die Ursache heute noch nicht kennt, weiß man, dass sich das Risiko, einen weiteren Knochenbruch zu erleiden, verdoppelt, wenn ein vorausgegangener Knochenbruch bekannt ist. Es wurde gezeigt, dass ein einziger spontan aufgetretener Wirbelkörperbruch das Risiko weiterer Wirbelkörperbrüche um das Fünffache erhöht, und zwei oder mehr Brüche das Risiko sogar auf das Zwölffache steigen lassen. Auch »stumme« Wirbelkörperfrakturen, die zufällig im Röntgenbild entdeckt wurden, steigern das Frakturrisiko. Deshalb wird bei Personen, die einen Verlust der Körpergröße um mehr als zwei Zentimeter angeben, eine Knochendichtemessung mittels DXA-Methode (siehe Seite 30f.) empfohlen.

In Schwangerschaft und Stillzeit müssen Kalzium und Vitamin D substituiert werden!

Schwangerschaft und Stillzeit

Während der Schwangerschaft sorgen die extrem angestiegenen Sexualhormone bereits für eine zweifach erhöhte Kalziumaufnahme aus dem Darm und für einen verstärkten Einbau in den Knochen. Vor allem im letzten Drittel der Schwangerschaft werden 80 % des bei Geburt vorhandenen Kalziumanteils in das fetale Skelett eingebaut.

Ein Osteoporoserisiko entsteht in der Regel nur, wenn eine mehrwöchige Bettruhe, Muskelrelaxierung und Sedierung vor Geburtseinleitung nötig sind. In bestimmten Fällen müssen zusätzlich Kortisonspritzen gegeben werden. In diesem Zustand der Immobilität sind massive Kalziumausscheidung und Knochenschwund die unausweichliche Folge. Die Schwangere muss in dieser Situation ausreichend mit Kalzium und Vitamin D substituiert werden. Mit einer »schwangerschaftsinduzierten Osteoporose« ist daher nur bei zu geringer Kalzium- und Vitamin-D-Zufuhr im letzten Drittel der Schwangerschaft zu rechnen.
Während der Stillzeit gibt die Mutter täglich ca. 500 Milligramm Kalzium mit der Milch an ihr Kind ab. Im Lauf von fünf Stillperioden beläuft sich daher die abgegebene Kalziummenge auf ca. 300 Gramm, also ca. ein Drittel der im Skelett gebundenen Kalziummasse.

Denken Sie bitte immer daran: Osteoporose ist weitgehend vermeidbar oder zu stoppen, wenn wir all jene Risikofaktoren früh und konsequent ändern, die wir beeinflussen können!

Beeinflussbare Risiken

Chronischer Bewegungsmangel

Fehlende körperliche Aktivität ist der wichtigste Risikofaktor für die Entstehung der Osteoporose und für ein erhöhtes Knochenbruchrisiko. Dies gilt auch für junge bettlägerige Patienten, die in wenigen Monaten bis zu 30% ihrer Knochenmasse verlieren und häufig Jahre brauchen, um ihre Ausgangsmasse an Knochen wieder zu erreichen. Gerade beim wachsenden Skelett in der Kindheit ist körperliche Aktivität – d.h. steter Muskelzug an den Knochen – entscheidend für Formung und Kräftigung des Skeletts.
Junge gesunde Astronauten müssen wegen der fehlenden Gravitationskraft im All spezielle Kraftübungen durchführen – und trotzdem verlieren sie etwa 1% Knochenmasse pro Monat. Auf der Erde sind Übungen gegen die Gravitationskraft wie Bergwandern oder Gewichtheben entscheidend für den Aufbau neuen Knochens. Es ist seit langem bekannt, dass eine regelmäßige Belastung des Knochens durch Muskelarbeit den Knochenaufbau deutlich fördert. Wenn wir uns aber zu wenig bewegen,

Zug und Druck auf den Knochen sind die Reize, die zum Knochenwachstum führen.

ist die Muskelarbeit sehr stark eingeschränkt, der Knochen wird entlastet und der Knochenabbau dadurch natürlich begünstigt. Es gibt also eine ganz klare Abhängigkeit zwischen der Muskel- und der Knochenmasse. Vor allem eine trainierte, gut ausgebildete Rückenmuskulatur ist entscheidend für eine hohe Knochenmasse der Wirbelkörper und Oberschenkelknochen.

Neue Untersuchungen zeigen, dass auch hochfrequente Klopfimpulse und Rüttelbewegungen die Muskulatur und die Knochen stärken und vor allem zur schnelleren Heilung von Knochenbrüchen eingesetzt werden können. Zudem wissen wir auch, dass gerade im Alter eine Vielzahl von Gesundheitsstörungen durch Bewegung und Bewegungsübungen verhindert oder zumindest positiv beeinflusst werden können.

Stellt man einen Unterarmbruch mit einem Gipsverband drei Wochen lang ruhig, verliert dieses Skelettareal ca. 6 % Knochenmasse. Es ist ein Grundsatz in der Unfallchirurgie, dass vor allem ältere Patienten nach operativer Versorgung einer Oberschenkelhalsfraktur so schnell wie möglich wieder mobilisiert werden müssen. Neue Operationstechniken, z. B. mit winkelstabiler Verplattung oder mit neuen Endoprothesen, ermöglichen eine Mobilisierung bereits nach wenigen Tagen.

Übermäßige sportliche Aktivität

Besonders Hochleistungssportlerinnen von Ausdauersportarten, wie z. B. Langlauf, haben ein erhöhtes Osteoporoserisiko. Dauertraining, Diät und Gewichtskontrolle verursachen einen geringen Anteil an Körperfett, einen Abfall des Östrogenspiegels und unregelmäßige oder ausbleibende Periodenblutungen (Amenorrhö).

Studien haben gezeigt, dass 25 bis 50 % der weiblichen Athleten keine Menstruationsblutung mehr haben, vor allem, wenn das Körperfett unter 18 % abfällt. Die Gefahr von Belastungsbrüchen steigt deutlich. Auch eine amerikanische Studie bestätigte den Zusammenhang zwischen Langlauf, Ernährung, Amenorrhö und Osteoporose.

Untergewicht

Dünne Frauen, dünne Knochen: Schlanke oder untergewichtige Frauen haben ein hohes Risiko für Knochenbrüche, während übergewichtige Frauen oft vor Osteoporose geschützt sind. Neben der höheren Gewichtsbelastung des Knochens werden fettleibige (adipöse) Frauen vor allem durch die höhere Östrogenproduktion in den vermehrten Fettzellen vor Osteoporose geschützt.

Nach der Menopause werden bei Frauen weiterhin Nebennierenrindenhormone gebildet. Eines davon, das Androstendion, wird im Fettgewebe in Östrogen umgewandelt. Allerdings begünstigt Übergewicht bei einer bereits bestehenden Osteoporose z.B. Verformungen der Wirbelsäule, Wirbeleinbrüche und eine stärkere Abnutzung der Gelenke.

Depressive Stimmungslage

Depression allein ist wahrscheinlich kein Grund für die Entstehung der Osteoporose. Studien konnten aber zeigen, dass Frauen mit schwerer, langjähriger Depression 6% weniger Knochenmasse aufweisen als vergleichbare Frauen ohne Depression. Die genaue Ursache dafür ist nicht bekannt; wahrscheinlich spielen mehrere Faktoren zusammen: höhere Spiegel von Stresshormonen, z.B. Kortison, Medikamente, Appetitmangel mit mangelhafter Ernährung und vor allem geringere körperliche Aktivität (»sich hängen lassen«, »Bei mir hat alles keinen Sinn mehr«).

Zigarettenrauchen

Rauchen steht in engem Zusammenhang mit Lungenkrebserkrankungen und Herzinfarkt. Die Sucht nach dem Glimmstängel verdoppelt sogar das Osteoporoserisiko. Rauchen ist ein Schlüsselfaktor, der vermieden werden kann und natürlich auch muss, nimmt man seine Gesundheit ernst.

Der genaue Mechanismus ist noch nicht bekannt, aber wahrscheinlich sind es viele chemische Substanzen im Tabak, die zu einem erhöhten Knochenabbau führen. Nikotin hemmt beispielsweise die Östrogenproduktion, fördert den Östrogenabbau in der Leber und bewirkt ein früheres Eintreten der Menopause.

Rauchen ist der Knochenterrorist Nummer eins, der jedes Knochengerüst zum Einstürzen bringt! Es wäre im Sinne der Gesundheit also am besten, mit dem Rauchen so schnell wie möglich aufzuhören. Auch der Arzt kann dazu einige Tipps und Hilfestellungen geben, um nebenwirkungsfrei von der Nikotinsucht loszukommen.

Alkoholismus

Zuerst die gute Nachricht: Mäßiger Alkoholkonsum, wie beispielsweise ein Glas Wein zum Essen, erhöht sogar die Knochendichte. Zu viel Alkohol sowie Alkoholismus (Alkoholsucht) erhöhen das Osteoporoserisiko

Bei jungen Männern mit Osteoporose kommen vor allem zwei Ursachen infrage: Nikotinmissbrauch und Testosteronmangel. Auch eine langjährige depressive Stimmungslage, vor allem mit Tabletteneinnahme, kann Knochenschwund verursachen.

Essen Sie mehr Fisch! Denn: Fleisch und Wurstwaren enthalten sehr viel Phosphat; sie hemmen so die Kalziumaufnahme und fördern den Kalziumverlust über die Nieren.

hingegen ganz erheblich. Ein Grund dafür ist zweifellos die Tatsache, dass Alkoholiker häufig mangelernährt sind und an einem Leberschaden leiden. Ein zu hoher Alkoholkonsum wird auch als wichtige Ursache für Osteoporose bei Männern angenommen. Versuchen Sie doch einmal, ein Glas Alkohol durch Mineralwasser zu ersetzen.

Fehlernährung

Unser Körper benötigt immer ausreichend Kalzium, Vitamin D sowie andere Mineralien und Vitamine. Bei einer ungenügenden Kalziumzufuhr durch die Nahrung holt sich der Organismus das lebenswichtige Mineral mit Hilfe des Parathormons aus den Knochenspeichern, mit der Konsequenz einer negativen Knochenbilanz über viele Jahre.
Vor allem in der Jugend und während der Schwangerschaft ist es wichtig, den erhöhten Kalziumbedarf für die wachsenden Knochen über die Nahrung auszugleichen. Unausgewogene Schlankheitskuren bzw. Diäten und ein zu hoher Konsum von Fett und Fleisch sowie von Salz und Koffein verursachen eine höhere Kalziumausscheidung und/oder eine geringere Kalziumaufnahme des Organismus.

Hormonmangel

Frauen werden durch die Sexualhormone Östrogen und Gestagen vor Knochenschwund geschützt. Eine früh einsetzende Menopause ist aber ein wichtiger Risikofaktor, der mit dem Arzt besprochen werden muss, da mit dem Einsetzen der Wechseljahre die Östrogenproduktion herabgesetzt wird.
Beim Mann verursacht ein Testosteronmangel Osteoporose und tritt u. a. bei Alkoholismus oder Magersucht (Anorexia nervosa) auf. Bei jungen Männern mit unklarer Osteoporose sollte immer der Testosteronspiegel im Blut bestimmt werden, um einen so genannten Hypogonadismus (Unterentwicklung oder verminderte Funktion der Geschlechtsdrüsen) frühzeitig zu erkennen. Das fehlende Testosteron kann dann als Medikament in Form eines täglichen Hautgels oder -pflasters ersetzt werden.

Medikamente

Bestimmte Medikamente sind »Knochenräuber«. Die wichtigsten Substanzen sind das Kortison und seine Derivate (Glukokortikoide), die man bei einer großen Zahl von Erkrankungen erfolgreich in Form von Tabletten einsetzt: z.B. bei Asthma, Allergien, rheumatischen Erkrankungen, entzündlichen Dünndarmkrankheiten und anderen Immunerkrankungen. Das Problem liegt darin, dass der Knochen umso dünner wird, je länger und je höher dosiert Kortisonpräparate gegeben werden. Patienten, die länger als ein Jahr damit behandelt werden müssen, werden eine Osteoporose mit hohem Knochenbruchrisiko entwickeln.
Für einen Arzt bedeutet dies eine absolute Indikation für eine frühe Behandlung mit einem wirkungsvollen Osteoporosemedikament, den Bisphosphonaten. Eine Kortisongabe über wenige Tage oder lokal als Creme, Spray oder Injektion verabreicht stellt aber kein Risiko für Osteoporose dar.

Sich genau über Wirkungsweisen informieren

Die Liste weiterer Medikamente, die bei chronischer Anwendung den Knochen schwächen, ist noch lang: Schilddrüsenhormone, Lithium, Medikamente gegen Epilepsie, Heparin und andere Blutverdünner, Aromatasehemmer, Chemotherapeutika sowie aluminiumhaltige Säureblocker. Falls Sie solche Mittel einnehmen müssen, fragen Sie den Arzt bezüglich der Einwirkung auf den Knochen, und lassen Sie eine Knochendichtemessung als Ausgangswert durchführen. Dies gilt vor allem bei der Einnahme von Kortisonabkömmlingen wie Prednison.
Heute darf kein Knochen mehr durch Kortisongabe brechen! Es gibt dafür die richtigen Medikamente, um dies zu vermeiden. (Weitere Infos zu »knochenräuberischen« Medikamenten finden Sie ab Seite 88.)

Es gibt auch eine Krankheit, bei der im Körper vermehrt Kortison produziert wird, das so genannte Cushing-Syndrom, ein Krankheitsbild, das u.a. mit Fettsucht, Vollmondgesicht, Hyperglykämie (erhöhter Zuckergehalt des Bluts) und Polyglobulie (abnorme Vermehrung der roten und weißen Blutkörperchen sowie der Blutplättchen) einhergeht.

Fallneigung und »Stolpersteine«

Nahezu ein Drittel der älteren Menschen fallen wenigstens einmal im Jahr hin, aber nur 5% davon erleiden dabei einen Knochenbruch. Es ist daher leicht einzusehen, dass vor allem die Art des Fallens darüber entscheidet, ob es zu einem Bruch kommt oder nicht. Bei alten Menschen kommt erschwerend hinzu, dass der Schutzreflex des Abstützens mit den Armen reduziert ist und dass energieabsorbierendes Weichteilgewebe im Oberschenkelbereich fehlt. Bei bestehender Osteoporose kann das Knochenbruchrisiko durch eine Reihe von gesundheitlichen Störungen und Stolpersteinen im Umfeld des Patienten erhöht werden: durch schlaffe Muskulatur, ungeschickte Bewegungen, fehlende oder verzögerte Schutzreaktionen beim Fallen, Aufregung und fahrige Bewegungen, Schwindel, kurze Ohnmachtsanfälle, Müdigkeit (auch medikamentös bedingt), Sehstörungen und Alkoholkonsum. Insbesondere beruhigende, angstlösende, antidepressive und blutdrucksenkende Medikamente und natürlich Schlafmittel verursachen ein höheres Fallrisiko und eine Verringerung des Schutzreflexes beim Fallen. Hinzu kommen – gerade bei älteren Menschen – Stolperfallen in der Wohnung, z.B. Telefonkabel, Treppen, Teppichkanten, fehlende Haltegriffe oder rutschfeste Beläge im Bad und ganz besonders eine schlechte Ausleuchtung der Wohnräume.

Tipp: Guten Schutz bei einem seitlichen Sturz bieten so genannte Hüftprotektoren – handflächengroße Kunststoffschalen, die seitlich in die Unterhose eingenäht sind. Sie verteilen die Aufprallenergie flächig und schützen so den Oberschenkel.

Leitliniengerechte Diagnostik

So selbstverständlich, wie wir heute eine Krebsvorsorgeuntersuchung durchführen, so wichtig ist es, zuverlässige Informationen über Stärke oder Schwäche der Knochen zu gewinnen – vor allem, wenn Risikofaktoren bekannt sind. Schlüsselfragen, die nach einer Untersuchung zuverlässig beantwortet werden müssen:

- Wie viel Knochenmasse habe ich momentan?
- Wie schnell verliere ich an Knochenmasse?

Wissen ist Macht – dies gilt auch bei Osteoporose, da sie im Frühstadium heilbar ist. Blut- und Urintests oder die Abklärung von Risikofaktoren erlauben nur Prognosen über die Wahrscheinlichkeit, schon an

Osteoporose erkrankt zu sein oder später daran zu erkranken, nicht aber, wie stark unsere Knochen gerade sind.

Der DVO ist der Dachverband Osteologie. Er umfasst elf Fachgesellschaften in Deutschland, Österreich und der Schweiz. 2006 wurden die neuen S3-Leitlinien zur Prophylaxe, Diagnostik und Therapie der Osteoporose veröffentlicht.

Die Knochendichtemessung

Die einzige Möglichkeit, die Diagnose einer Osteoporose möglichst vor dem Auftreten von Knochenbrüchen zu stellen, besteht in der direkten Messung der Knochendichte. Die Knochendichtemessung (im Amerikanischen bone mineral density/BMD tests) bestimmt die Knochendichte an verschiedenen Skelettteilen und erlaubt eine Risikoaussage für spätere Brüche. Wenn Sie bereits einen Bruch haben, wird sie eingesetzt, um die Diagnose Osteoporose zu bestätigen. Die Knochendichtemessung:

- Entdeckt Osteoporose noch vor dem Auftreten von Knochenbrüchen
- Sagt das Risiko einer späteren Osteoporose voraus
- Zeigt die Rate des Knochenverlusts (»Progression«) in Kontrollmessungen
- Bestimmt die Indikation zur medikamentösen Therapie
- Dokumentiert die Wirksamkeit oder auch Erfolglosigkeit einer Behandlung

Die Messmethoden

Es gibt verschiedene Möglichkeiten, um den Zustand des Knochengewebes zu messen. Ihr Arzt wird Sie genau beraten, welche Methode für Sie persönlich die sinnvollste ist und welche für die Diagnosestellung der Osteoporose nach den neuen Leitlinien des DVO empfohlen wird.

Röntgenaufnahme

Röntgenaufnahmen des Skeletts, z. B. Aufnahmen der Wirbelsäule und der Hüfte, zeigen Verluste an der Knochensubstanz erst, wenn bereits 30 bis 40 % der Knochenmasse verloren gegangen sind. Sie sind daher für eine Frühdiagnose nicht geeignet, aber sehr wertvoll darin, bereits abgelaufene und unbemerkt verlaufene Knochenbrüche nach Art und

Lage zu entdecken. Gleichzeitig können schmerzhafte Gelenkveränderungen mit abgeklärt werden. Im Rahmen der Basisdiagnostik werden stets Röntgenaufnahmen der Lendenwirbelsäule in zwei Ebenen durchgeführt, um störende Einflüsse für die Knochendichtemessung in diesem Bereich nicht zu übersehen: Verkrümmungen der Wirbelsäule, Gefäß- und Lymphknotenverkalkung, Wirbeleinbrüche, Verkalkungen der Wirbelgelenke sowie der Bandscheiben.

Wichtig: Die DXA-Methode ist nach den neuen Leitlinien des DVO die einzig empfohlene Methode zur Diagnosestellung einer Osteoporose.

DXA-Methode

Die DXA-Methode (auch DEXA; »dual energy x-ray absorptiometry«) ist heute die ausgereifteste Messmethode der Knochendichte, wobei zwei Energiestrahlen unterschiedlicher Intensität durch bestimmte Skelettregionen geschickt werden. Da das Knochengewebe Röntgenstrahlen besonders gut abschwächt, lässt sich aus der Menge der Strahlung, die durch den Knochen gelangt, die Masse seines Mineralgehalts mittels Computer errechnen. Gemessen werden vor allem die Lendenwirbelsäule von vorne oder von der Seite sowie die Hüfte. Wichtige Vorteile:

- Sie greift kein Organ an und ist keinerlei Belastung für den Patienten.
- Sie dauert nur Minuten und ist preiswert.
- Sie hat eine sehr geringe Strahlenbelastung (nur ein zehntel bis ein hundertstel einer normalen Röntgenaufnahme) und ist daher ideal für jährliche Kontrollmessungen.
- Sie misst die für die Osteoporose empfindlichsten und knochenbruchgefährdeten Skelettstellen (Lendenwirbelsäule und Hüfte).
- Sie misst sehr genau (nur 1% Ungenauigkeit) und ist daher ideal für Kontrollmessungen (dabei sollte aber dasselbe Gerät verwendet werden!).
- Sie ist die einzige von der WHO und dem DVO empfohlene Methode zur Diagnosestellung der Osteoporose.

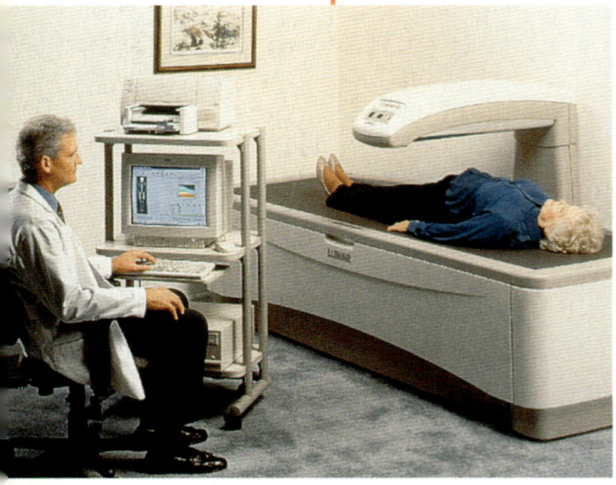

Die kostengünstige DXA-Methode erlaubt eine sehr exakte Knochendichtemessung.

Die Knochendichtemessung (DXA)

Oben: DXA der Lendenwirbelsäule (Patientin, 58 Jahre, normale Werte)

Unten: DXA der rechten Hüfte (Patientin, 78 Jahre, osteoporotische Werte)

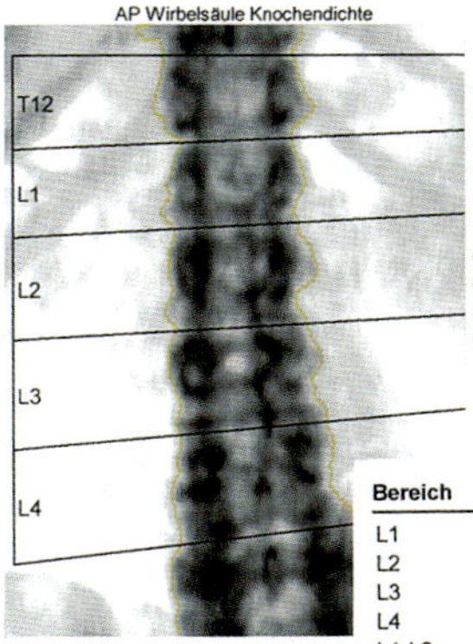

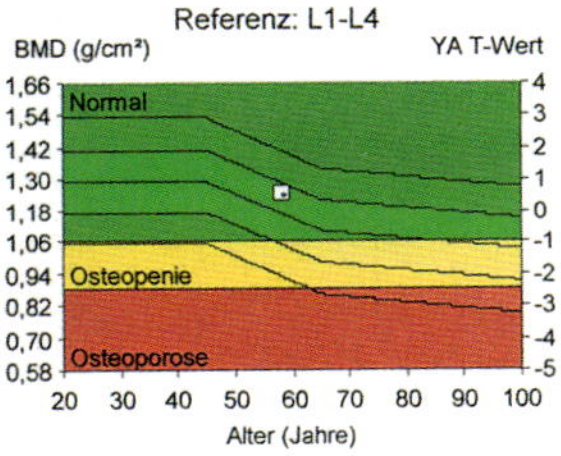

Bereich	BMD[1] (g/cm²)	Junge Erw.[2] T-Wert	Altersvergl.[3] Z-Wert
L1	1,100	-0,2	-0,1
L2	1,208	0,1	0,2
L3	1,311	0,9	1,0
L4	1,337	1,1	1,3
L1-L2	1,159	0,1	0,2
L1-L3	1,215	0,4	0,5
L1-L4	1,252	0,6	0,7
L2-L3	1,261	0,5	0,6
L2-L4	1,290	0,7	0,9
L3-L4	1,325	1,0	1,2

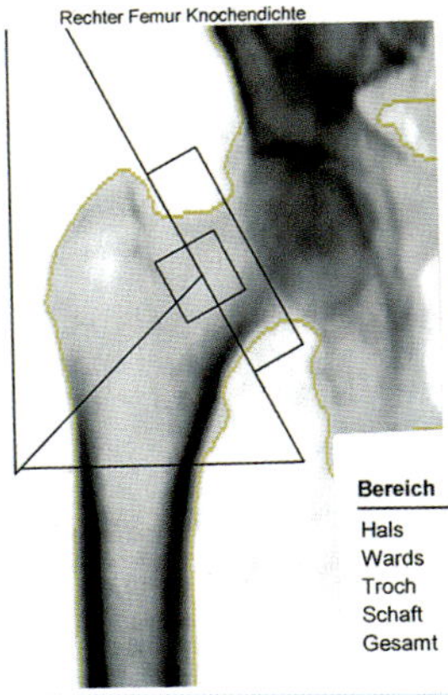

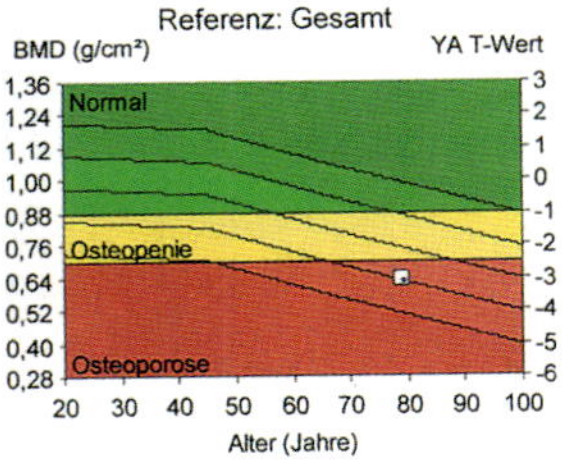

Bereich	BMD[1, 6] (g/cm²)	Junge Erw.[2] T-Wert	Altersvergl.[3] Z-Wert
Hals	0,688	-2,4	-0,2
Wards	0,447	-3,6	-0,8
Troch	0,476	-2,9	-1,3
Schaft	0,790	-	-
Gesamt	0,639	-3,0	-0,9

Erläuterungen zu den Messausdrucken:

AP Wirbelsäule = Wirbelsäule, von vorne aufgenommen • T12 = 12. Brustwirbel • L1–L4 = 1. bis 4. Lendenwirbel • BMD = bone mineral density; Knochendichte in Gramm pro Quadratzentimeter, Messgenauigkeit 1 % • Junge Erw. = Referenzbevölkerung in Deutschland, Alter 20 bis 40 Jahre • T-Wert = Vergleich der Patientin mit jungen Erwachsenen, angegeben als Standardabweichung (SD) • Altersvergl. = Übereinstimmung nach Alter, Gewicht und Ethnik • Z-Wert = Vergleich der Patientin mit altersentsprechenden Erwachsenen • Femur = Oberschenkel • Kleines weißes Quadrat mit Punkt = Knochendichte der gemessenen Patientin

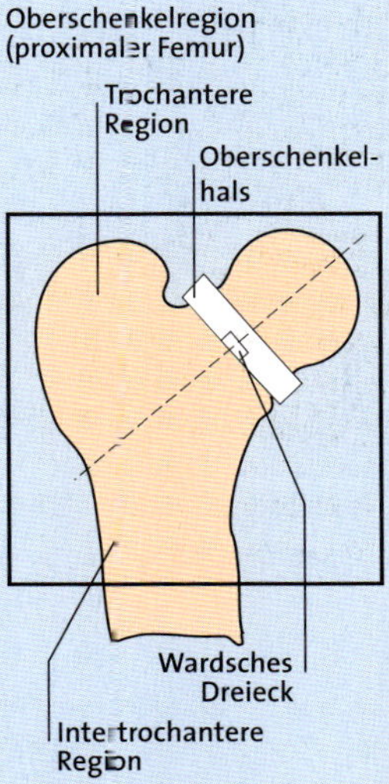

Bei der DXA-Methode wird die Knochendichte im Bereich des oberen, d. h. proximalen Oberschenkelknochens (Femur) gemessen und anschließend wie links ausgewertet.

Quantitative Computertomografie (QTC)

Die QCT ist die beste Methode, um einen frühen Verlust an trabekulärem Knochen (siehe Seite 10) der Wirbelsäule zu entdecken. Diese Methode dauert ca. 20 Minuten und hat eine höhere Strahlenbelastung als die DXA-Untersuchung, ist also für häufige Kontrollmessungen nicht geeignet. Spezielle kleine Geräte messen an den Fingern und am Handgelenk (PQCT genannt); diese Messergebnisse dürfen aber nicht unkritisch auf das Gesamtskelett übertragen werden. Sie geben nur eine – wenn auch genaue – Aussage über das gemessene Areal. Messungen im Hüftbereich sind mit den üblichen Geräten nicht möglich.

Techniken zur Messung der Knochendichte (BMD)

Methode	Precision (%)	Accuracy (%)	U-Dauer (Min.)	Strahlendosis (µmSv)
Dual-energy X-ray Absorptiometry (DEXA)	1–2	3–5	2–8	1–3
	▸ Lendenwirbelsäule AP ▸ Lendenwirbelsäule lateral ▸ Proximaler Radius		▸ Distaler Radius ▸ Proximaler Femur ▸ Gesamtkörper	
Quantitative Computertomografie (QCT)	2–10	5–20	10–15	60–500
	▸ Lendenwirbelsäule		▸ Radius und Tibia (pQCT)	
Quantitativer Ultraschall (QUS)	–	2–8	5–10	0
	▸ Ferse		▸ Finger	

Precision: Fehler (%) bei mehreren Messungen; **Accuracy:** Fehler (%) um den tatsächlichen Wert; **U-Dauer:** Untersuchungsdauer. Eine Standardröntgenaufnahme des Thorax wird mit einer Strahlendosis von 100 µmSv bemessen. **DEXA (DXA):** die einzige vom DVO empfohlene Methode zur Knochendichtemessung

Ultraschall

Ultraschalltechniken werden bereits mit großem Erfolg bei vielen Erkrankungen durchgeführt. Bei der Osteoporose wird die Geschwindigkeit und/oder die Ablenkung der Schallwellen im Bereich des Knochens gemessen. Die Methode wird wegen der Einfachheit der Anwendung immer populärer, es muss aber erst noch geklärt werden, was eigentlich gemessen wird und welche Aussagekraft diese Methode hinsichtlich der Vorhersage von Knochenbrüchen hat. Gemessen werden vor allem die Ferse und die Finger.

Die Ultraschallmethode wird wegen ihrer einfachen Anwendung als Screening-Methode (Herausfiltern von Risikopatienten) eingesetzt, kann aber nicht die DXA-Messung im Bereich Wirbelsäule und Hüfte ersetzen.

Welche Knochen sollen gemessen werden?

Ein Grundsatz besagt, dass jede Knochendichtemessung nur eine Aussage über das gemessene Gebiet erlaubt. Man weiß aber, dass sich Osteoporose ganz unterschiedlich in den Skelettanteilen äußern kann. Am frühesten und stärksten betroffen sind in der Regel Skelettareale mit hohem Anteil an trabekulärem, spongiösem Knochen (siehe dazu Seite 10), also vor allem Wirbelkörper und Hüfte. Dort ereignen sich die folgenschwersten Knochenbrüche. Wir messen also immer die Lendenwirbelsäule und die Hüfte. An der Wirbelsäule werden vier Lendenwirbelkörper einzeln und gesamt gemessen. Die Messungen der Hüfte setzen sich aus vier Regionen zusammen: Oberschenkelhals, Trochanterregion, Intertrochanterregion und Wardsches Dreieck.

Werden später Kontrollmessungen durchgeführt, so müssen diese Regionen wieder exakt eingestellt werden. Es empfiehlt sich daher, dass Kontrollmessungen immer mit demselben Gerät und möglichst vom selben Untersucher durchgeführt werden. Falls im Röntgenbild Verkalkungen der Aorta (Hauptschlagader) nachzuweisen sind, empfiehlt es sich, die Lendenwirbelsäule von der Seite zu messen.

Die Ultraschalluntersuchung an Fingern und Ferse ist eine einfache Untersuchung, die sich vor allem für die Vorsorge und das »Screening« (Herausfiltern von Risikopatienten) anbietet. Ihre klinische Aussagekraft und Genauigkeit wird derzeit in groß angelegten Studien untersucht. Sie ersetzt aber nicht die DXA-Methode bei der Diagnosestellung der Osteoporose.

Wer Osteoporose im frühen Stadium nachweisen will, muss die Lendenwirbelsäule und die Hüfte messen.

Risiko einer Hüftfraktur

Lebenslanges Risiko (in %) für Hüftfrakturen weißer Frauen in Abhängigkeit von Alter (Jahre) und Knochendichte (T-Score, DXA) der Hüfte:

Alter	Knochendichte der Hüfte, T-Score (DXA)							
	−3,5	−3,0	−2,5	−2,0	−1,5	−1,0	−0,5	0,0
50 Jahre	49	41	33	27	21	16	13	10
60 Jahre	47	40	33	27	21	17	13	10
70 Jahre	46	39	33	27	21	17	13	10
80 Jahre	41	35	30	24	20	16	12	10

Von einer Messung in der Peripherie (Finger, Unterarm, Ferse) darf niemals automatisch auf das Gesamtskelett geschlossen werden. Damit verunsichert man Patienten häufig unnötig und stuft sie fälschlicherweise als Knochenbruchrisikoträger ein.

Regelmäßige Messung ist notwendig

Häufig besuchen mich besorgte Frauen, die mir eine Messung der Finger vorlegen mit der Diagnose einer »schweren Osteoporose mit sehr hohem Knochenbruchrisiko«. Eine DXA-Messung der Lendenwirbelsäule und Hüfte ergibt dann häufig normale Knochenwerte. Dabei handelt es sich nicht um abweichende oder gar falsche Werte, sondern vielmehr um unterschiedliche Dichtewerte in verschiedenen Skelettbereichen. Die Diagnose einer generalisierten Osteoporose darf nie mit einem einzelnen peripheren Messwert gestellt werden. DXA-Messungen zur Therapiekontrolle müssen immer an derselben Stelle mit demselben Messgerät und in der Regel in jährlichen Abständen durchgeführt werden.

Wer soll zur Knochendichtemessung gehen?

Zurzeit wird die Knochendichtemessung noch nicht für alle Frauen empfohlen. Im Rahmen eines Vorsorgeprogramms ist diese Messung ebenso wichtig wie andere bereits anerkannte Untersuchungen, z.B. EKG, Blutdruckmessung, Urinuntersuchung, Blut im Stuhl, kleines Blutbild, Cholesterin im Blut und Mammografie. Eine Knochendichtemessung ist preiswert, einfach durchzuführen und erleichtert eine spätere Diagnose. Derzeit wird sie nur bei Frauen mit mehreren Risikofaktoren empfohlen, z. B. wenn die Frau in der Postmenopause keine Östrogenersatzbehandlung erhält, früh in die Menopause kommt oder eine Familienvorgeschichte mit Osteoporose vorweist.

Weitere Indikationen für Knochendichtemessungen:

- Unklare Abnahme der Körpergröße im Alter
- Unklare Rückenschmerzen, früher aufgetretene Knochenbrüche
- Gelenkerkrankungen mit Bewegungseinschränkung
- Langzeiteinnahme (länger als ein halbes Jahr) von Medikamenten wie Kortison, Marcumar®, Heparin oder Antiepileptika
- Schilddrüsen- und Epithelkörperchenüberfunktion
- Chemotherapien mit Ausschaltung der Sexualhormone
- Transplantierte Patienten (insbesondere Nieren, Leber, Lunge, Herz)
- Niedrige Sexualhormonwerte in jüngeren Jahren
- Chronische Erkrankungen oder Operationen, die Knochenschwund auslösen können, z. B. Dünndarmerkrankungen und Magenoperationen

Die Untersuchung

Für den Patienten ist die Knochendichtemessung sehr unproblematisch. Alle Tests sind absolut schmerzfrei. Man liegt während der Untersuchung angezogen auf einem Tisch mit einer weichen Unterlage, und in nur wenigen Minuten wird das jeweilige zu messende Skelettgebiet mit einem Messarm überfahren, der den Körper nicht berührt.

Die Knochendichtewerte liegen sofort nach der Messung als Dokument vor und werden in Gramm pro Quadratzentimeter ausgedrückt. Die Weltgesundheitsorganisation (WHO) hat diagnostische Kriterien festgelegt, um die Dichtewerte der gemessenen Person mit denen eines normalen jungen Erwachsenen (»maximale Knochendichte«) zu vergleichen. Dieser Vergleich beruht auf der Standardabweichung (SD), ein statistischer Wert, der besagt, wie viel eine Person unter dem Normalwert liegt. Dieser Wert wird von Experten auch als T-Score bezeichnet.

Der Wert der DXA-Messung liegt wegen ihrer Strahlenarmut auch in der jährlichen Kontrollmessung zur Beurteilung des Therapieerfolgs. Nach den Richtlinien der WHO wird die Osteoporose nach den DXA-Knochendichtewerten in der Lendenwirbelsäule oder der Hüfte definiert. Entscheidend ist der T-Wert:

- >–1 SD: normal
- –1 bis –2,5 SD: Osteopenie (verminderte Knochendichte)
- <–2,5 SD: Osteoporose

Im Allgemeinen entspricht eine Abnahme der Knochendichte von 10 bis 15 % gegenüber einem normalen jungen Erwachsenen ungefähr 1 SD.

Wann eine Therapie notwendig ist

- Die WHO hat festgelegt, dass eine Knochendichtemessung mit mehr als 2,5 SD (–2,5 SD), also ca. 20 bis 35 % Abnahme der Knochenmasse, unterhalb dem Normalwert eines jungen Erwachsenen die Diagnose einer therapiebedürftigen Osteoporose bedeutet.
- Sind darüber hinaus Frakturen (Knochenbrüche) bekannt, spricht man von schwerer, manifester Osteoporose.
- Der T-Score (siehe Seite 31) legt die Diagnose fest, während der ebenfalls gemessene Z-Score zwar nicht für die Diagnose verwendet wird, aber den Vergleich mit »Normalpersonen« im gleichen Alter und mit dem gleichen Geschlecht erlaubt.

Kürzlich wurden in den USA von der »National Osteoporosis Foundation« auf Basis der DXA-Messung folgende Empfehlungen zum Therapiebeginn ausgesprochen:

- T-Score < –2,0 ohne Risikofaktoren
- T-Score < –1,5 mit einem oder mehreren Risikofaktoren

Warnsignal Osteopenie

Dichtewerte zwischen 1 und 2,5 SD unterhalb der Norm (also –1 und –2,5 SD) werden als Osteopenie bezeichnet – verminderte Knochendichte, aber noch ohne klinische Erkennbarkeit. Diese Personen sind nicht krank, sollten aber einem weiteren Knochenschwund vorbeugen.
In Deutschland kann nach den Leitlinien des DVO eine Therapie begonnen werden, wenn in der DXA-Methode der T-Score < –2,5 beträgt und ein wichtiger Risikofaktor vorliegt. Damit kann eine effektive Therapie der Osteoporose noch vor Auftreten einer Fraktur begonnen werden.

Einteilung der Osteoporose

Schweregrad 0 Knochenmineralgehalt niedrig (T-Score zwischen –1 und –2,5 SD), keine Knochenbrüche. Dieser Bereich der Knochendichte wird als Osteopenie oder auch als borderline osteoporosis bezeichnet. Bei betroffenen Patienten können entsprechende Behandlungsmaßnahmen in aller Ruhe begonnen und über regelmäßige Kontrollmessungen der Knochendichte angepasst werden. In der Regel liegen zwischen dieser Risikostufe der Osteoporose und dem möglichen Auftreten von ersten Knochenbrüchen mehrere Jahre.

Schweregrad 1 Knochenmineralgehalt in einer Messung deutlich erniedrigt (T-Score unter –2,5 SD), aber noch keine Knochenbrüche. Dieser Bereich der Knochendichte wird definitionsgemäß als messtechnische Osteoporose bezeichnet. Erste Knochenbrüche können jetzt schon bei geringen Anlässen erfolgen. Es steht keine Zeit mehr zur Verfügung, fraglich wirksame Therapieansätze zu versuchen. Bisphosphonate sind bereits das Medikament erster Wahl.

Schweregrad 2 Knochenmineralgehalt deutlich erniedrigt (T-Score unter –2,5 SD), erste Wirbelkörperbrüche oder Einbrüche. Das Risiko weiterer Knochenbrüche hat sich vervielfacht. Eine sofort eingeleitete konsequente und medikamentöse Behandlung wird ca. zwei Jahre in Anspruch nehmen, bis das Risiko deutlich abgesenkt ist. Schmerztherapie und Rehabilitationsmaßnahmen nehmen an Bedeutung zu.

Schweregrad 3 Knochenmineralgehalt deutlich erniedrigt (T-Score unter –2,5 SD), mehrere Brüche. Jetzt sind nicht nur Wirbelkörper eingebrochen, sondern auch andere Teile des Skeletts wie Oberschenkelhals oder Unterarm betroffen (»extravertebrale Frakturen«). Schmerztherapie und Rehabilitation sind wesentlich. Medikamente sind noch sinnvoll, um wenigstens das Fortschreiten des Knochenschwunds zu begrenzen.

Die häufigste Knochenkrankheit

Betrachtet man den chronischen Verlauf der Osteoporose, gleicht er dem anderer Volkskrankheiten wie Diabetes mellitus, Bluthochdruck und Fettstoffwechselstörungen. Auch »Zuckerkrankheit« beginnt schleichend, der erhöhte Blutzucker verursacht keine spezifischen Beschwerden. Die schwere Beeinträchtigung erlebt der Zuckerkranke erst mit den Spätkomplikationen wie Nierenschäden und Gefäßverschlüssen. Patienten mit Bluthochdruck sind ebenfalls lange beschwerdefrei, bis

Die Einteilung der Osteoporose in Schweregrade erlaubt die Anwendung eines Stufenplans in der Behandlung:

- Schritte 1–3: Basistherapie
- Schritte 2–3: Option der Hormontherapie
- Schritt 3: Bisphosphonattherapie, der »Therapiejoker«, bei schwerster Osteoporose Parathormon

Auch Zahnausfall und Kieferschwund können Frühsymptome einer Osteoporose sein.

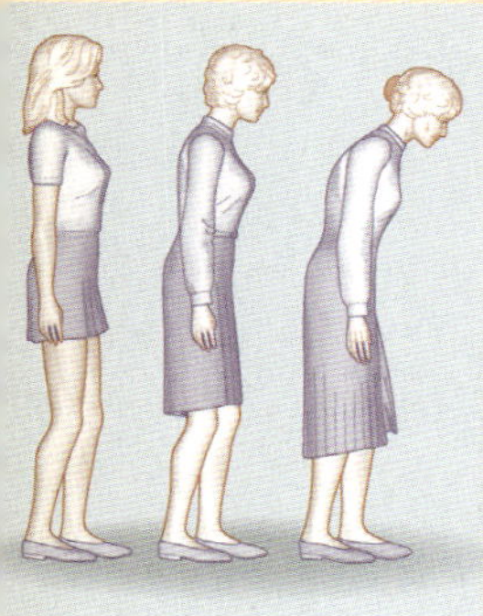

Bei der Osteoporose kann es zu keilförmigen Einbrüchen der Wirbelkörper kommen. Ist davon die Brustwirbelsäule betroffen, neigt sie sich nach vorne, es entwickelt sich der so genannte Witwenbuckel – er kann natürlich auch bei Männern vorkommen und heißt dann entsprechend Witwerbuckel.

sie z.B. einen Schlaganfall erleiden. Auch erhöhte Fette im Blut bleiben lange unerkannt, bis ein Herzinfarkt auftritt. Bei all diesen Krankheiten sind frühes Erkennen des Risikos und konsequente Umstellung des Lebensstils enorm wichtig.

Rückenschmerzen und Abnahme der Körpergröße

Ein »Zähnezusammenbeißen« bei akuten Rückenschmerzen nützt wenig, es kann sogar gefährlich sein. Bei anhaltenden und zunehmenden Rückenbeschwerden sollte daher unbedingt ein Arzt aufgesucht werden; sie bedürfen sorgfältiger Abklärung. Eine Röntgenaufnahme der Wirbelsäule lässt einen Wirbeleinbruch oder Abnutzungen der Wirbelgelenke (Spondylarthrose) erkennen. Je nach Beschwerdebild und Untersuchungsbefund kann sogar eine Computer- oder Magnetresonanztomografie zur sicheren Abklärung nötig sein. Es können sich oft nur Muskelverspannungen, manchmal aber auch schwere Erkrankungen wie Wirbeleinbruch, Bandscheibenvorfall, Tumorwachstum und sogar ein Herzinfarkt dahinter verbergen.

Fehlende Festigkeit der Knochen

Bei der Osteoporose wird der akute Schmerz durch einen Einbruch oder gar Bruch eines Wirbelkörpers verursacht. Die Patienten geben nicht selten an, sogar ein Geräusch des Brechens oder Knackens im Rücken gehört zu haben, verbunden mit einem einschießenden, stechenden Schmerz im Rücken. Demgegenüber beruht der chronische Osteoporoseschmerz vor allem auf einer Fehlstatik des Achsenskeletts durch Über- und Fehlbelastung von Muskulatur, Sehnen, Bändern und Gelenken. Das Zusammenbrechen der Wirbelkörper führt zur erheblichen Größenabnahme der Patienten. Durch Rumpfverkürzung kann der untere Rippenbogen sogar den Beckenkamm berühren. Dabei kommt es zu charakteristischen Hautfalten vom Rücken zu den Flanken (»Tannenbaumphänomen«) sowie zur Vorwölbung des Bauchs (»Osteoporosebäuchlein«). Der Körperschwerpunkt liegt weiter vorne, der Gang ist unsicher, langsam und in kleinen Schritten, um stärkere Erschütterungen der Wirbelsäule zu vermeiden. Mit der Gangunsicherheit ist ein erhöhtes Fall- und Knochenbruchrisiko verbunden. Der keilförmige Einbruch der Brustwirbel führt zum typischen Rundrücken (»Witwen-« bzw. »Witwerbuckel«). Es gibt aber noch drei andere Ursachen, kleiner zu werden, die nichts mit Osteoporose zu tun haben, wie eine schlechte Körperhaltung, ein Bandscheibenschaden oder eine Muskelschwäche.

Knochenmarker beschreiben die Dynamik des Knochenumbaus und werden vor allem zur Beurteilung des Therapieerfolgs (»Monitoring«) eingesetzt. Für die Diagnosestellung der Osteoporose sind sie aber nicht nötig.

»Knochenmarker« und andere Tests

Wird alter Knochen abgebaut und neuer gebildet, entstehen Ab- und Anbauprodukte, die in das Blut und schließlich in den Urin abgegeben werden – so genannte Knochenmarker. Es gibt heute Blut- und Urintests, um diese Produkte nachzuweisen und Aussagen über die Geschwindigkeit des Knochenumbaus zu treffen: die Unterscheidung von high- und low-turnover-Osteoporosen. Vor allem können damit die richtige Medikamenteneinnahme und das Ansprechen der Therapie rasch beurteilt werden. Diese Tests erlauben aber nicht die Diagnose einer Osteoporose und können daher die Knochendichtemessung nicht ersetzen.

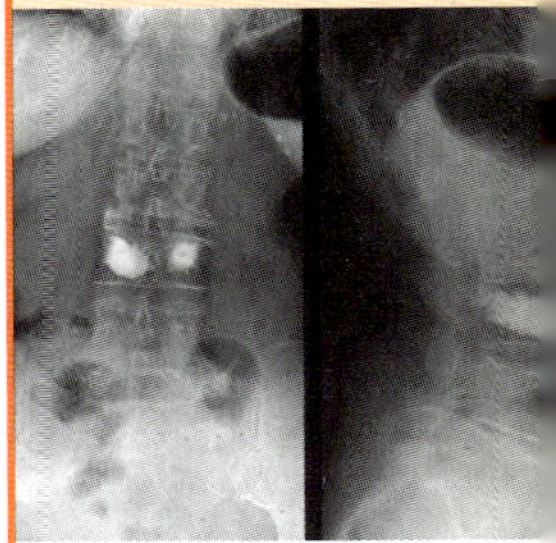

Kyphoplasie mit Stabilisierung eines eingebrochenen Wirbels.

Parameter der Knochenneubildung sind vor allem die alkalische Knochenphosphatase, das Osteokalzin und das Osteonectin. Osteokalzin wird von den Osteoblasten produziert und weist einen Tagesrhythmus auf, mit höchsten Werten um 4 Uhr morgens. Diese Tagesschwankungen spiegeln den erhöhten Knochenumbau während der Nacht wider.

Als Parameter des Knochenabbaus dienen vor allem Kollagenbausteine und Kollagen-Quervernetzungsprodukte (»Cross-links«), die in das Blut freigesetzt und mit dem Urin ausgeschieden werden. Praktisch verwendet werden Desoxypyridinolin und Cross-link-Telopeptide des Typ-I-Kollagens. Unterschieden werden aminoterminale (NTX, OSTEOMARK) und carboxyterminale (CTX, CROSSLAPS) Telopeptide. Bei Messungen im Serum müssen vor allem erhebliche Tagesschwankungen und der Einfluss von Mahlzeiten berücksichtigt werden. In der Regel sollen dem Patienten Blutproben nüchtern und vormittags zwischen

8 und 10 Uhr abgenommen werden. Der Urinmarker Hydroxyprolin sollte nicht mehr verwendet werden, da es auch ein Abbauprodukt von nicht-knochenspezifischem Kollagen anderer Organe wie der Leber darstellt. Heute stehen knochenspezifischere Parameter zur Verfügung. Auch die Kalziumausscheidung im 24-Stunden-Urin ist als Marker des Knochenabbaus zu ungenau, da sie zu sehr von der täglichen Kalziumaufnahme abhängt. Die Kollagen-Cross-link-Telopeptide sind dagegen spezifisch für das Kollagen des Knochens und werden auch nicht metabolisiert. Sie steigen nach der Menopause an und normalisieren sich wieder unter Hormonsubstitution. Ihr Einsatz bietet sich vor allem zur schnellen Beurteilung der richtigen Medikamenteneinnahme und des Therapieerfolgs unter Bisphosphonaten und/oder Hormonsubstitution an. Eine Reduktion um mehr als 30 % gegenüber dem Ausgangswert gilt als Ansprechen (»Response«) auf eine antiresorptive Therapie.

Bei der ursächlichen Abklärung der Osteoporose sind einige wenige und preiswerte Untersuchungen des Bluts und Urins wichtig: Blutkörperchensenkung, kleines Blutbild, Kalzium, Phosphat, alkalische Phosphatase und Nierenfunktionswerte.

In Sonderfällen werden im Blut noch Vitamin D, Parathormon, Schilddrüsen- und Sexualhormone gemessen, um zugrunde liegende Ursachen (sekundäre Osteoporose) und andere Knochenkrankheiten von der Osteoporose ohne nachweisbare Grundkrankheit (primäre Osteoporose) abzugrenzen.

Sekundäre Osteoporosen

Jede endgültige Diagnose einer als »postmenopausal« oder »senil« eingestuften primären Osteoporose beinhaltet den Ausschluss einer sekundären Osteoporose. Die Bezeichnung »sekundär« umschreibt eine bestimmte Grundkrankheit, die zum Knochenschwund führt und einer ursächlichen Behandlung bedarf. Nach der Literatur stellen sich 10 % aller weiblichen und 50 % aller männlichen Osteoporosefälle als sekundär heraus. Eine sorgfältige Befragung und Untersuchung ist daher nötig, um wichtige Grundkrankheiten zu entdecken und eine sofortige Behandlung einzuleiten. Oft verstecken sich bösartige, entzündliche, angeborene, infektiöse, medikamentöse, hämatologische (Blutkrankheit) oder nephrologische (Nierenkrankheit) Erkrankungen hinter einem auffälligen Knochenschwund. So werden z.B. angeborene Knochenkrankheiten wie die Glasknochenkrankheit (Osteogenesis imperfecta) mit einer primären Osteoporose verwechselt, obwohl die Diagnosestellung in der Regel sehr einfach ist: eine typische Familiengeschichte und Nachweis blauer Skleren (blaue Lederhaut der Augen).

Größte Bedeutung kommen den endokrin bedingten Osteoporosen zu, unter denen nicht selten die symptomarme Schilddrüsenüberfunktion (Hyperthyreose) älterer Patienten übersehen wird. Knochenmetastasen und bösartige Blutkrankheiten wie Leukämie, Plasmozytom und Lymphom können ebenfalls eine Osteoporose verursachen und mit einfachen Blutuntersuchungen entdeckt werden.

Auch die Verwechslung der Osteomalazie, bei Kindern als Rachitis (mangelhafte Verkalkung des Knochengewebes) bezeichnet, mit einer Osteoporose ist folgenschwer, da die Osteomalazie nur mit Vitamin-D-Gaben heilbar ist. Bei älteren Patienten beobachtet man häufig ein Mischbild von Osteoporose und Osteomalazie (Osteoporomalazie), sodass sich eine systematische Vitamin-D-Gabe im Alter bewährt hat.

Hinter jeder unklaren Osteoporose können sich unterschiedliche Grunderkrankungen verstecken. Immer muss auch eine bösartige Krankheit ausgeschlossen werden. Dazu ist oft die Knochenbiopsie als letzter diagnostischer Schritt nötig. Sie wird heute ambulant durchgeführt und dauert nicht länger als zehn Minuten.

Wann ist eine Knochenbiopsie nötig?

Über 90 % aller Osteoporosepatienten können mit der Knochendichtemessung und wenigen einfachen Untersuchungsmethoden diagnostiziert werden. Es gibt aber immer noch einige Situationen, bei denen eine direkte mikroskopische Untersuchung des Knochengewebes zur Diagnosestellung nötig ist. Dies gilt für alle ungewöhnlich verlaufenden Osteoporosen und insbesondere bei jungen Patienten.

Sobald eine zugrunde liegende Knochenmarkerkrankung oder ein bösartiger metastasierender Prozess vermutet wird, ist eine Knochenbiopsie klar indiziert. Die Gewebeprobe wird hierzu ambulant mittels einer dünnen Nadel aus dem hinteren Beckenkamm entnommen; der Eingriff ist komplikationslos durchzuführen. Für den bloßen Nachweis eines Knochenschwunds ist eine Biopsie heute aber nicht mehr nötig.

Frühzeitig vorbeugen gegen Osteoporose

Vermeidbar und oft heilbar

Effektiver Knochenschutz

Kalzium ist das wichtigste Mineral zur Vermeidung und Behandlung der Osteoporose. Ein Erwachsener hat mehr als ein Kilogramm Kalzium im Körper, wovon sich 99 % im Skelett (in Form von Kristallen) und in den Zähnen befinden.

Beim Erwachsenen beträgt der tägliche Verlust von Kalzium ca. 200 Milligramm. Dieser Wert ergibt sich aus 100 Milligramm Kalziumverlust über die Nieren, 85 Milligramm Ausscheidung über den Darm und 10 bis 20 Milligramm über die Haut. Ein Erwachsener muss daher täglich mindestens 400 Milligramm aufnehmen, um diese Mindestverluste zu decken, da die Kalziumaufnahme im Darm kaum 50 % übersteigt. Die Kalziumaufnahme sinkt zudem mit zunehmendem Kalziumangebot. Die Kalziumaufnahme des Körpers lässt sich daher durch Angebotserhöhung nicht beliebig steigern. Während Schwangerschaft und Stillzeit sollte eine Kalziumzufuhr von mehr als 1200 Milligramm täglich erfolgen, um den Kalziumbedarf des Kindes bis zur Geburt zu decken. Während der Stillzeit werden etwa 200 Milligramm Kalzium täglich von der Mutter an das Kind weitergegeben. Es kommt daher zu einem raschen Knochenverlust in dieser Phase, der in der Regel aber nach dem Abstillen wieder ausgeglichen wird. Stillende sollten daher ebenfalls wenigstens 1200 Milligramm Kalzium täglich zuführen.

Kalziumreiche Ernährung

Die Prävention der Osteoporose beginnt schon in der Kindheit mit dem Aufbau des Skeletts. Kalziumreiche Kost liefert dabei das Baumaterial, um bis zum 25. Lebensjahr das Erwachsenenskelett mit der möglichst maximalen Knochendichte zu vollenden. Kinder und Jugendliche brauchen daher je nach Körpergewicht bis zu viermal mehr Kalzium als Erwachsene. Je nach Altersstufe sollen 500 bis 1500 Milligramm Kalzium pro Tag zugeführt werden.

In den westlichen Gesellschaften wird die optimale Kalziumaufnahme und auch die adäquate Zufuhr von durchschnittlich 1000 Milligramm (1 Gramm) täglich von den meisten Menschen nicht erreicht. Da durch ausreichende Kalziumversorgung das Frakturrisiko der alternden Bevölkerung gesenkt werden kann, sind intensive Bemühungen zur besseren Kalziumversorgung – idealerweise in Kombination mit Vitamin D – notwendig.

Osteoporose ist eine typische chronische Zivilisationskrankheit und entsteht durch das Zusammentreffen von vier Umständen:

- Zunehmende Lebenserwartung (liegt 2040 für Frauen bei fast 100 Jahren!)
- Abnehmende körperliche Aktivität
- Gesundheitsschädlicher Lebensstil (z. B. Rauchen)
- Falsche, fettreiche Ernährung

Auch bei gewichtsbewussten Jugendlichen wird dieses Ziel mit kalziumreicher, fettarmer Ernährung, wie z.B. fettarmer Milch, fettarmem Käse, Joghurt, kalziumangereicherten Säften und Brotarten, durchaus erreicht. Bedenken Sie: Je stabiler unsere Knochen im jugendlichen Alter angelegt werden, desto länger profitieren wir davon im Alter.

Auch nach der Menopause ist es durchaus noch nicht zu spät, mit einer knochenbewussten Ernährung zu beginnen, obwohl gerade in dieser Übergangszeit mit dem Abfall des Östrogenspiegels ein dramatischer Knochenschwund mit Knochenbrüchen auftreten kann. Wissenschaftliche Studien haben gezeigt, dass 80 % aller Frauen nach der Menopause mit durchschnittlich 800 Milligramm pro Tag zu wenig Kalzium über die Nahrung zuführen. 1500 Milligramm Kalzium täglich sollten in dieser Phase des erhöhten Knochenabbaus angestrebt werden.

Empfohlene tägliche Kalziumaufnahme

Säuglinge

- Bis 6 Monate: 210 Milligramm/Tag
- 6 bis 12 Monate: 270 Milligramm/Tag

Das beeinflusst die Kalziumaufnahme

Positiv

- Vitamine A, C, D
- Einige Spurenelemente
- Etwas Eiweiß
- Fettarme Lebensmittel
- Laktose (Milchzucker)
- Magensäure
- Aminosäuren
- Körperliche Aktivität

Negativ

- Alter, Menopause
- Oxalatreiche Kost
- Zu viel Eiweiß
- Fett- und phosphatreiche Kost
- Dünndarmerkrankungen
- Wenig/fehlende Magensäure
- Körperlicher/psychischer Stress
- Bewegungsarmut

Kinder und Jugendliche

- 1 bis 3 Jahre: 500 Milligramm/Tag
- 4 bis 8 Jahre: 800 Milligramm/Tag
- 9 bis 18 Jahre: 1500 Milligramm/Tag

Erwachsene

- 19 bis 50 Jahre: 1200 Milligramm/Tag
- 51 Jahre und älter: 1500 Milligramm/Tag

Schwangere und stillende Frauen

- 14 bis 18 Jahre: 1500 Milligramm/Tag
- 19 bis 50 Jahre: 1400 Milligramm/Tag

Wertvolle Kalziumlieferanten

Eine ausreichende Kalziumversorgung ist vor allem mit Milch und Milchprodukten (Käse, Joghurt, Quark) möglich. Besonders kalziumreich sind Milch und Hartkäse. Die Laktose in der Milch sorgt auch für eine bessere Aufnahme des Kalziums.

Eine zusätzliche gute Kalziumquelle sind frisches grünes Gemüse, Obst und Getreideprodukte, vor allem aus Vollkorn. Bei Patienten mit Milchallergie bieten sich besonders Fruchtsäfte an, die mit Kalzium angereichert wurden. Die Fruchtsäure in den Säften steigert die Kalziumresorption darüber hinaus auf bis zu 40 %, gegenüber 30 % bei Milchprodukten. Der Zusatz von Vitamin D erhöht nochmals die Aufnahme von Kalzium über den Darm. Ein Mineralwasser mit hohem Kalziumgehalt trägt ebenfalls zu einer positiven Kalziumbilanz im Organismus bei. Die Kalziumwerte können im Wasser allerdings sehr unterschiedlich sein und reichen von etwa 10 bis 650 Milligramm pro Liter.

Bei allen Lebensmitteln ist aber zu beachten, dass bestimmte »Knochenräuber« wie die Oxalsäure in manchen Gemüsesorten, Koffein sowie ein hoher Anteil von Zucker, Salz, Phosphat, Fett und Eiweiß die Aufnahme von Kalzium im Organismus dramatisch behindern können.

Folgende Nahrungsbestandteile sind für einen gesunden Knochen von besonderer Bedeutung und spielen im Knochenstoffwechsel eine Schlüsselrolle:

- Kalzium (Ca) und Phosphor (P)
- Magnesium (Mg) und Spurenelemente
- Vitamine D, K, A, C und B12
- Milchzucker (Laktose) und Milchsäure (Laktat)
- Eiweiß (Protein)

Gute Kalziumquellen (Durchschnittswerte)

Nahrungsmittel	Kalzium in mg/100 g	Nahrungsmittel	Kalzium in mg/100 g
Vollmilch 3,5 % Fett, 1,5 % Fett	120	Spinat, gekocht	160
Buttermilch	109	Feigen, getrocknet	190
Magerquark	92	Lachs	200
Eiscreme	120	Sojabohnen	200
Entrahmte Milch	124	Grünkohl, gekocht	200
Joghurt	134	Haselnüsse	225
Käse, je nach Sorte	70–1300	Mandeln	250
Frischkäse 60 % F.i.Tr.	79	Nusskuchen	254
Camembert 50 % F.i.Tr.	510	Hagebutten	257
Emmentaler 45 % F.i.Tr.	960	Sojabohnen	260
Parmesan 35 % F.i.Tr.	1300	Ölsardinen	300
Kiwi/Erdbeere	40/25	Rhabarber, gekocht	300
Apfelsine/Brombeere	42/44	Sesamsamen	783
Bohnen	65	Mineralwasser	2–60
Nüsse	75	Orangensaft, 1 Glas (200 ml)	30
Petersilie	100	Orangensaft, angereichert	300
Brokkoli, gekocht	130		

Nahrungsergänzungsmittel mit Kalzium

Eine zusätzliche Zufuhr in Form von Kalziumtabletten zur Osteoporosebehandlung oder -vorbeugung sollte immer nur in Absprache mit dem behandelnden Arzt erfolgen. Interessant bei der Einnahme von Kalziumtabletten ist, dass nur ein Teil der Kalziummenge in den Tabletten vom Organismus aufgenommen wird. Bei der Verwendung von 500 Milligramm Kalziumkarbonat werden z.B. nur 200 Milligramm Kalzium aufgenommen.

Die beste Resorption wird dabei mit Kalziumzitrat erzielt, da diese Verbindung keine Magensäure benötigt. Auch schützt es gegen die Bildung von Nierensteinen und beeinträchtigt die Eisenaufnahme nicht.

Kalziumanteil in Salzen

Bezogen auf 1000 Milligramm des jeweiligen Kalziumsalzes enthält:

- Kalziumkarbonat: 400 mg Kalzium (40 %)
- Kalziumphosphat: 388 mg Kalzium (39 %)
- Kalziumzitrat: 241 mg Kalzium (24 %)
- Kalziumlaktat: 184 mg Kalzium (18 %)
- Kalziumglukonat: 93 mg Kalzium (9 %)

Tipps zur effektiven Kalziumeinnahme

- Kalzium wird am besten mit der Nahrung aufgenommen. Vor allem Laktose (Milchzucker) in Milch, Vitamin C sowie eine geringe Menge an Fett und Eiweiß in der Nahrung fördern die Aufnahme über den Darm.
- Vermeiden Sie die gleichzeitige Einnahme von isolierten Ballaststoffen (z. B. Vollkornprodukte, Hülsenfrüchte, Obst, Nüsse, Kräuter, verschiedene – getrocknete – Pilzsorten), da sie die Kalziumresorption hemmen.
- Wenn Sie ein Kalziumpräparat wählen, dann möglichst eines, das als Kalziumsalz das oben erwähnte Kalziumzitrat enthält. Es kann am besten vom Organismus aufgenommen werden.
- Verteilen Sie die Kalziummenge über den Tag auf mehrere Einzelgaben, nehmen Sie als Einzeldosis nicht mehr als 500 Milligramm ein. Eine Kalziumgabe vor dem Zubettgehen verhindert den Knochenschwund in der Nacht.
- Nehmen Sie kein Kalziumpräparat zusammen mit fettreichen Nahrungsmitteln ein.
- Achten Sie darauf, dass Sie Kalzium nicht mit einem Eisenpräparat oder stark eisenhaltigen Lebensmitteln kombinieren. Diese beiden Substanzen gehen eine unlösliche Verbindung ein; sie kann vom Körper nicht mehr aufgenommen werden.

Die »Top Ten« der kalziumreichen Gemüsesorten:

- Artischocken
- Brokkoli
- Rosenkohl
- Grünkohl
- Karotten
- Sellerie
- Bohnen
- Gartenkresse
- Petersilienblätter
- Lauch

Auch andere Mineralien und Spurenelemente sind wichtig für einen gesunden Knochen: Magnesium, Mangan, Bor, Kupfer, Zink, Selen und Silizium. Es reicht jedoch aus, Mangelzustände zu vermeiden oder auszugleichen.

Einfluss von Nahrungsmitteln auf den Kalziumstoffwechsel

Nahrungsmittel	Gesteigerte Kalziumausscheidung im Urin	Verminderte Kalziumresorption
Zu viel Eiweiß	X	
Zu viel Salz	X	
Zu viel Phosphat	X	
Zu viel Zucker	X	
Zu wenig Vitamin D	X	X
Oxalate (Spinat, Rhabarber)		X
Phytate (Weizen, Hülsenfrüchte)		X
Zu viel Eisen		X
Zu viel Kaffee (mehr als 4 Tassen/Tag)	X	X

Ein Hinweis für Eltern

Stellen Sie eine ausreichende Kalziumzufuhr für Ihre Kinder sicher, da starker Knochen vor allem in der Wachstumsphase gebildet wird. Achten Sie darauf, dass sie ausreichend Milch und Milchprodukte (z. B. Joghurt, Quark und Käse) sowie grüne Blattgemüse (z. B. Grünkohl, Spinat) und frische Kräuter (z. B. Basilikum, Dill und Petersilie) zu sich nehmen.

Ist zu viel Kalzium gefährlich?

Eine Steigerung des Kalziumangebots führt zu einer Verminderung des resorbierten Anteils, sodass ein Schutzmechanismus gegen Intoxikation besteht. Erst bei einem Angebot von mehr als vier Gramm täglich wird dieser durchbrochen. Studien haben gezeigt, dass eine tägliche Kalziumzufuhr von 1500 Milligramm sicher ist. Das Risiko von Nierensteinen ist generell nicht erhöht, möglicherweise weil Oxalat, ein Hauptbestandteil von Nierensteinen, bereits im Darm mit Kalzium eine unlösliche Verbindung eingeht und somit nicht resorbiert werden kann.

Missverständnisse rund um die Milch

Viele Patienten vermeiden Milch und Milchprodukte aufgrund von Missverständnissen. Alle seriösen Ernährungswissenschaftler sind sich aber über die herausragende Bedeutung der Milch als Lieferant für Kalzium und andere wichtige Nahrungsbausteine einig. Folgende Vorurteile hört man immer wieder:

- *»Milch macht fett«:* Eine neue Studie belegt, dass Milchfett Herz-Kreislauf-Erkrankungen nicht begünstigt. Im Gegenteil – junge Frauen, die ihren Kalziumbedarf mit Milchprodukten ausgeglichen haben, waren schlanker und hatten deutlich weniger Gewichtsprobleme. Für Patienten mit Gewichtsproblemen gibt es fettarme Formen von Milch und Käse, Joghurt und Buttermilch.
- *»Milch schwächt den Knochen«:* Alle großen Studien konnten zeigen, dass Milch und Milchprodukte eine ideale Quelle für Kalzium und andere Mineralien sind und den Knochen stärken. Die sauren Bestandteile in der Milch (Milchsäure) selbst lösen sicher nicht Mineralien aus dem Knochen, sondern erleichtern vielmehr die Kalziumresorption im Darm.
- *»Milch löst Allergien aus«:* Milchallergien sind üblicherweise Reaktionen auf bestimmte Bestandteile der Milch wie z. B. Kasein oder Laktose. Solche Allergien sind aber selten. Sie werden zu 1 bis 3 % bei Kleinkindern beobachtet und verschwinden in der Regel bis zum dritten Lebensjahr. Bei Erwachsenen ist eine Milchallergie wirklich eine Rarität. Laktoseintoleranz wird immer wieder beobachtet; diese Patienten können aber Hartkäse oder Joghurt in kleinen Mengen gut vertragen. In seltenen schweren Fällen stehen laktosereduzierte Milch oder kalziumangereicherte Fruchtsäfte als Alternative zur Verfügung.
- *»Milch ist voll mit Antibiotika und Hormonen«:* Bisher wurden nur extrem geringe Konzentrationen von Hormonen oder Antibiotika gemessen, die aber keine gesundheitsschädliche Wirkungen zeigten. Bestimmte Hormone kommen als natürlicher Bestandteil der Milch – wie auch in der Muttermilch – vor und sind sicher nicht gesundheitsschädlich. In Zukunft werden besorgte Patienten immer mehr auf »Biomilch« ausweichen können.

Zur Vorbeugung von Osteoporose muss die Ernährung »knochenbewusst« zusammengestellt werden:

- Kalziumreiche Ernährung mit reichlich Milch und Milchprodukten vor allem bis zum 30. Lebensjahr
- Ausreichend Vitamin-D-Zufuhr, bei älteren Menschen Vitamin-D-Tabletten. Im hohen Alter Zufuhr von täglich 1200 mg Kalzium und 1000 I. E. Vitamin D
- Ein Zuviel an Eiweiß, Kochsalz, Koffein und Alkohol vermeiden
- Auf ausreichende Energiezufuhr achten (Untergewicht vermeiden!)
- Vor allem bei jungen Frauen während der Schwangerschaft und Stillzeit auf hohe Kalziumzufuhr achten (1500 mg täglich)

»Knochenfreundliche« Küche

Osteoporose gehört zu den ernährungsabhängigen Erkrankungen, die durch eine entsprechende Kost in ihrer Entstehung beeinflusst werden kann. Überprüfen Sie also Ihren Essstil: mehr Gemüse, mehr Fisch, mehr Milchprodukte; meiden Sie Süßes und Fettreiches. Gesundheitsbewusste Ernährung ist knochenbewusste Ernährung – und sie ist auch ein Genuss!

Frisch und knackig

Salat »Italia« (für 2 Personen)

Zutaten **100 g Rucola | 100 g Champignons | 2 EL Olivenöl | 1 EL Balsamicoessig | Jodsalz | frisch gemahlener Pfeffer aus der Mühle | 10 Kirschtomaten | 50 g Pecorino oder Parmesan**

Zubereitung Rucola waschen, abtropfen lassen und grob zerkleinern, Champignons waschen, putzen und in Scheiben schneiden. Aus Öl, Essig, Salz und Pfeffer eine Marinade anrühren und über den Salat geben. Den Salat auf Tellern anrichten, Tomaten halbieren und rings um den Salat legen. Mit dem grob geriebenen Käse bestreuen.

Enthält pro Portion ca. 395 Milligramm Kalzium.

Fitnesssalat (für 4 Personen)

Zutaten **250 g Emmentaler | 2 rote Paprikaschoten | 1/2 Salatgurke | 1 Bund Radieschen | 5 Lauchzwiebeln | 2 EL Sonnenblumenöl | 1 EL Essig | Jodsalz | frisch gemahlener Pfeffer aus der Mühle**

Zubereitung Käse in kleine Würfel schneiden. Gemüse waschen, putzen und würfeln. Aus Öl, Essig, Salz und Pfeffer eine Marinade anrühren und alle Zutaten mischen. Gut durchziehen lassen.

Enthält pro Portion ca. 730 Milligramm Kalzium.

Bunte Frühlingsrohkost mit Dip (für 6 Personen)

Zutaten **370 g Romanasalat | 3 mittelgroße Möhren | 1 Knolle Fenchel (ca. 350 g) | 1 Staude Bleichsellerie | 2 Zucchini | 3 Tomaten | 1 mittel-**

große Zwiebel | 2 Eigelbe | 2 EL mittelscharfer Senf | 1 Becher saure Sahne | 3 EL Apfelessig | 1/2 TL Honig | Jodsalz | frisch gemahlener Pfeffer aus der Mühle | 1 Schalotte

Zubereitung Salat und Gemüse waschen, putzen und in Streifen bzw. Achtel schneiden. Für den Dip die Eigelbe, Senf und saure Sahne gründlich miteinander verrühren und mit Apfelessig, Honig, Salz und Pfeffer abschmecken. Die gewaschene Schalotte fein hacken und dazugeben. Den Dip in Portionsschälchen füllen und zu dem Gemüse servieren.

Enthält pro Portion ca. 175 Milligramm Kalzium.

Warme Gerichte

Brokkoligratin (für 3 Personen)

Zutaten 600 g Brokkoli | 400 g mehlig kochende Kartoffeln | Jodsalz | frisch gemahlener Pfeffer aus der Mühle | 1 Messerspitze geriebene Mukatnuss | 250 ml Milch (1,5 % Fett) | 1 Becher süße Sahne | 100 g geriebener Gouda oder Bel Paese

Zubereitung Brokkoli gründlich waschen, putzen und in mundgerechte Stücke schneiden. Kartoffeln waschen, schälen und in dünne Scheiben hobeln. Das Gemüse in eine feuerfeste Ofenform einschichten, mit Salz, Pfeffer und Muskatnuss würzen. Die Milch mit der süßen Sahne verrühren und über das Gemüse gießen. Den geriebenen Käse darauf streuen. Im Backofen bei 200 °C (Gas Stufe 3–4) etwa 45 Minuten lang garen, bis der Käse goldbraun geworden ist.

Enthält pro Portion ca. 565 Milligramm Kalzium.

Brokkoli enthält 105 Milligramm Kalzium pro 100 Gramm. Saison hat er von Juli bis Oktober. Blanchiert lässt er sich auch gut einfrieren und ist dann ein Jahr lang haltbar.

Paprikaboot (für 2 Personen)

Zutaten 2 rote Paprikaschoten | 150 g Mozzarella | 250 g Tomaten | 4 Blätter frisches Basilikum | 70 g geriebener Parmesan 50 g Joghurt (3,5 % Fett) | Jodsalz | frisch gemahlener Pfeffer aus der Mühle

Zubereitung Paprikaschoten waschen, längs halbieren und putzen. Mozzarella und Tomaten würfeln. Basilikum waschen und fein schnei-

den. Mit geriebenem Parmesan und Joghurt vermischen, mit Salz und Pfeffer würzen. Die Masse in die Paprikahälften füllen. Für 15 Minuten bei 200 °C (Gas Stufe 3–4) überbacken.
Enthält pro Portion ca. 785 Milligramm Kalzium.

Hähnchencurry (für 4 Personen)

Zutaten 3 große Zwiebeln | 4 große Möhren | 2 Äpfel | 500 g Hähnchenbrustfilet | 2 EL Olivenöl | 1 EL Curry | Jodsalz | frisch gemahlener Pfeffer aus der Mühle | 1 EL Zucker | 1 EL Instanthühnerbrühe 2 EL Rosinen | 1/2 TL Zimt

Zubereitung Zwiebeln abziehen und klein hacken, Möhren und Äpfel waschen, schälen und in Streifen schneiden. Hähnchenfleisch unter fließendem Wasser abspülen, trockentupfen und ebenfalls in Streifen schneiden. Alles in Olivenöl kräftig anbraten, den Curry daruntermischen, mit Salz und Pfeffer abschmecken. Den Zucker dazugeben und karamellisieren lassen. Mit 5 Esslöffeln Wasser ablöschen. Instantbrühe darüber streuen und unterrühren. Die Rosinen zugeben, mit Zimt abschmecken. Alles ca. 20 Minuten lang bei geringer Hitze kochen lassen. Als Beilage zum Hähnchencurry passt am besten Reis.
Enthält pro Portion ca. 80 Milligramm Kalzium.

Käse ist nicht gleich Käse! So viel Kalzium enthalten jeweils 100 Gramm:
- Emmentaler: 960 mg
- Edamer: 800 mg
- Gouda: 800 mg
- Tilsiter: 750 mg
- Mozzarella: 400 mg

Tomaten-Kräuter-Nudeln mit Knoblauch (für 4 Personen)

Zutaten 250 g grüne Bandnudeln | Jodsalz | 1 EL Olivenöl | 500 g Tomaten | 1 Knoblauchzehe | 2 Blätter Salbei | 1 Bund Petersilie | 3 Eier | 1 Becher süße Sahne | 200 g geriebener Edamer | Cayennepfeffer | 25 g Butter

Zubereitung Nudeln in reichlich Salzwasser bissfest kochen, abgießen und mit dem Olivenöl vermengen. Tomaten waschen, die Stielansätze herausschneiden, das Fruchtfleisch würfeln. Die Knoblauchzehe abziehen, Salbei und Petersilie waschen und alles fein hacken. Nudeln mit Tomatenwürfeln, Knoblauch und Kräutern mischen. Die Eier gründlich mit der Sahne verschlagen, den geriebenen Edamer unterrühren, die Sauce mit Cayennepfeffer abschmecken. Nudeln in eine feuerfeste Form schichten und mit der Sauce übergießen. Die Butter in Flöckchen darauf geben. Den Auflauf bei 200 °C (Gas Stufe 3–4) etwa 40 Minuten lang überbacken.

Enthält pro Portion ca. 515 Milligramm Kalzium.

Käseauflauf (für 4 Personen)

Zutaten 4 Eier | 60 g Mehl | 250 g süße Sahne | 250 ml Milch (1,5 % Fett) | 250 g geriebener Käse (Emmentaler, Edamer, Tilsiter oder Gouda) | Jodsalz | frisch gemahlener Pfeffer aus der Mühle | 1 Prise Paprikapulver

Zubereitung Eier trennen. Mehl mit der süßen Sahne, Milch und den Eigelben gründlich verschlagen, den geriebenen Käse zugeben. Mit Salz, Pfeffer und Paprikapulver abschmecken. Eiweiß zu sehr steifem Schnee schlagen und vorsichtig unter die Masse heben. Alles in eine gefettete Auflaufform füllen und für 10 Minuten bei 150 °C (Gas Stufe 1), dann für etwa 20 Minuten bei 210 °C (Gas Stufe 4) goldbraun überbacken.

Enthält pro Portion ca. 850 Milligramm Kalzium.

Vor allem Hartkäse ist eine ausgezeichnete Kalziumquelle.

Gefüllte Auberginen (für 4 Personen)

Zutaten 2 mittelgroße Auberginen | Saft von 1 Zitrone | 1 Bund Frühlingszwiebeln | 250 g Champignons | 1 EL Sonnenblumenöl | 1 Bund Petersilie | Jodsalz | frisch gemahlener Pfeffer aus der Mühle | 1 Prise körnige Hefewürze | 2 EL Vollkornsemmelbrösel | 3 EL süße Sahne | 100 g Mozzarella | 2 EL Sonnenblumenkerne

Zubereitung Gewaschene Auberginen der Länge nach durchschneiden, die 4 Hälften aushöhlen. Innen mit Zitronensaft beträufeln. In wenig Wasser ca. 10 Minuten lang dünsten, beiseite stellen. Auberginenfleisch klein schneiden. Frühlingszwiebeln abziehen, Pilze putzen, beides würfeln. In heißem Öl andünsten. Petersilie waschen, klein hacken und dazugeben, ebenso Salz, Pfeffer, Hefewürze, Semmelbrösel und Sahne. Alles kurz aufkochen lassen. Mozzarella in Würfel schneiden und unter-

mischen. Auberginenhälften mit dieser Masse füllen und in eine gefettete Auflaufform setzen. Mit den Sonnenblumenkernen bestreuen und bei 220 °C (Gas Stufe 4–5) etwa 20 Minuten lang überbacken.
Enthält pro Portion ca. 200 Milligramm Kalzium.

Lauchtorte (für 4 Personen)

Zutaten **300 g Vollkornmehl | 250 g Speisequark | 5 EL Sonnenblumenöl | 4 Stangen Lauch | 3 Eier | 300 g saure Sahne | Jodsalz | frisch gemahlener Pfeffer aus der Mühle | 1 Messerspitze geriebene Muskatnuss**

Zubereitung Mehl, Quark und Öl zu einem glatten Teig verkneten. Eine gefettete Springform damit auslegen, Teigränder gut andrücken. Lauch waschen, putzen, in Ringe schneiden, in wenig Öl in einer Pfanne andünsten und auf dem Teig verteilen. Eier und saure Sahne miteinander verquirlen, mit Salz, Pfeffer und Muskatnuss würzen. Die Masse über den Lauch gießen. Lauchtorte bei 200 °C (Gas Stufe 3–4) ca. 45 Minuten lang überbacken.
Enthält pro Portion ca. 310 Milligramm Kalzium.

Lauch ist besonders reich an Vitamin C, Vitamin K, Folsäure und auch Kalzium. Im Gemüsefach des Kühlschranks hält er sich für einige Tage; außerdem gehört er zu den Gemüsen, die auch im Januar und Februar frisch erhältlich sind.

Fenchel mit Mozzarella (für 4 Personen)

Zutaten **2 Fenchelknollen (ca. 700 g) | 4 EL Wasser | 1 Zwiebel | 1 Knoblauchzehe | 500 g Tomaten | frische gemischte Kräuter | 1 EL Sonnenblumenöl | 125 g Mozzarella**

Zubereitung Fenchel waschen, putzen, halbieren und in fingerdicke Scheiben schneiden. Mit Wasser in einen Topf geben und ca. 15 Minuten lang garen. Mit einem Schaumlöffel herausnehmen und in eine Auflaufform geben. Zwiebel und Knoblauch abziehen und fein hacken, gewaschene Tomaten würfeln, mit den klein gehackten Kräutern zum Zwiebel-Knoblauch-Gemisch geben und alles im heißen Öl dünsten, bis eine Sauce entsteht. Sauce über den Fenchel geben, Mozzarella abtropfen lassen, in Scheiben schneiden und darauf legen. Im Ofen bei 200 °C (Gas Stufe 3–4) etwa 15 Minuten lang überbacken. Dieses Gericht eignet

sich besonders gut als Vorspeise oder auch als Beilage zu Fleisch- und Fischzubereitungen.
Enthält pro Portion ca. 330 Milligramm Kalzium.

Goldbarschfilet mit Joghurtsauce (für 2 Personen)

Zutaten 2 EL Mehl | Jodsalz | frisch gemahlener Pfeffer aus der Mühle | 1/2 TL frischer Thymian | 1 Ei | 40 g Semmelbrösel 2 Goldbarschfilets (je ca. 200 g) | 3 EL Zitronensaft | 2 EL Olivenöl 1 große Tomate | 1 Salatgurke | 1/2 Fenchelknolle | 1 Bund Schnittlauch | 300 g Joghurt (1,5 % Fett) | 100 g saure Sahne

Zubereitung Zum Panieren des abgespülten Fischs das Mehl mit je 1 Prise Salz und Pfeffer sowie dem Thymian auf einem Teller vermischen. Ei in einem weiteren Teller verquirlen. Semmelbrösel ebenfalls auf einen Teller geben. Fischfilets beidseitig mit Zitronensaft beträufeln, zunächst im Mehl, dann im Ei und zuletzt auf jeder Seite 2-mal in den Semmelbröseln wenden. Öl in einer Pfanne heiß werden lassen und Filets bei mittlerer Hitze pro Seite ca. 5 Minuten lang braten. In der Zwischenzeit das gewaschene und geputzte Gemüse sowie den Schnittlauch fein zerkleinern. Alles mit Joghurt, saurer Sahne, Salz und Pfeffer verrühren. Sauce zu den Fischfilets servieren. Zu diesem Gericht passen Pellkartoffeln oder frisches Vollkornbaguette.
Enthält pro Portion ca. 470 Milligramm Kalzium.

Frische ist bei Fisch oberstes Gebot. Bewahren Sie ihn auch nie länger als zwei Tage im Kühlschrank auf!

Käsespätzle (für 4 Personen)

Zutaten 500 g Mehl | 2 Prisen Jodsalz | 4 Eier | ca. 1/4 l Wasser 300 g Zwiebeln | 25 g Butter | 1 EL Sonnenblumenöl | 250 g geriebener Emmentaler | frisch gemahlener Pfeffer aus der Mühle

Zubereitung Für den Spätzleteig das Mehl mit Salz, den Eiern und so viel Wasser verrühren, dass eine zähflüssige Masse entsteht; der Teig muss beim Schlagen Blasen werfen. Zugedeckt ca. 30 Minuten lang ruhen lassen. In der Zwischenzeit Zwiebeln abziehen, halbieren und in Würfel schneiden. Butter und Öl in einer Pfanne erhitzen, bis die Butter zerlaufen ist. Die Zwiebelwürfel darin bei schwacher Hitze in ca. 20 Minuten weich und goldbraun dünsten; dabei mehrmals wenden. Für die Spätzle reichlich Wasser zum Kochen bringen. Den Teig nach und nach in einen Spätzlehobel geben und in das sprudelnd kochende Wasser streichen. Die Spätzle sind gar, wenn sie an die Oberfläche steigen. Die jeweils fertigen Spätzle mit einem Schaumlöffel aus dem Wasser nehmen und gut abtropfen lassen. Nun abwechselnd eine Schicht Spätzle, geriebenen Emmentaler und Zwiebeln in eine vorgewärmte Schüssel geben und jeweils mit etwas Pfeffer bestreuen. Zum Schluss alles gut durchmengen und rasch servieren. Als Beilage passt ein bunter Salat der Saison besonders gut.

Enthält pro Portion ca. 765 Milligramm Kalzium.

Feigen gehören zu den Früchten mit dem höchsten Kalziumgehalt. Reife Früchte sind schwer, sehr weich und duften intensiv. Riechen sie leicht säuerlich, sind sie bereits überreif.

Snacks für zwischendurch

Powerbrötchen (für 1 Person)

Zutaten 1 Vollkornsemmel | 30 g Emmentaler | 1 frische Feige 1 TL gehackte Haselnüsse

Zubereitung Vollkornsemmel halbieren und mit Käsescheiben belegen. Feige schälen, in Scheiben schneiden und auf der Semmel verteilen. Mit Nüssen bestreuen.

Enthält 380 Milligramm Kalzium.

Käsewaffeln (ca. 12 Stück)

Zutaten 100 g Butter | 3 Eier | 250 g Mehl | Jodsalz | frisch gemahlener Pfeffer aus der Mühle | 500 ml Milch (1,5 % Fett) | 150 ml Buttermilch | 1 TL gehackte Petersilie | 200 g geriebener Käse (Emmentaler, Edamer, Gouda oder Tilsiter)

Zubereitung Butter in einem Topf zerlassen und kurz abkühlen lassen. Die Eier trennen. Mehl in einer Schüssel mit etwas Salz und Pfeffer vermengen. Die Eigelbe gründlich mit der Milch und der Buttermilch verschlagen. Das Mehl unterrühren. Petersilie, geriebenen Käse und zerlassene Butter dazugeben. Das Eiweiß zu sehr steifem Schnee schlagen

und vorsichtig unter die Masse heben. Im Waffeleisen goldgelbe Waffeln backen.
Eine Waffel enthält ca. 260 Milligramm Kalzium.

Karottenaufstrich mit Vollkornbrot (für 2 Personen)

Zutaten 200 g Karotten | 1 Bund Schnittlauch | 150 g Magerquark 1 EL saure Sahne | 1 EL frisch gepresster Zitronensaft | Jodsalz | frisch gemahlener Pfeffer aus der Mühle | 4 Scheiben Vollkornbrot

Zubereitung Die Karotten waschen, schälen und fein reiben, den Schnittlauch waschen und in Röllchen schneiden. Den Quark mit saurer Sahne und Zitronensaft cremig rühren. Karotten und Schnittlauch dazugeben und alles gut miteinander mischen. Mit Salz und Pfeffer abschmecken. Die Karottencreme kann man beispielsweise als Aufstrich zum Vollkornbrot servieren; sie eignet sich aber auch gut als Dip für eine Rohkostplatte.
Enthält pro Portion ca. 175 Milligramm Kalzium.

Käseplätzchen (ca. 25 Stück)

Zutaten 250 g Weizenmehl | 1 Päckchen Backpulver | 1 TL Jodsalz 1 EL gemischte Kräuter (z. B. Schnittlauch, Basilikum, Petersilie und Kerbel) | 60 g Butter | 60 g geriebener Käse (Emmentaler, Edamer, Tilsiter oder Gouda) | ca. 150 ml Buttermilch

Zubereitung Das Mehl mit Backpulver, Salz und gewaschenen, fein gehackten Kräutern vermengen. Butter in Flöckchen darunter mischen, den Käse dazugeben, alles gründlich durchkneten. So viel Buttermilch einarbeiten, bis ein geschmeidiger Teig entstanden ist. Den Teig auf einer mit Mehl bestäubten Fläche ca. 1 Zentimeter dick ausrollen und beliebige Formen ausstechen. Käseplätzchen auf ein mit Backpapier bedecktes Blech legen, mit etwas Buttermilch bepinseln und im Ofen auf der mittleren Schiene bei 220 °C (Gas Stufe 4–5) in ca. 10 Minuten goldgelb backen.
Die Käseplätzchen enthalten insgesamt ca. 1125 Milligramm Kalzium, pro Stück also ca. 45 Milligramm.

Buttermilch enthält 110 Milligramm Kalzium pro 100 Gramm und ist besonders auch an heißen Sommertagen eine erfrischende Köstlichkeit. Als Zutat in den Käseplätzchen verleiht sie dem Gebäck mehr Luftigkeit.

Heimische Beerenfrüchte sind eine ideale Ergänzung zu Milchprodukten.

Süßes ohne Reue

Himbeersorbet (für 3 Personen)

Zutaten 300 g tiefgefrorene Himbeeren | 300 g Joghurt (3,5 % Fett) | 50 g süße Sahne | Zucker nach Geschmack | 50 g Mandelstifte

Zubereitung Gefrorene Himbeeren mit dem Joghurt und der Sahne fein pürieren. Mit Zucker abschmecken. Die Mandelstifte unterheben. Das Sorbet gut gekühlt servieren.

Enthält pro Portion (ohne Zucker) ca. 225 Milligramm Kalzium.

Orangenquark (für 1 Person)

Zutaten 1 EL Honig | 50 ml Milch (1,5 % Fett) | 150 g Speisequark 2 EL Vollkornhaferflocken | 1 Orange

Zubereitung Honig in der Milch auflösen und zusammen mit dem Quark in ein Schälchen geben. Haferflocken unterrühren. Die Orange schälen, filetieren, das Weiße entfernen, in mundgerechte Stücke schneiden und vorsichtig unter den Quark heben.

Enthält ca. 305 Milligramm Kalzium.

Schoko-Nuss-Joghurt (für 2 Personen)

Zutaten 50 g Vollmilchschokolade | 300 g Joghurt (3,5 % Fett) 100 g geriebene Haselnüsse | 2 EL süße Sahne

Zubereitung Schokolade in Stücke brechen, mit Joghurt und Haselnüssen im Mixer fein zerkleinern. Die Sahne unter die Creme mischen. Vor dem Servieren für 30 Minuten kalt stellen.

Enthält pro Portion ca. 375 Milligramm Kalzium.

Nuss-Frucht-Grieß (für 4 Personen)

Zutaten 750 ml Milch (1,5 % Fett) | 1 Prise Jodsalz | 50 g Zucker 120 g Hartweizengrieß | 450 g Joghurt (3,5 % Fett) | 2 EL süße Sahne 2 EL Nussmus (aus dem Reformhaus) | 2 Bananen | 2 Kiwis

Zubereitung Milch mit Salz und Zucker aufkochen. Grieß unter gründ-

lichem Rühren langsam einstreuen und so lange weiterrühren, bis sich keine Klümpchen mehr bilden. Den Brei im Topf mit Deckel bei schwacher Hitze ca. 5 Minuten lang weitergaren. Joghurt, süße Sahne und Nussmus mit einem Schneebesen gründlich in den heißen Brei einrühren, den Brei auf 4 Schälchen verteilen. Bananen und Kiwis schälen, in Scheiben schneiden und auf den Grießportionen verteilen.
Enthält pro Portion ca. 420 Milligramm Kalzium.

Drinks mit viel Kalzium

Weißgold (für 3 Personen)

Zutaten **250 ml Milch (1,5% Fett) | 250 g Joghurt (1,5% Fett) 250 ml Orangensaft | eventuell etwas Zucker**
Zubereitung Alle Zutaten gut miteinander verquirlen und nach Geschmack mit etwas Zucker abschmecken. Gekühlt servieren.
Enthält pro Portion (ohne Zucker) ca. 245 Milligramm Kalzium.

Orangen gehören zu den klassischen Fitmachern. Dünnhäutige kleine Exemplare eignen sich besonders zum Saftpressen, die großen mit dicker Schale lassen sich besser abschälen.

Fit mit Quitte (für 1 Person)

Zutaten **1 mittelgroße Quitte | 125 ml naturtrüber Apfelsaft | eventuell etwas Puderzucker | 1 EL Hagebuttenmus (aus dem Reformhaus) 200 ml Milch (1,5% Fett) | 1 Prise gemahlene Nelken**
Zubereitung Quitte waschen, vierteln, das Kerngehäuse entfernen, das Fruchtfleisch in schmale Spalten schneiden. Mit dem Apfelsaft und eventuell etwas Puderzucker in einen Topf geben und so lange kochen lassen, bis die Quitte weich ist. Alles durch ein Sieb passieren. Das Hagebuttenmus einrühren und mit der Milch zusammen kräftig aufschlagen. In ein hohes Glas füllen und mit Nelkenpulver überstäuben.
Enthält (ohne Zucker) ca. 265 Milligramm Kalzium.

Fruchtshake (für 1 Person)

Zutaten **1 Hand voll Erdbeeren, Bananenscheiben, Heidelbeeren oder Kirschen | 125 ml Milch (1,5% Fett) | 150 g Natur- oder Fruchtjoghurt 2 Eiswürfel | 1 TL Zucker oder Honig**

Kaum ein anderes Lebensmittel ist so kalziumreich wie die Milch – aber pur wird sie von vielen Menschen als Getränk abgelehnt. Hier finden Sie viele Ideen, die für köstlichen und abwechslungsreichen Trinkgenuss sorgen.

Zubereitung Die ausgewählten Früchte waschen und vorbereiten. Zusammen mit der Milch, dem Joghurt, Zucker oder Honig in einen hohen Becher geben und das Ganze gründlich mit einem Handmixer durchrühren. Den Shake in ein hohes Glas füllen, die Eiswürfel dazugeben und das Glas am Rand mit einer Frucht garnieren.
Enthält mit Erdbeeren ca. 370 Milligramm Kalzium.

Bananen-Eis-Drink (für 2 Personen)

Zutaten 1 Banane | 2 Kugeln Vanilleeis | 1 EL Zucker | 1 EL frisch gepresster Zitronensaft | 500 ml Milch (1,5 % Fett)
Zubereitung Die Banane schälen, in Scheiben schneiden und mit Vanilleeis, Zucker, Zitronensaft und Milch im Mixer pürieren. In hohe Gläser füllen.
Enthält pro Portion ca. 360 Milligramm Kalzium.

Apfel-Joghurt-Shake (für 1 Person)

Zutaten 1 Apfel | 125 g Joghurt (1,5 % Fett) | 1 EL Weizenkleie 10 ml Apfelsaft | eventuell etwas Honig
Zubereitung Apfel waschen und schälen, das Kerngehäuse entfernen, mit Joghurt, Weizenkleie, Apfelsaft und eventuell Honig im Mixer pürieren. In ein hohes Glas füllen.
Enthält (ohne Honig) ca. 180 Milligramm Kalzium.

Green Dream (für 4 Personen)

Zutaten 6–8 EL frische Kräuter nach Belieben (beispielsweise Gartenkresse, Petersilie und Schnittlauch) | 800 ml Buttermilch | frisch gepresster Zitronensaft | Jodsalz | frisch gemahlener Pfeffer aus der Mühle
Zubereitung Kräuter waschen, fein hacken und mit der Buttermilch verrühren. Mit Zitronensaft, Salz und Pfeffer abschmecken. In hohe Gläser füllen. Gut gekühlt servieren.
Enthält pro Portion ca. 260 Milligramm Kalzium.

Bananen-Nuss-Milch (für 1 Person)

Zutaten **1 Banane | 1 EL frisch gepresster Zitronensaft | 30 g geriebene Haselnüsse | 7 EL saure Sahne | 250 ml Milch (1,5 % Fett) | eventuell etwas Honig | 1 Prise Zimt**

Zubereitung Die Banane schälen, in Scheiben schneiden. Mit Zitronensaft, Haselnüssen und der sauren Sahne im Mixer gründlich pürieren. Die Mischung mit der kalten Milch auffüllen und nach Geschmack noch etwas Honig zugeben. In ein hohes Glas füllen und mit etwas Zimt bestäuben.

Enthält (ohne Honig) ca. 600 Milligramm Kalzium.

Karottenkefir (für 4 Personen)

Zutaten **500 g Karotten | 1 mittelgroßer Apfel | 500 g Kefir | frisch gepresster Saft von 1/2 Zitrone | Jodsalz | frisch gemahlener Pfeffer aus der Mühle | eventuell 1 Prise Zucker | etwas frische Petersilie**

Zubereitung Karotten waschen, putzen, schälen und im Mixer fein pürieren. Apfel waschen, schälen, das Kerngehäuse entfernen und das Fruchtfleisch fein raspeln. Karotten und Apfel mit dem Kefir verquirlen. Den Zitronensaft zugeben und den Drink mit Salz, Pfeffer und eventuell etwas Zucker abschmecken. In hohe Gläser füllen und mit der Petersilie garnieren.

Enthält pro Portion (ohne Zucker) ca. 200 Milligramm Kalzium.

Wer auf den Milchgeschmack gekommen ist, kann auch mit anderen Obstsorten variieren. Aber Vorsicht: Frische Ananas, Feigen und Papayas enthalten Enzyme, die die Milch klumpen lassen!

Brombeermilch (für 2 Personen)

Zutaten **400 g Brombeeren (frisch oder tiefgekühlt) | 50 g Vanilleeis | 1 TL Honig | 1/2 l Milch (1,5 % Fett) | 1 EL süße Sahne | 2 Zweige frische Minze**

Zubereitung Die Brombeeren verlesen, waschen und vorsichtig trockentupfen. Mit Eis, Honig, Milch und der süßen Sahne im Mixer pürieren. Die Brombeermilch in hohe Gläser füllen und mit den Minzeblättchen garnieren.

Enthält pro Portion ca. 420 Milligramm Kalzium.

Vitaminreiche Ernährung

Einige Studien an älteren Patienten haben gezeigt, dass höhere Magnesiumzufuhr mit einer höheren Knochendichte korreliert. Eine Magnesiumsupplementierung ist jedoch nur für Personen mit Magnesiummangel zu empfehlen.

Die Zugabe von Vitamin D erhöht den Aufbau stabiler Knochen durch die bessere Aufnahme von Kalzium und Phosphat aus dem Darm und durch die bessere Reifung und Mineralisation der Knochengrundsubstanz. 400 bis 800 I.E. (internationale Einheiten) werden täglich für einen gesunden Knochen gebraucht. Ein tägliches Sonnenbad von etwa 15 Minuten wäre nötig, um diese Vitaminmenge selbst produzieren zu können. Die heutigen Lebensverhältnisse sowie die Angst vor Hautkrebs schließen die Eigenversorgung mit Vitamin D (fast) aus. Hinzu kommt, dass im Alter die Umsetzung des Sonnenlichts in Vitamin D gegenüber der Situation in der Jugend um die Hälfte nachlässt. Eine tägliche Zufuhr von 800 bis 1000 I.E. Vitamin D als Tablette zum Essen ist daher sinnvoll.

Doch auch andere Vitamine sind für einen gesunden Knochen wichtig. Vitamin C wird für die Reifung des Kollagens benötigt, stimuliert die knochenaufbauenden Zellen und begünstigt die Kalziumresorption. 60 Milligramm Vitamin C ist die Mindestmenge pro Tag; idealerweise sollte ein Gramm des Vitamins zugeführt werden. Vitamin A ist ein fettlösliches Vitamin und beeinflusst die Entwicklung der Knochenzellen. 5000 I.E. Vitamin A werden täglich empfohlen. Vitamin K ist uns in seiner Bedeutung bei der Blutgerinnung bekannt, es spielt jedoch auch eine wesentliche Rolle in der Synthese des Osteokalzins, einem Baustein der Knochengrundsubstanz. Vitamin K vermittelt das Anheften des Kalziums an die Knochenmatrix. Auch bei der Knochenbruchheilung ist dieses Vitamin nötig und sollte in einer Menge von rund 200 Mikrogramm täglich zugeführt werden. Vitamin B12 erwies sich als ebenfalls essenziell für den Erhalt der Knochendichte. Vitamin-B12-Mangel korrelierte mit niedrigen Werten der Knochenformationsmarker einschließlich der knochenspezifischen alkalischen Phosphatase und Osteokalzin. Patienten mit Vitamin-B12-Mangel zeigten auch niedrigere Knochendichtewerte und ein höheres Frakturrisiko.

Mineralstoffe und Spurenelemente

Weitere wichtige Nahrungsbestandteile für den gesunden Knochen sind Magnesium und vier Spurenelemente: Bor, Silizium, Zink und Kupfer. Magnesium spielt an mehreren Stellen des Vitamin-D-Stoffwechsels und in der Regulation des Parathormons eine Rolle. Auch aktiviert es die alkalische Phosphatase des Knochens. Die empfohlene Tagesdosis von Magnesium beträgt 200 bis 500 Milligramm.

Bewegung – viel und regelmäßig

Damit alle notwendigen Materialien in das Knochengerüst eingebaut und nicht über die Nieren ungenützt ausgeschieden werden, ist ausreichend Bewegung erforderlich. Der Bewegungsapparat (Knochen, Sehnen, Gelenke, Muskeln) ist dazu da, um sich gegen die Schwerkraft zu behaupten; bei jeder Bewegung übertragen die Sehnen den Zug und Druck der Muskeln auf die Knochen. Dieser physikalische Reiz motiviert die Knochenzellen, neue Knochenmasse aufzubauen. Wer nicht trainiert, verliert etwa 5 bis 10 % Muskelmasse pro Lebensjahrzehnt, das bedeutet ebenfalls einen Verlust an Knochenmasse. Knochen und Muskeln sind nach Form und Funktion ein voneinander abhängiges System.

Bewegung stärkt nicht nur unsere Knochen, sondern auch unsere Gelenke und Muskeln. Wer körperlich fit ist, behält die Sicherheit beim Gehen und Balancieren, hat eine gute Durchblutung und einen stabilen Blutdruck und neigt weniger zu Schwindelattacken – und Stolpern ist vielfach eine Folge davon.

Aktiver Alltag

Jede Bewegung ist wichtiger für die Vermeidung der Osteoporose als alle Medikamente. Die besten Übungen sind solche, die gegen die Schwerkraft gerichtet sind: z. B. Treppensteigen, Laufen und Bergwandern. Wer es nicht schafft, täglich 30 Minuten zu trainieren, sollte zumindest versuchen, regelmäßig mehrere kurze Übungsteile zu machen.

Wer mehr für seine Knochen tun will, kann Ausdauersportarten oder in Fitnessstudios gezieltes Krafttraining betreiben. Ein ausgewogen trainierter Mensch mit Blick auf die Knochengesundheit baut dabei drei Trainingsarten in sein Programm ein: Ausdauer, Kraft und Beweglichkeit. Hierfür bieten Sportvereine heute eine Fülle von Sportmöglichkeiten an. Eine Altersgrenze nach oben gibt es nicht. Gerade bei älteren Menschen ist ein Bewegungsprogramm mit Übungen zur Koordination sowie ein Muskulatur- und Gleichgewichtstraining wichtig als Beitrag zur Sturzprophylaxe.

Ihr Fitnessprogramm

Dieses Fitnesstraining kann jeder in seinen persönlichen Tagesablauf integrieren, ohne zeitlich zu sehr in Anspruch genommen zu werden. Vorab sollten Sie sich die folgenden Tipps sorgfältig durchlesen, damit Sie ohne Schwierigkeiten starten können.

Räumlichkeiten und Kleidung

Achten Sie beim Üben darauf, dass keine scharfkantigen Gegenstände in der Nähe sind, wie z. B. Schrank- oder Tischecken. Mit zunehmendem Alter lässt der Gleichgewichtssinn nach – und dann kann selbst der beste Sportler mal aus dem Tritt geraten. Ihre Unterlage sollte rutschfest sein, Ihre Kleidung atmungsaktiv und bequem.

Sportliche Aktivität verbessert nicht nur den Knochen, sondern auch das Lebensgefühl. Allerdings wird Sport, der wenig Spaß macht, gar nicht oder nur selten ausgeführt. Man sollte daher aus der Vielfalt der Möglichkeiten diejenigen aussuchen, die man gern regelmäßig ausüben möchte. Ideal ist eine Sportart, die möglichst viele Muskelgruppen aktiviert und keine Beschwerden oder gar Schmerzen bereitet.

Übungszeiten

Jeder Mensch lebt in seinem eigenen Biorhythmus. Wenn Ihr Nachbar jeden Morgen eine halbe Stunde joggen gehen kann, Sie aber in der Früh kaum aus dem Bett kommen, dann sollten Sie auch Ihre Übungszeiten danach richten und diese dementsprechend auf den Nachmittag oder Abend legen. Grundsätzlich gilt jedoch: Eine halbe Stunde pro Tag wäre optimal. Wenn Ihnen diese Zeit zu lang vorkommt, dann bedenken Sie, dass jede ausgelassene Rolltreppe, jede Strecke, die zu Fuß zurückgelegt wird, statt mit dem Auto zu fahren, mitgerechnet werden darf. Am besten überlegen Sie vorab einmal, wo sich in Ihrem Tagesablauf Möglichkeiten ergeben, bei denen Sie sportlich aktiv werden können.

Übungsstätten

Da die Auswahl sehr groß ist, sollten Sie sich Folgendes vor Augen führen:

- Treiben Sie lieber allein Sport – oder mit einem Partner, Freunden, in einer Gruppe?
- Bevorzugen Sie ein Fitnesscenter oder eher den Sportverein?
- Treiben Sie lieber Sport im Freien oder in der Halle?

Training – mit wem, wann, wo, wie teuer?

Sollten Sie keine Vorerkrankung haben, sind der Sportwahl keine Grenzen gesetzt. Hier ein Überblick über Vor- und Nachteile der verschiedenen Möglichkeiten, Sport auszuüben:

Sport allein	Freie Gruppen	Sportverein	Fitnesscenter
Flexible Sportwahl	Interessengemeinschaften, die häufig von der Krankenkasse gefördert werden	Breitgefächertes Angebot – vom Gymnastikprogramm bis zum Ballsport	Gerätetraining und Wellnessprogramm integriert
Zeiten unabhängig	Meist nur einmal in der Woche	Trainingszeiten angepasst an das Berufsleben	Flexible Trainingszeiten
Hohe Selbstdisziplin erforderlich	Hoher sozialer Faktor, da man sich in kleinen Gruppen schneller kennen lernen kann	Hoher sozialer Faktor, da viele Gesichter aus der Nachbarschaft auftauchen	Mittelmäßiger sozialer Faktor
Keine Kosten	Geringer Kostenfaktor	Geringer Kostenfaktor	Hoher Kostenfaktor
Bei Anfängern hohe Fehlerquote, da die fachliche Anleitung fehlt	Fachliche Anleitung häufig nur zu Beginn eines Kurses	Gute fachliche Betreuung, viele Trainingsprogramme sind abgestimmt auf einzelne Krankheitsbilder	Individuelle, fachliche, zum Teil sogar ärztliche Betreuung
Räumlichkeiten immer vorhanden	Je nach Sportart, wetterabhängig	Häufig große Gruppen	Sportstätten nicht unbedingt nah am Wohnort
		Gerätetraining oder Wellness nur selten möglich	Oft mit angeschlossenen Wellnessleistungen

Empfehlenswerte Ausdauersportarten

Wenn Sie bereits an Osteoporose leiden, sollten Sie Sportarten mit Sprungbelastung und abrupten Bremsbewegungen meiden, wie z.B. Volleyball, Squash oder Joggen. Als geeignet gelten alle Sportbereiche, die sich aktiv mit der Schwerkraft auseinander setzen. Nordic Walking, Walking, Tanzen, Skilanglauf oder Golf gehören zu den Sportarten, die den Knochenaufbau am besten fördern, während Radfahren, Schwimmen oder Rudern nur bedingt geeignet sind.

Aufbau des Trainings

Bei Osteoporose mit dem Schweregrad 3 sollten Sie vor Trainingsbeginn Ihren Arzt oder Krankengymnasten befragen, welche Übungen für Sie speziell geeignet sind. Schmerzen dürfen während des Übens auf gar keinen Fall auftreten!

Ein ausgewogenes und effektives Training besteht aus verschiedenen Komponenten:
- Aufwärmen
- Krafttraining
- Dehnen
- Gleichgewichtstraining

Aufwärmen Das Aufwärmen ist notwendig, um den Kreislauf und die Muskeln auf das Training vorzubereiten.

Krafttraining Durch einseitige Belastungen und Bewegungsmangel im Alltag kann es zu muskulären Dysbalancen kommen. Daher braucht man eine Auswahl von Kraftübungen, die dieses Defizit ausgleichen.

Muskeln, die zu Verkürzungen neigen:
- Kapuzenmuskel (M. trapezius) im Schulter-Nacken-Bereich
- Brustmuskulatur (Mm pectoralis)
- Tiefe Rückenstrecker, vor allem im Hals- und Lendenbereich (M. erector spinae)
- Hüftbeugemuskel (M. iliopsoas)
- Innenseite Oberschenkel (Mm adductores)
- Vorderseite Oberschenkel (M. rector femoris)
- Oberschenkelrückseite (Mm ischiocrurales)
- Wadenmuskulatur (M. triceps surae)

Dehnübungen Nur wenn man die verkürzten Muskelgruppen dehnt, kann in Verbindung mit dem Krafttraining eine Verbesserung von Haltung und Bewegung erreicht werden.

Muskeln, die zur Schwäche neigen:

- Rautenmuskel (M. rhomboideus) und vorderer Sägemuskel (M. serratus ant.) im Schulter- und Nackenbereich
- Tiefer Rückenstrecker, vor allem der Brustwirbelsäulenanteil (M. erector spinae)
- Gesäßmuskulatur (Mm glutaei)
- Bauchmuskulatur (Mm abdomini)
- Kleine Fußmuskeln (besonders wichtig für das Gleichgewicht)

Gleichgewichtstraining Ab dem 30. Lebensjahr baut sich der Gleichgewichtssinn langsam, aber systematisch ab. Der Körper kennt aber viele Ausgleichsmöglichkeiten, um dieses Defizit aufzufangen. Deshalb fällt der Mangel erst im Alter, wenn auch andere Sinne (Auge und Ohr) nachlassen, auf. Stürze mit Knochenbrüchen sind oft die Folge.

Atmung: Am Anfang ist das gleichmäßige Lufthclen das Schwerste am Sport, denn der Mensch neigt bei jeder Form von Anstrengung zur Pressatmung bzw. zum Luftanhalten. Deshalb gilt für alle Übungen: gleichmäßig ausatmen mit der Belastung, einatmen mit der Entlastung.
Muten Sie sich am Anfang nicht zu viel zu, denn Sie sollten eine Position sicher halten können, bevor Sie die Übung steigern.

Ausführen des Trainingsprogramms

Aufwärmen Es werden nach Möglichkeit die großen Gelenke (Schulter-, Hüft-, Kniegelenk) bewegt, bis Sie spüren, dass Ihnen wärmer wird. Je nach Trainingszustand liegt die Zeit zwischen fünf und zehn Minuten.

Krafttraining Sehen Sie sich die jeweilige Ausgangsstellung und Übung genau an, um Fehler zu vermeiden. Jede Übung soll 3-mal eine Serie lang sein, d.h. Sie führen die Übung 7- bis 12-mal langsam und gleichmäßig aus (je nach Trainingszustand), dann folgt eine Pause von 30 bis 60 Sekunden, 7- bis 12-mal die Übung, Pause, Übung, lange Pause von ca. 2 Minuten, bis Sie die nächste Übung beginnen können.

Dehnübungen Sehen Sie sich die Ausgangsstellung genau an, dann begeben Sie sich langsam in die Dehnstellung, bis Sie einen leichten Zug in der Muskulatur verspüren. Diese halten Sie mindestens 30 Sekunden, dann lösen Sie die Stellung langsam und gleichmäßig auf. Kurzes Auslockern der Muskulatur, dann folgt die andere Körperseite.

Gleichgewichtstraining Da beim Gleichgewicht die kleinen Fußmuskeln eine große Rolle spielen, sollten Sie so oft es geht barfuß üben. Achten Sie auf ein sicheres Umfeld (siehe auch »Räumlichkeiten«, Seite 64).

Übungen im Stand

Aufwärmen

1. Gehen am Ort für 3 Minuten, dabei bewusst die Füße abrollen.
2. Große Armkreise rechts und links vorwärts und rückwärts (ca. 20-mal pro Arm).
3. Die Knie abwechselnd ca. 20-mal fest nach oben ziehen.
4. Beide Arme kräftig zur Decke strecken und recken.
Ausgangsstellung Stellen Sie Ihre Füße hüftbreit hin. Die Knie sind leicht gebeugt, das Becken ist aufgerichtet (Mittelstellung zwischen Hohlkreuz und gekipptem Becken), der Bauch ist angespannt, das Brustbein schiebt sich ein Stück Richtung Decke. Stellen Sie sich vor, Sie tragen ein Schmuckstück um den Hals und wollen es jedem zeigen – so richtet sich Ihr Brustbein automatisch auf. Zum Schluss das Kinn ein wenig anziehen und die Schultern hängen lassen. Sie stehen jetzt rückengerecht da.

Sollte Ihnen die Ausgangsstellung bereits schwerfallen, dann sehen Sie sie einfach als Ihre erste Kraftübung an.

Krafttraining

1. Lehnen Sie sich mit dem ganzen Rücken und dem Kopf an eine Wand, die Füße sind schrittbreit von der Wand entfernt. Rutschen Sie an der Wand entlang nach unten, bis Sie etwa einen 90°-Winkel jeweils in Knie- und Hüftgelenk erreicht haben. Langsam bis 4 zählen, dann lösen.
2. Stellen Sie sich mit dem Gesicht schrittbreit entfernt zur Wand und legen Sie beide Hände auf etwa Schulterhöhe gegen die Wand. Machen Sie nun Liegestütze an der Wand. Tipp: Je weiter entfernt Sie zur Wand stehen, umso kraftaufwändiger wird die Übung.
3. Halten Sie sich fest (Stuhllehne, Tischkante). Spreizen Sie ein Bein seitlich ab; dabei sollen die Fußspitzen nach vorne zeigen. Bewegen Sie das Bein 10 Zentimeter seitlich ab- und aufwärts.
4. Heben Sie die Arme nach vorne auf Schulterhöhe und beugen Sie die Ellbogen an. Führen Sie dann die Ellbogen nach außen, ohne sie absinken zu lassen. Die Bewegung soll langsam und gleichmäßig, nicht ruckartig erfolgen.

1. *Training der Oberschenkelmuskulatur*

2. *Training der Oberarm- und Brustmuskulatur*

3. *Training der Gesäßmuskulatur*

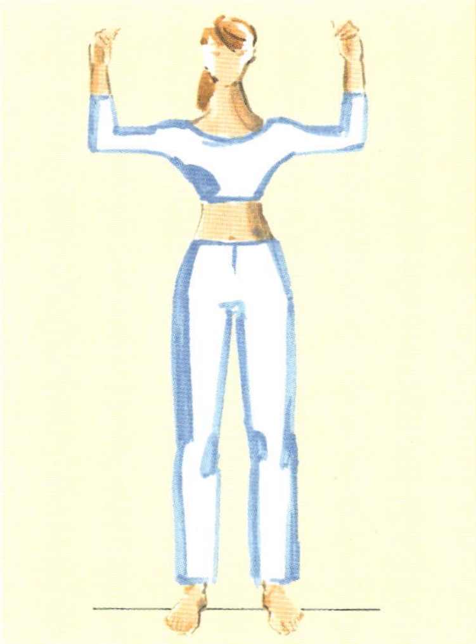

4. *Training der oberen Rückenmuskulatur*

Die Übungen im Stand lassen sich alle auch im Freien ausführen. Suchen Sie sich dann statt einer Zimmerwand, eines Türrahmens, einer Stuhllehne oder Tischkante als Stütze oder Widerstand beispielsweise eine Hauswand, einen dicken Baumstamm oder einen stabilen Gartenzaun.

Dehnübungen

1. *Dehnen der Adduktoren im Grätschstand*

2. *Dehnen der Wadenmuskulatur in Schrittstellung*

3. *Dehnen der seitlichen Rumpfmuskulatur*

4. *Dehnen der Schultermuskulatur*

1. Beugen Sie ein Knie, bis Sie einen Zug in der Innenseite des gestreckten Oberschenkels spüren.

2. Das vordere Bein ist leicht gebeugt, das hintere gestreckt, die Fußspitzen zeigen nach vorne. Verlagern Sie den Oberkörper so weit nach vorne, bis Sie einen Zug in der Wade verspüren. Die Ferse darf sich dabei nicht vom Boden lösen.

3. Führen Sie einen Arm seitlich nach oben und greifen Sie nach der Decke, bis Sie einen Zug im Rumpf spüren.

4. Führen Sie in der Horizontalen einen Arm vor den Körper. Der Gegenarm umfasst von unten kommend auf der Höhe des Ellbogens den gestreckten Arm und zieht ihn sanft und ganz langsam zur Brust heran. Achten Sie dabei unbedingt darauf, dass Ihre Schultern unten bleiben und nicht unwillkürlich nach oben wandern.

Gleichgewichtstraining

1. Stellen Sie sich in einen Türrahmen, damit Sie sich links und rechts gut abstützen können.

2. Gehen Sie mit beiden Füßen in den Zehenstand und versuchen Sie, so ruhig wie möglich stehen zu bleiben.

3. Bleiben Sie im Zehenstand, drehen Sie den Kopf ganz langsam von der linken zur rechten Seite und anschließend umgekehrt. Wenn Ihnen das gut und ohne zu wackeln gelingt, dann sollten Sie die Augen dabei schließen.

4. Sie gehen in die gleiche Ausgangsstellung, nur diesmal versuchen Sie, einen Einbeinstand zu halten, erst auf dem rechten Fuß, dann auf dem linken. Das Knie der Standbeinseite sollten Sie dabei ganz leicht anbeugen.

5. Sie stehen auf einem Bein, das andere schwingt vorwärts und rückwärts. Auch hierbei sollten Sie wieder das Bein der Standbeinseite leicht gebeugt halten.

Wir haben das Skelett u. a., um uns gegen die Schwerkraft behaupten zu können. Folgerichtig wirken alle Übungen, die gegen die Gravitation gerichtet sind, besonders knochenstärkend.
Die wichtigste Regel für alle sportlichen Übungen lautet übrigens: auf keinen Fall im schmerzhaften Bereich trainieren!

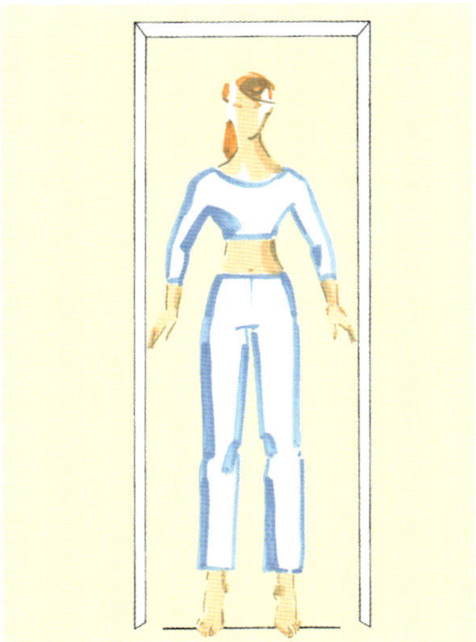

Zu 2. *Der Zehenstand*

Zu 4. *Der Einbeinstand*

Geeignet zum Sitzen sind statt eines Hockers auch ein Pezziball oder ein Dyn-Air-Kissen. Das Dyn-Air- oder Mobilkissen ist ein mit einer bestimmten Menge Luft gefülltes Kunststoffkissen, das dynamisches Sitzen ermöglicht und außerdem eine Trainingshilfe darstellt. Es verbessert insbesondere die Sitzhaltung, entlastet die Bandscheiben, fördert das Gleichgewicht und trainiert die Rückenmuskeln. Aber auch viele andere Muskelgruppen können damit mobilisiert werden.

Übungen im Sitzen

Aufwärmen

1. Schultern kreisen, heben und senken, vor- und rückführen.

2. Arme wechselseitig nach oben heben, kreisen lassen, vor dem Körper zusammenführen und wieder öffnen.

3. Knie abwechselnd anheben, nach vorne strecken und im Anschluss wieder beugen.

4. Kopf behutsam von einer Seite zur anderen führen, jedoch nicht nach hinten.

Ausgangsstellung Nehmen Sie nach Möglichkeit einen Stuhl ohne Lehne. Setzen Sie sich auf das vordere Drittel der Sitzfläche, die Füße stehen hüftbreit auf dem Boden, die Knie sollten nicht über 90 °gebeugt sein – sonst ist die Sitzhöhe zu niedrig. Der Bauch ist leicht angespannt, Becken und Brustbein sind aufgerichtet, das Kinn wird leicht herangezogen, die Schultern hängen locker.

Krafttraining

1. Heben Sie beide Arme auf Brustbeinhöhe und drücken die Hände fest gegeneinander. Langsam bis 4 zählen, dann lösen (Variante: Die Hände umfassen sich und ziehen sich dann auseinander).

2. Nehmen Sie den in der Ausgangsstellung beschriebenen Sitz exakt ein und stemmen Sie beide Fersen fest in den Boden. Langsam bis 4 zählen, dann lösen.

3. Nehmen Sie einen aufrechten Sitz ein, beide Hände sind neben dem Körper auf dem Stuhl abgestützt. Drücken Sie sich mit beiden Armen fest vom Stuhl weg. Achtung: Die Schultern dürfen nicht mit angehoben werden!

4. Setzen Sie sich aufrecht hin und heben Sie ein Bein vom Boden ab. Strecken Sie nun das Bein, indem Sie darauf achten, die Stellung des Oberschenkels nicht zu verändern. Auch der aufrechte Sitz muss beibehalten werden.

1. *Training der Arm- und oberen Rückenmuskulatur*

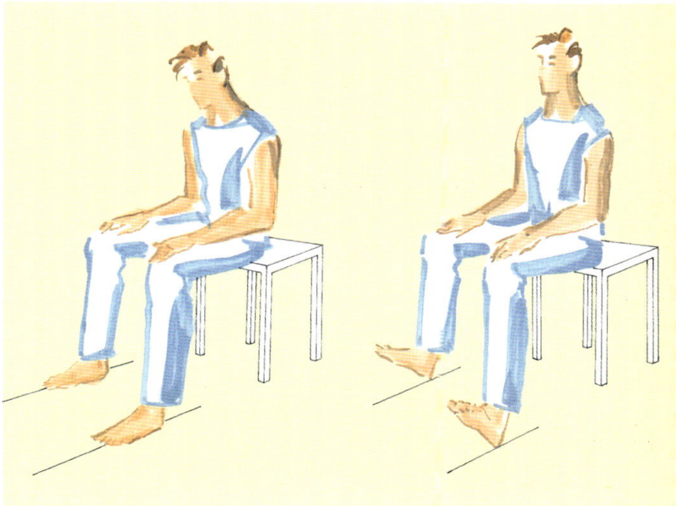

2. *Training der Gesäß- und unteren Rückenmuskulatur*

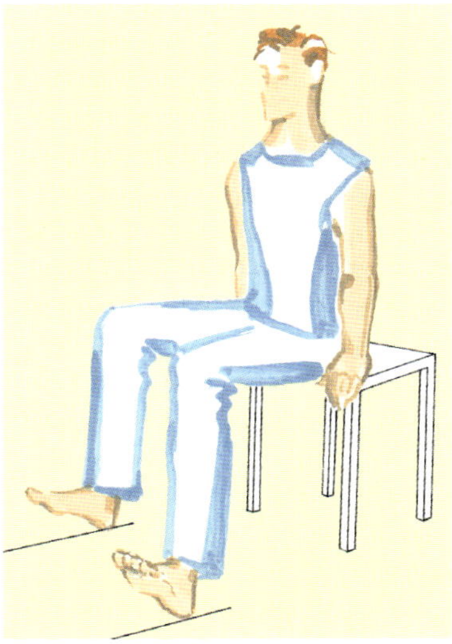

3. *Training der Rücken- und Armmuskulatur*

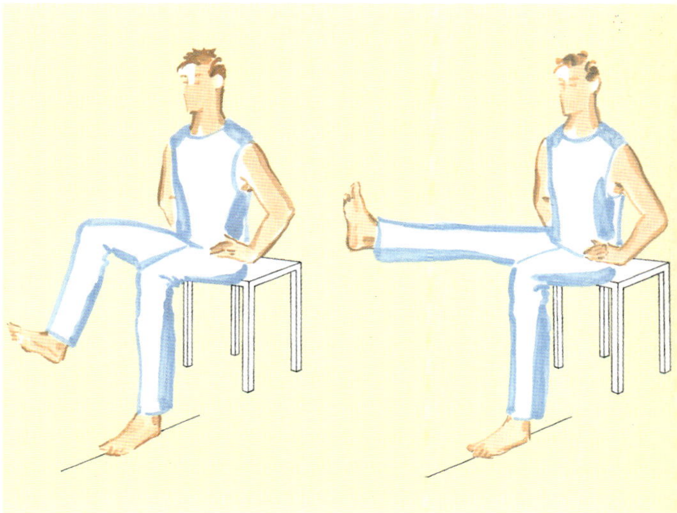

4. *Training der vorderen Oberschenkelmuskulatur*

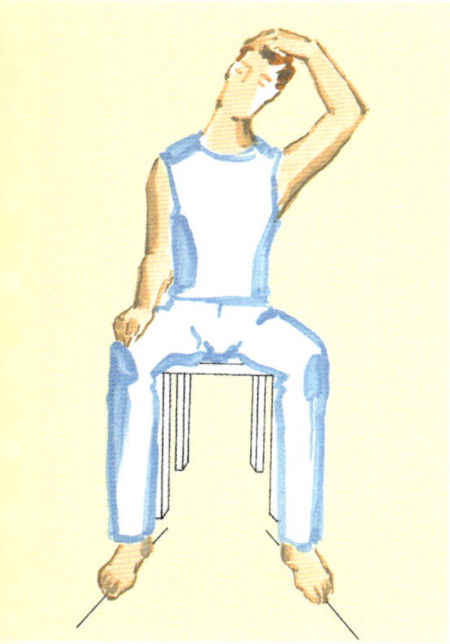

1. Dehnen der Schulter- und Nackenmuskulatur

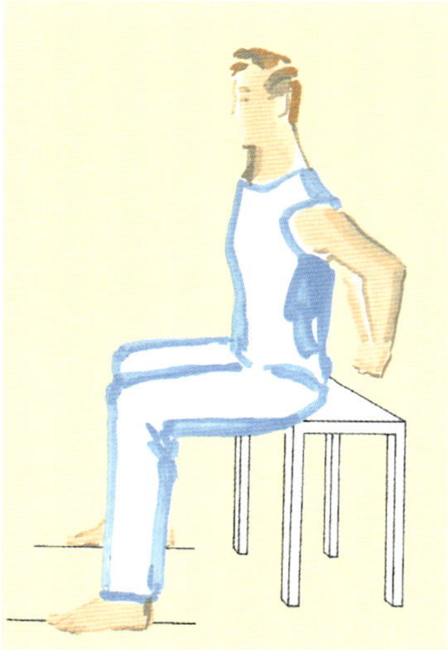

2. Dehnen der Brust- und Schultermuskulatur

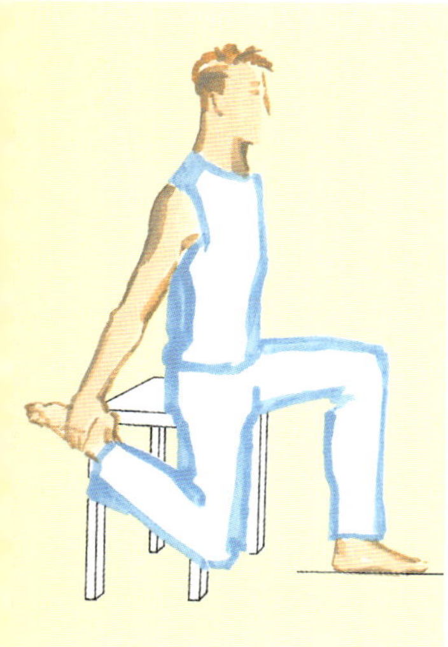

3. Dehnen der vorderen Oberschenkelmuskulatur

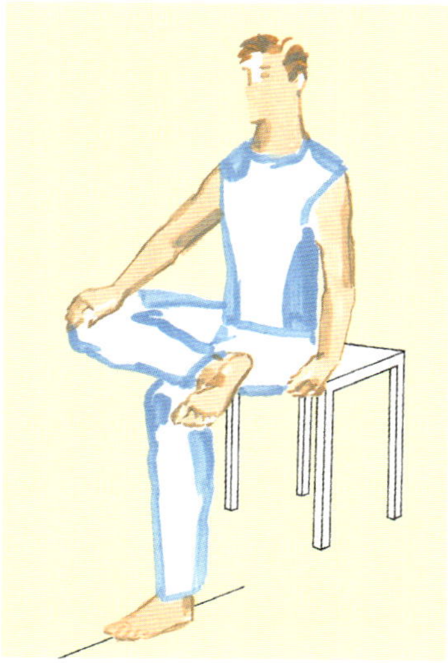

4. Dehnen der seitlichen Gesäßmuskulatur

Dehnübungen

1. Führen Sie ein Ohr in Richtung Schulter, dann legen Sie sanft und ohne Druck die gleichseitige Hand auf den Kopf. Die Schulter der Gegenseite wird dabei fest in Richtung Boden gedrückt.

2. Verschränken Sie beide Hände hinter dem Körper; falls es Ihnen möglich ist, drehen Sie die Handflächen zum Fußboden. Ziehen Sie nun bei aufrechtem Oberkörper ganz allmählich die Arme nach hinten unten.

3. Rutschen Sie an eine Seite Ihrer Sitzfläche, nehmen Sie Ihren Fuß in die Hand und ziehen Sie ihn in Richtung Gesäß. Ist der Arm zu kurz, kann hierfür auch ein zur Schlinge gelegtes Handtuch zu Hilfe genommen werden.

4. Legen Sie einen Fuß auf den Oberschenkel des anderen Beins, dabei das oben liegende Knie mit Hilfe einer Hand fest in Richtung Boden anspannen.

Gleichgewichtstraining

1. Setzen Sie sich auf einen Stuhl. Versuchen Sie jetzt, mit einem Arm nach schräg seitlich oben zu greifen. Dabei verlagern Sie Ihr Gewicht so weit zur Seite, bis Sie nur noch auf einer Gesäßhälfte sitzen. Danach wechseln Sie die Körperseite.

2. Da der Sitz im Allgemeinen eine sehr sichere Ausgangsstellung ist, kann man für das fortgeschrittene Üben den Schwierigkeitsgrad erhöhen, indem man einen Pezziball oder ein Dyn-Air-Kissen zum Üben verwendet.

Zu 1. *Gleichgewichtstraining auf dem Stuhl*

Bewegung stärkt nicht nur die Knochen, sondern verlangsamt auch den Alterungsprozess, stärkt Herz, Lunge und Immunsystem und wirkt sich sehr positiv auf die Stimmungslage aus.

Zu 2. *Training auf dem Pezziball*

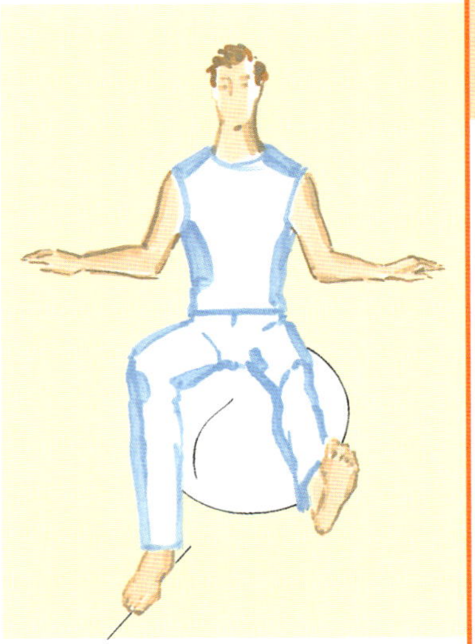

Zu 2. *Training auf dem Pezziball*

Übungen in Rückenlage

Aufwärmen

1. Arme und Beine ausstrecken und kräftig räkeln.

2. Beine anheben und in der Luft Rad fahren – und zwar vorwärts und rückwärts.

3. Machen Sie eine Faust und öffnen Sie die Hand wieder; zeitgleich bewegen Sie die Arme über den Kopf und wieder zurück.

Ausgangsstellung Legen Sie sich flach auf den Rücken auf eine möglichst harte Unterlage (das Bett ist meist nicht geeignet), den Kopf bei Bedarf etwas unterlagern, die Knie dürfen leicht angestellt werden. In der Rückenlage sind nicht viele Übungen für das Gleichgewicht möglich, da die Rückenlage eine ziemlich stabile Ausgangsstellung ist. Erschweren können Sie sich diese Ausgangsstellung jedoch mit einem Dyn-Air-Kissen.

Auch Ihre Gelenke werden von einem gemäßigten, aber regelmäßigen Training enorm profitieren!

Krafttraining

1. Beugen Sie die Beine in Knie- und Hüftgelenken um jeweils 90° und heben Sie sie an, die Arme liegen locker neben dem Körper. Heben Sie nun das Becken leicht an; die Beine dürfen dabei nicht verändert werden.

2. Beugen Sie ein Bein an und legen Sie die gegenseitige Hand an das gebeugte Knie. Drücken Sie jetzt mit der Hand gegen das Knie; dieses darf sich aber nicht nach unten wegbewegen. Langsam bis 4 zählen, dann die Seite wechseln.

3. Nehmen Sie in jede Hand ein Gewicht (Hantel, Buch). Führen Sie die Arme zur Decke und von dort gestreckt nach seitlich außen in Richtung Fußboden zurück; dabei sollen die Arme nicht auf der Unterlage Boden abgelegt werden.

4. Stellen Sie beide Beine an und heben Sie dann das Becken vom Boden ab (Brücke). Achtung: nicht ins Hohlkreuz drücken (Bauch und Po anspannen)! Langsam bis 4 zählen, dann Position lösen.

Wer regelmäßig übt, wird das nicht zuletzt an einem größeren Atemvolumen und einem stabileren Kreislauf spüren können.

1. *Training der Bauchmuskulatur*

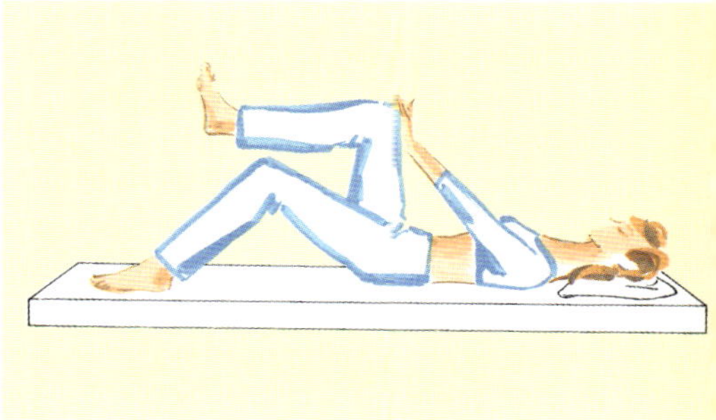

2. *Training der schrägen Bauchmuskulatur*

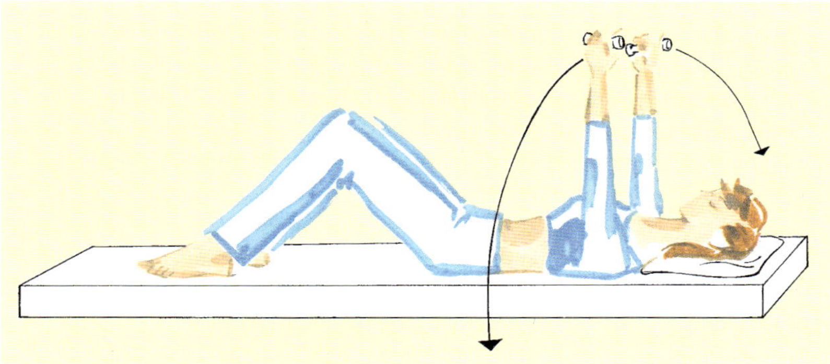

3. *Training der Arm- und Brustmuskulatur*

4. *Training der Gesäßmuskulatur*

Dehnübungen

1. Ziehen Sie ein Bein zum Brustkorb heran, strecken Sie dabei die Ferse Richtung Decke. Das Knie muss dabei nicht gestreckt sein; wichtig ist nur der Zug in der Muskulatur.

2. Umfassen Sie Ihren Unterschenkel mit beiden Händen und ziehen Sie ihn Richtung Oberkörper, dabei bleibt das andere Bein vollkommen gestreckt auf der Unterlage. Die Lendenwirbelsäule liegt flach auf dem Boden. Das Kinn fest an das Brustbein heranziehen.

3. Stellen Sie ein Bein auf und legen Sie den Fuß der Gegenseite auf das angestellte Knie. Umfassen Sie mit beiden Händen den aufgestellten Oberschenkel und ziehen Sie ihn zu sich heran.

4. Strecken Sie beide Beine hoch Richtung Decke und ziehen von dort aus in eine Grätsche. Sollte Ihnen das zu anstrengend sein, können Sie Ihre Beine auch an einer Wand abstützen. Dazu muss mit dem Gesäß möglichst nah an die Wand gerückt werden.

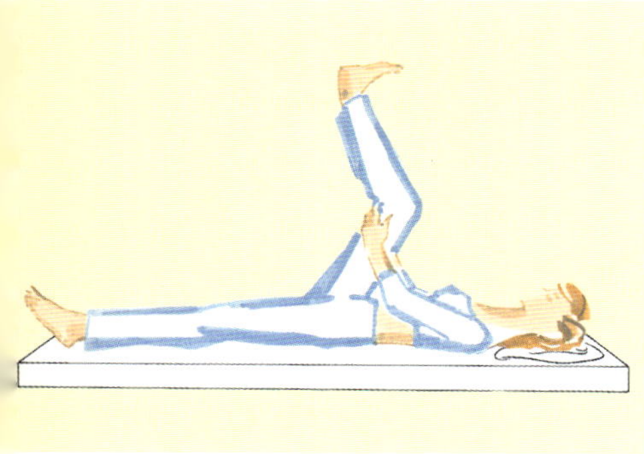

1. *Dehnen der rückwärtigen Beinmuskulatur*

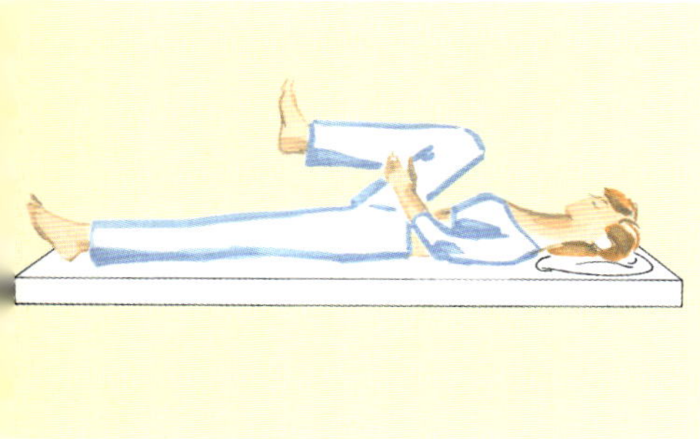

2. *Dehnen der Hüftbeugemuskulatur*

3. *Dehnen der kleinen Gesäßmuskulatur*

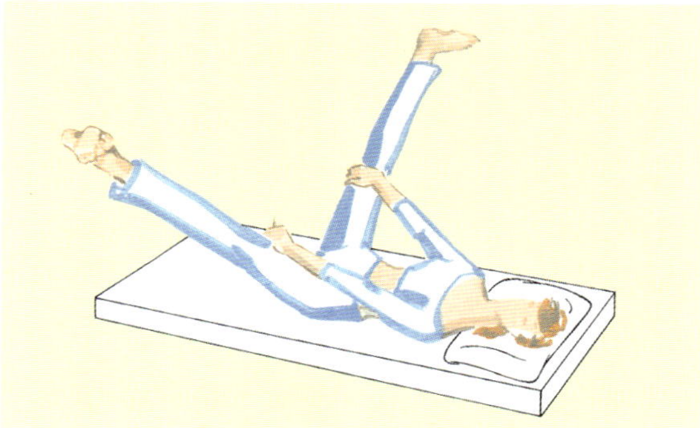

4. *Dehnen der Adduktoren*

Gleichgewichtstraining

Bilden Sie eine Brücke, wie im Krafttraining in Übung 4. Heben Sie ein Bein ab und versuchen Sie diese Stellung ohne zu wackeln oder ein Absinken des Beckens zu halten.

Gleichgewichtstraining in Rückenlage

Übungen im Vierfüßlerstand

Aufwärmen

1. Im Kniestütz Schultern und Arme kreisen, Finger zur Faust schließen und wieder öffnen.

2. Im Kniestütz Arme schwingen lassen, gleichzeitig oder versetzt.

3. Die Hände auf dem Boden aufsetzen, Knie strecken und auf der Stelle laufen, dabei kräftig die Füße abrollen.

Ausgangsstellung Knien Sie sich auf den Boden, die Hände sind auf den Boden gestützt. Der Abstand zwischen Knien und Händen sollte etwa der Länge des Oberkörpers entsprechen. Die Ellbogen sind leicht gebeugt. Ist Ihnen diese Stellung zu anstrengend oder schmerzt sie sogar, dürfen Sie die Ellbogen auf der Unterlage ablegen (Unterarmstütz).

Die Aufwärmphase und die schrittweise Steigerung des Schwierigkeitsgrads halten die Verletzungsgefahr sehr niedrig.
Auch wer sich zunächst zum Training überwinden muss, wird bald erfahren: Nach einer gewissen Zeit will man das regelmäßige Üben gar nicht mehr missen!

1. *Training der Oberschenkelmuskulatur*

2. *Training der Rückenmuskulatur*

Krafttraining

1. Strecken Sie ein Bein nach hinten und winkeln Sie das Knie um 90° an. Der Rücken ist gestreckt, der Kopf wird in der Verlängerung der Wirbelsäule gehalten. Heben und senken Sie das Bein langsam und gleichmäßig.

2. Strecken Sie ein Bein nach hinten und heben Sie zeitgleich den gegenseitigen Arm an. Die Stellung halten, langsam bis 4 zählen, dann die Seite wechseln. Übrigens: Diese Übung trainiert auch das Gleichgewicht.

3. Beugen Sie die Ellbogen an, sodass Ihre Nase in Richtung Fußboden geht, danach strecken Sie die Arme wieder. Bitte achten Sie darauf, dass die Nase während des Übens vor den Händen bleibt.

4. Legen Sie eine Hand an Ihr Ohr, den auf diese Weise gebeugten Ellbogen nach unten hängen lassen und dann langsam nach seitlich oben führen. Achtung: dabei bitte nicht die Horizontale überschreiten!

3. *Training der Oberarm- und Rückenmuskulatur*

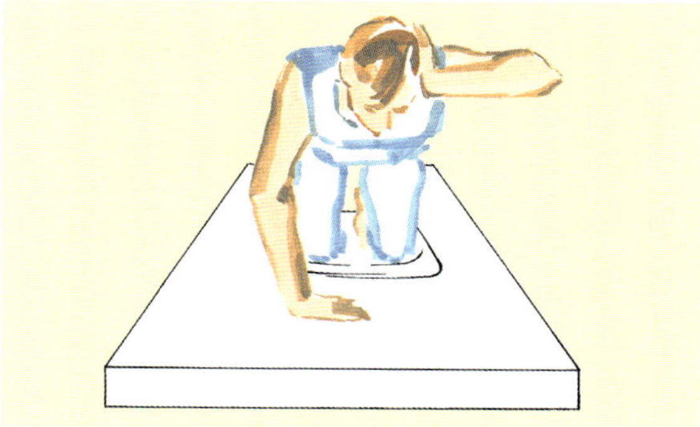

4. *Training der Brustwirbelmuskulatur*

Dehnübungen

1. Rutschstellung einnehmen. Verlagern Sie dann Ihr Gewicht von den Fersen so weit nach vorne, bis Sie ein Ziehen im Schultergürtel spüren.

2. Beide Arme werden weit zur Seite auf der Unterlage aufgestellt, dann beugen Sie einen Ellbogen an und blicken in seine Richtung. Achten Sie darauf, dass Ihr Gewicht auf den Händen bleibt und nicht nach hinten verschoben wird.

3. Strecken Sie den rechten Arm soweit es geht nach vorne, dann wird das rechte Bein soweit es geht nach hinten gestreckt. Arm und Bein bleiben dabei auf der Unterlage.

4. Legen Sie sich in die Bauchlage (eventuell mit einem Kissen unter dem Bauch) und ziehen Sie einen Fuß zum Becken heran. Achten Sie darauf, dass das Becken am Boden bleibt.

Bitte beachten Sie immer Bei akuten Osteoporoseschmerzen ist eine Trainingspause angesagt, bis der Schmerz gelindert ist. Der Leitsatz hierfür: »So konsequent wie nötig, aber so kurz wie möglich!«

1. *Dehnen der Schulter- und Armmuskulatur*

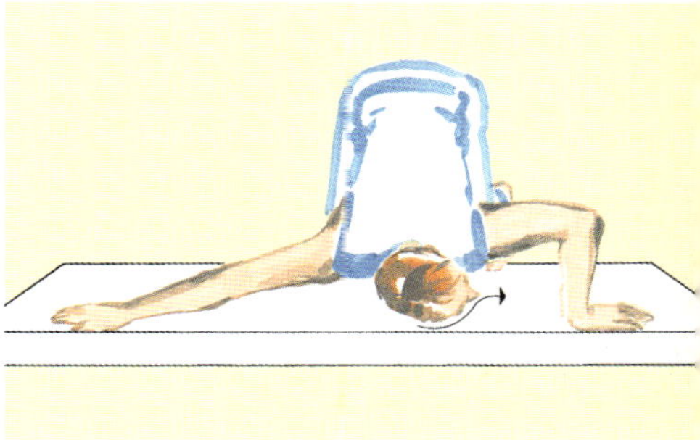

2. *Dehnen der Brustmuskulatur*

3. *Dehnen der seitlichen Rumpfmuskulatur*

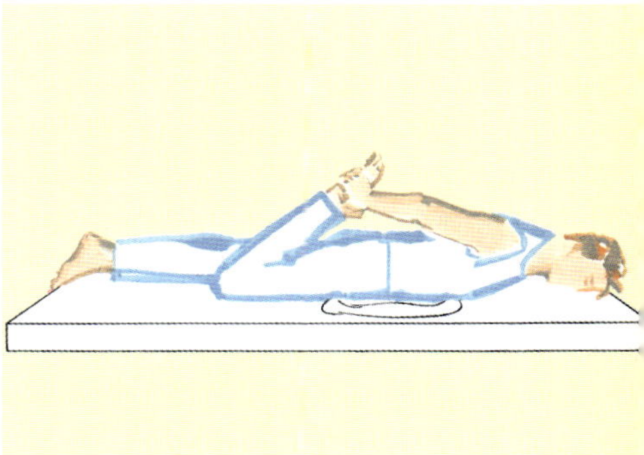

4. *Dehnen der vorderen Oberschenkelmuskulatur*

Der Haushalt birgt eine Menge Gefahren für das Skelett. Es würde den Rahmen dieses Buches sprengen, für alle Probleme eine Lösung anzubieten. Es gibt jedoch in allen Buchläden gute Speziallektüre zum Thema Alltag und Haltung. Sollten Sie danach noch Schwierigkeiten haben, bieten die Krankenkassen Rückenschulen zur Prävention zu einem geringen Preis an; ebenso gibt es zahlreiche Kurse in Krankengymnastikpraxen, Volkshochschulen oder auch Sportvereinen.

Gleichgewichtstraining

1. Unterlagern Sie Ihre Knie mit einer wackeligen Unterlage, wie z.B. einem (Dyn-Air-)Kissen, einer Iso- oder Turnmatte, dann führen Sie die Kraftübung Nr. 2 aus.

2. Gleiche Übung wie Kraftübung Nr. 2, nur heben Sie diesmal Arm und Bein der gleichen Seite an.

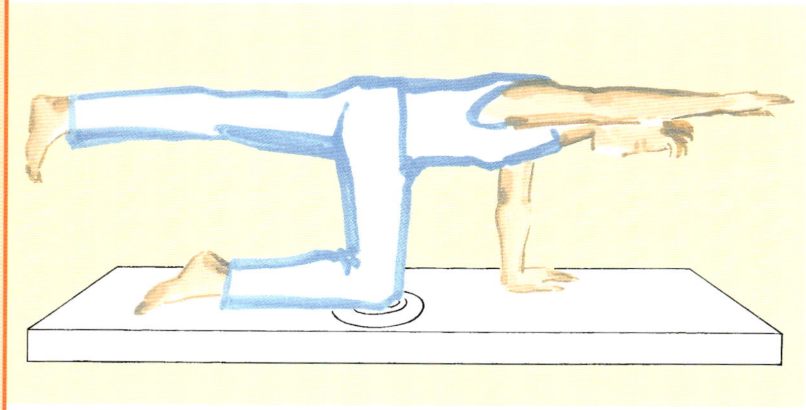

Zu 1. *Gleichgewichtstraining auf dem Dyn-Air-Kissen*

Zu 2. *Gleichgewichtstraining mit Arm und Bein der gleichen Seite*

Ungeeignete Übungen

Dass Sprungbelastungen bei Osteoporose nicht geeignet sind, weil die Rückstöße die Wirbelsäule gefährden können, wurde schon bei den Übungen erläutert. Vermeiden sollten Sie außerdem alle Bewegungen, die mit einem Beugen der Wirbelsäule einhergehen. Leider gibt es davon sehr viele in der täglichen Haushaltsarbeit. Um einige Beispiele zu nennen: Einräumen der Wasch- oder Spülmaschine, Heben schwerer Getränkekisten, Staubsaugen mit zu kurzem Schlauch oder einseitiges Tragen von Einkaufstaschen.

Weitere Tipps für gesunde Knochen

Schluss mit dem Rauchen!

Rauchen schädigt den Knochen vor allem über den Weg einer Lebervergiftung, die ihrerseits zu einer verminderten Aktivierung von Vitamin D und einem schnelleren Abbau des Östrogens führt. Experten vermuten, dass dieser antiöstrogene Effekt die gesamte Wirkung einer Östrogentherapie in der Menopause aufhebt. Aus dem Blickwinkel des Knochens ist eine junge Raucherin also bereits in der Menopause. Beim Mann senkt Rauchen den Testosteronspiegel erheblich und führt somit – wie bei der Frau – ebenfalls zum Knochenschwund. Bei Rauchern werden im Körper außerdem solche Substanzen in höherer Konzentration gefunden, die den Knochen schädigen, z. B. Kadmium, Blei und unzählige andere toxische Substanzen. Durch die Beeinträchtigung der Lungenfunktion in Form eines Emphysems (Lungenüberblähung) oder einer chronischen Bronchitis kommt es auch zu einer deutlich verminderten Sauerstoffaufnahme, die schließlich ihrerseits dem Knochenstoffwechsel schadet und dem Aufbau von neuer Knochenmasse entgegenwirkt.

Falls Sie Raucher sind, stellen Sie sofort und kompromisslos dieses Laster ein – einen der gefährlichsten Knochenräuber! Nikotin ist ein Suchtmittel – es ist daher nicht leicht, mit dem Rauchen aufzuhören. Es gibt aber Entwöhnungsprogramme und zahlreiche Hilfen, z. B. Akupunktur oder Hypnose sowie autogenes Training.

»Knochenräuber« Nahrung

Es gibt einige »Knochenräuber«, die wir selbst entdecken und meiden können bzw. müssen. Das Problemfeld Rauchen wurde bereits erwähnt, aber es gibt noch zahlreiche andere Knochendiebe, die nicht sofort als solche erkannt werden, gerade deshalb schädlich sind und in ihrer Gesamtheit die Knochen auf Dauer schwinden lassen.

Koffein ist beispielsweise enthalten in Kaffee, schwarzem Tee, Eistee, Kakao, Colagetränken und Energydrinks. Den höchsten Gehalt haben Kaffee und Energydrinks.

Alkohol

Alkohol in höheren Mengen ist eine toxische Substanz, die dem Körper vielfältig schadet, u.a. auch den Knochen. Alkoholiker sind in der Regel mangelernährt und nehmen zu wenig Kalzium, Magnesium, Vitamin C, Vitamin B6 und andere für den Knochen wichtige Bausteine auf. Hoher Alkoholkonsum hemmt außerdem die Resorption dieser Baustoffe und schädigt die Leber, ein wichtiges Organ für die Aktivierung von Vitamin D. Zudem beeinträchtigt Alkohol direkt die Funktionen der Knochenzellen und verursacht den Schwund der für die Stabilität des Knochens so wichtigen Knochenbälkchen im Inneren der Knochen. Schließlich haben Alkoholiker einen niedrigen Testosteronspiegel, was ebenfalls zur Osteoporose beiträgt.

Koffein

Koffein wird schon lange mit Osteoporose in Verbindung gebracht. Es findet sich vor allem im Kaffee, aber auch in Tee, Colagetränken und Schokolade. Eine große amerikanische Studie konnte zeigen, dass Krankenschwestern mit hohem Kaffeekonsum (mehr als sechs Tassen pro Tag) ein dreifach höheres Osteoporoserisiko hatten als solche, die keinen Kaffee tranken. Andere Studien belegten, dass bereits zwei Tassen Kaffee pro Tag (also 200 bis 300 Milligramm Koffein) mit einem höheren Osteoporoserisiko verbunden sind. Die Ursache: Koffein bewirkt eine gesteigerte Ausscheidung von Kalzium über den Urin. Vor allem Personen mit niedriger Kalziumaufnahme sind besonders betroffen.

Das verminderte Kalzium im Blut führt zu einer erhöhten Parathormonausschüttung und damit zu einer erhöhten Freisetzung von Kalzium aus dem Knochen und zum Knochenschwund. Wer nicht bereit ist, den Kaffeekonsum einzuschränken, sollte zum Ausgleich der negativen Kalziumbilanz weniger Zucker verwenden und auf jede Tasse Kaffee eine Tasse Milch trinken.

Zucker

In den vergangenen 100 Jahren hat unser Zuckerkonsum um das 1000fache zugenommen. Ungefähr die Hälfte der Kohlenhydrataufnahme wird heute mit Zucker abgedeckt. Wir wissen aus vielen Studien, dass vor allem der hohe Zuckerkonsum für viele degenerative Erkrankungen verantwortlich ist, wie beispielsweise für Diabetes mellitus, Arthritis, Karies, Herzinfarkt, Schlaganfall und auch für Osteoporose. Zucker ist ein reiner Kalorienlieferant, liefert also keine wertvollen Nährstoffe. Im Gegenteil, die Weiterverarbeitung des Zuckers in unserem Körper verbraucht viele Vitamine und erhöht die Ausscheidung wichtiger Nährstoffe wie Kalzium, Magnesium und anderer Mineralien über die Nieren.

Ferner behindert Zucker die Kalziumaufnahme im Darm und stimuliert die Säureproduktion im Magen – ein weiterer Knochenräuber. Vor allem die Kombination von Koffein und Zucker – so z. B. in stark gezuckertem schwarzem Kaffee oder in Softdrinks wie Colagetränken – ist ein wahrer Knochenfresser. Es ist daher nicht verwunderlich, dass gesunde Zähne und stabile Knochen viel häufiger in Ländern mit einem niedrigen Zuckerverbrauch vorkommen.

Der Mensch benötigt drei bis fünf Gramm Kochsalz täglich. Aber: Der tatsächliche Tageskonsum beträgt bei uns zwischen zehn und zwölf Gramm.
Als Faustregel gilt: Pro 500 Milligramm Kochsalz werden den Knochen etwa 20 Milligramm Kalzium entzogen.

Salz

Es ist bekannt, dass ein hoher Salzverbrauch mit einem höheren Risiko für Bluthochdruck verbunden ist. Patienten mit Bluthochdruck haben eine höhere Ausscheidung von Kalzium über den Urin und leiden daher häufiger auch an Osteoporose als Personen mit einem normalen Blutdruck. Neue Studien belegen, dass die Einschränkung des Salzkonsums mit einem geringeren Osteoporoserisiko verknüpft ist.

Eiweiß

Knochen besteht zu einem großen Teil aus Eiweiß (Protein) in Form des Kollagens. Eine entsprechende Zufuhr von Eiweiß über die Nahrung ist daher wichtig für gesunde Knochen. Aber auch für den Knochen gilt: »Allzu viel ist ungesund!« Beim Eiweißabbau im Stoffwechsel entstehen Säuren, die vor ihrer Ausscheidung über die Nieren erst mit Kalzium neutralisiert (»gepuffert«) werden müssen. Andernfalls würde der Körper übersäuert werden. Ist der Eiweißkonsum sehr hoch und die Kalziumzufuhr sehr niedrig, resultiert daraus eine negative Kalziumbilanz, und das nötige Kalzium wird aus dem Knochen bezogen. Daher weisen Vegetarier mit niedrigem Konsum von tierischem Eiweiß immer eine positive Kalziumbilanz mit stabileren Knochen auf. Eskimos, die viel tierisches Eiweiß und wenig Kalzium aufnehmen, haben dagegen eine 20 % höhere Knochenverlustrate als Europäer.

Eine sehr hohe Zufuhr an tierischem Eiweiß übersäuert unseren Körper und verursacht eine erhöhte Kalziumausscheidung über die Nieren.

Phosphat

Phosphat ist ein wichtiges Mineral im Körper und bildet mit Kalzium eine feste kristalline Verbindung, die Zähnen und Knochen Festigkeit gibt. Wie beim Eiweiß kommt es auch hier auf das richtige Gleichgewicht an. Idealerweise sollte ein Teil Phosphat auf einen Teil Kalzium kommen. In unserer Nahrung ist aber weit mehr Phosphat enthalten als nötig. Es kommt zur Ausschüttung des Parathormons, das zur Neutralisierung des Phosphats Kalzium und Magnesium aus Knochen löst. Ein hoher Anteil an Phosphat findet sich in Fleisch- und Wurstwaren, Softdrinks und als Zusatz in vielen aufbereiteten Nahrungsmitteln.

Fette

Eine bestimmte Menge Fett braucht der Knochen. Bevor Kalzium vom Organismus aufgenommen werden kann, muss es in der Magensäure

aufgelöst werden. Dann bildet es mit dem vorhandenen Fett eine Art Seife, und erst in dieser aufbereiteten Form wird Kalzium durch die Darmwand in das Blut aufgenommen.
Zu viel Fettaufnahme bewirkt allerdings das Gegenteil: Kalzium und Magnesium gehen verloren und bewirken Knochenschwund. Die knochenschädigende Wirkung der zu hohen Fettaufnahme sieht man in den »Niedrigfettländern« des Fernen Ostens, in denen das Osteoporoserisiko deutlich geringer als in den USA ist.

Untergewicht ist ein enormer Risikofaktor für Osteoporose. Vor allem übertriebene Schlankheitskuren beschleunigen den Knochenschwund durch einen Mangel an Knochenbaustoffen.

Übersäuerung vermeiden

Eine ausgeglichene Verteilung von sauren und basischen Substanzen in unserem Körper ist wichtig für den normalen Ablauf der Stoffwechselprozesse. Die Ausgewogenheit von Säuren und Basen ist der Schlüssel zu Wohlbefinden und Gesundheit – nicht zuletzt auch zu gesunden Knochen. Das Säure-Basen-Gleichgewicht wird als pH-Wert gemessen, und unsere enzymatischen, immunologischen und reparativen Funktionen laufen am besten im leicht alkalischen Milieu (pH-Wert über 7,0) ab. Unser Körper wird aber überschwemmt von Säuren, die entweder im Körper selbst gebildet (Milchsäure, Kohlensäure) oder über die Nahrung (Eiweiß, Zucker, Fette) im Übermaß zugeführt werden. Unser Knochen beherbergt eine große Menge alkalische Salze wie Kalzium, Kalium, Natrium und Magnesium, die sofort mobilisiert werden, um Säuren im Blut zu neutralisieren.
Der Zusammenhang zwischen einem sauren pH-Wert und Osteoporose ist bekannt und wird im Rahmen einer effektiven Vermeidung der Osteoporose immer bedeutender. Wir wissen, dass Vegetarier (übrigens mit der höchsten Knochendichte) einen alkalischen Urin, Menschen, die Fleisch essen (mit niedriger Knochendichte), dagegen einen sauren Urin haben. Unsere Nahrung besteht aber häufig aus sehr viel Fleisch und ist damit auch reich an Säuren (Aminosäuren). Umso wichtiger wird der Konsum von basenreichem Gemüse und Obst, um dem Körper neben den Vitaminen auch neutralisierende Basen zuzuführen.

Untergewicht vermeiden

Im Fettgewebe wird auch nach der Menopause Östrogen gebildet.

Alle großen Osteoporosestudien zeigen den Zusammenhang zwischen Osteoporose und einem niedrigen Körpergewicht. Untergewichtige Menschen nehmen zu wenig Kalorien zu sich und haben damit zu wenig Baustoffe für ihre Knochen. Auch langfristige Schlankheitsdiäten garantieren eine geringe Knochenmasse.

Viele Frauen und auch einige Männer verbringen ihr Leben periodisch mit übertriebenen Abmagerungskuren, die ebenfalls zum Vitaminmangel und Knochenschwund beitragen.

Schlank um jeden Preis?

Ein Extrem des Schlankheitswahns stellt die krankhafte Magersucht (Anorexia nervosa) mit psychopathischen Zügen dar. Diese Krankheit verursacht vor allem bei Jugendlichen eine Fülle von gesundheitlichen Störungen wie Anämie (Blutarmut), Ausfall der Regelblutung und schwerste Osteoporose. Ein Knochenschwund von mehr als 30 % in wenigen Jahren ist keine Seltenheit und beruht auf der Mangelzufuhr von Knochenbaustoffen.

Diese verheerende Wirkung der Unterernährung zeigt sich u.a. auch bei weiblichen Hochleistungsathleten. Langläuferinnen mit weniger als 75 % des Idealgewichts leiden häufig an Ermüdungsbrüchen, die der Karriere ein rasches Ende setzen.

Vorsicht mit Medikamenten

Kortisonpräparate in Form von Tabletten oder Spritzen sind besonders schlimme Knochenräuber; ihre Verwendung muss sehr sorgfältig ärztlich überwacht werden!

Einige Medikamente sind ausgesprochene Knochenräuber, wenn sie in Tablettenform oder als Infusion verabreicht werden. Dazu gehören insbesondere Kortison und alle davon abgeleiteten Substanzen, wie beispielsweise Prednison und Dexamethason. Nicht gefährlich für den Knochen ist dagegen eine kurze und ausschließlich lokale Anwendung von Kortisonderivaten in Form von Salben oder auch Sprays.

Kortisonpräparate

Nicht alle Patienten reagieren mit dem gleichen Knochenverlust. Wir wissen, dass für das Osteoporoserisiko die Tagesdosis und die Einnahmedauer des Medikaments entscheidend sind. Deshalb sollte jeder Patient in Zusammenarbeit mit seinem Arzt um jedes Milligramm Prednison »feilschen«, die Tagesdosis so niedrig wie möglich halten und immer wieder genau überprüfen lassen, ob Prednison wirklich noch notwendig ist.

Wenn Prednison aber unentbehrlich ist, sollte unbedingt das Rauchen eingestellt, Kalziumtabletten mit Vitamin D eingenommen und regelmäßig Sport getrieben werden. Ist eine Einnahme von mehr als einem halben Jahr täglich Prednison notwendig gewesen, sollte der Betroffene danach unbedingt zur Knochendichtemessung gehen, um den Ausgangswert seiner Knochenmasse zu bestimmen.

Das Fatale bei der kortisoninduzierten Osteoporose ist, dass sie in der Regel ausgesprochen schnell fortschreitet – bis hin zu multiplen Knochenbrüchen. Falls bei Ihnen bereits eine verminderte Knochendichte vorliegt, können Sie sich mit einem modernen Bisphosphonat vor weiterem Knochenschwund zuverlässig schützen. Nach einem Jahr ist dann eine Kontrolle der Knochendichte zu empfehlen.

Kortison schwächt den Knochen und die Muskulatur. Daher ist ein konsequentes Fitnessprogramm besonders wichtig.

Schilddrüsenhormone

Bei der Gabe von Schilddrüsenhormonen zur Vermeidung einer Schilddrüsenvergrößerung (Struma) oder zur Behandlung einer Unterfunktion sollte man in jedem Fall eine Überdosierung vermeiden, da sie über einen längeren Zeitraum ebenfalls eine Osteoporose mit Knochenbrüchen verursacht. Der behandelnde Arzt kann die Schilddrüsenhormonwerte engmaschig kontrollieren und so sicher eine Überdosierung vermeiden.

Patienten mit Schilddrüsenüberfunktion (Hyperthyreose) sind in Bezug auf Knochenschwund Hochrisikopatienten und müssen in halbjährlichen Abständen kontrolliert werden.

Sprechen Sie mit Ihrem Arzt darüber, ob eines Ihrer Medikamente möglicherweise Knochenschwund verursacht. Sie können dann in aller Ruhe vorsorgliche Schritte einleiten, ohne auf eines der notwendigen Medikamente verzichten zu müssen.

Osteoporoseverursachende Medikamente

- **Schilddrüsenhormone (wenn zu hoch dosiert)**
- **Kortison und davon abgeleitete Substanzen (beispielsweise Prednison, Dexamethason)**
- **Cyclosporin A (zur Unterdrückung des Immunsystems bei Transplantationen)**
- **Heparin (zur Blutverdünnung)**
- **Marcumar® (zur Blutverdünnung)**
- **Saluretika (zur Entwässerung)**
- **Antiepileptika (gegen Epilepsie)**
- **Methotrexat und andere Chemotherapeutika (zur Krebsbehandlung)**
- **Lithium (gegen Depressionen)**
- **Aluminiumhaltige Antazida (zur Magensäurehemmung)**
- **Isoniazid (zur Tuberkulosebehandlung)**

Raucherinnen haben im Schnitt 5 bis 10% weniger Knochenmasse als Nichtraucherinnen. Männliche Raucher erleiden besonders häufig Wirbelbrüche und haben sogar ein höheres Osteoporoserisiko als gleichaltrige Frauen, die nie geraucht haben.

Weitere Medikamente

Blutverdünnende Mittel wie Heparin oder Marcumar® können bei langjähriger Einnahme schwere Osteoporosen auslösen. Ebenso bewirken verschiedene Medikamente gegen Epilepsie Knochenverlust und/oder Mineralisationsstörungen (Osteomalazie). Auch Antidepressiva, Diuretika (Entwässerungsmittel), Antibiotika und aluminiumhaltige Antazida (Magensäurehemmer) schwächen bei längerer Einnahme den Knochen. Außerdem verursachen vor allem Chemotherapien mit gezielter Blockierung der Sexualhormone (z. B. bei Brust- oder Prostatakrebs) schwere Osteoporose (»durch Tumortherapie induzierte Osteoporose«).

Risiko durch chronische Krankheiten

Chronische Polyarthritis

Die chronische Polyarthritis, eine Unterform der chronischen rheumatischen Erkrankung, ist der wichtigste Vertreter der chronischen

Krankheiten, die bisher über die Jahre immer eine Osteoporose mit Knochenbrüchen verursacht haben. Die betroffenen Patienten müssen oft auch Kortisonpräparate einnehmen, sind häufig in ihrer Bewegung eingeschränkt und untergewichtig. Gerade dann muss der überschießende Knochenabbau mit Bisphosphonaten möglichst frühzeitig verhindert werden.

Chronische Erkrankungen der Lunge

Chronische Lungenerkrankungen – insbesondere chronische Bronchitis und Emphysem, verursacht durch Rauchen – steigern das Osteoporoserisiko signifikant. Hinzu kommt, dass das Risiko durch einige Medikamente zur Behandlung dieser Krankheiten zusätzlich vergrößert wird. Der Patient muss überzeugt werden und auch dazu bereit sein, sofort das Rauchen einzustellen.

»Zuckerkrankheit«

Es wird bisher kaum beachtet, dass auch Diabetes mellitus (im Volksmund Zuckerkrankheit genannt) ein erhebliches Osteoporoserisiko darstellt. Der mit der Erkrankung einhergehende Insulinmangel führt zu erhöhtem Knochenabbau und zugleich zu einer verminderten Produktion von Kollagen, der Grundsubstanz des Knochengewebes. Betroffen sind vor allem Diabetespatienten, die mit Tabletten und nicht mit Insulinspritzen behandelt werden.

Magen-Darm-Erkrankungen

Auch entzündliche Darmerkrankungen und Magenoperationen führen zu einer verminderten Aufnahme von Kalzium und Vitamin D. Bei betroffenen Patienten sollte besonders auf eine ausreichende Ernährung und reichliche Vitaminzufuhr geachtet werden. Regelmäßige Knochendichtemessungen lassen frühzeitig den Beginn einer Osteoporose erkennen.

Der Knochen ist ein äußerst kompliziert gesteuertes Organ, das bei einer großen Anzahl von Krankheiten anderer Organe in Mitleidenschaft gezogen wird. Beispiele sind Asthma bronchiale, Diabetes mellitus, Leber- und Nierenkrankheiten, Herzschwäche sowie Organtransplantationen.

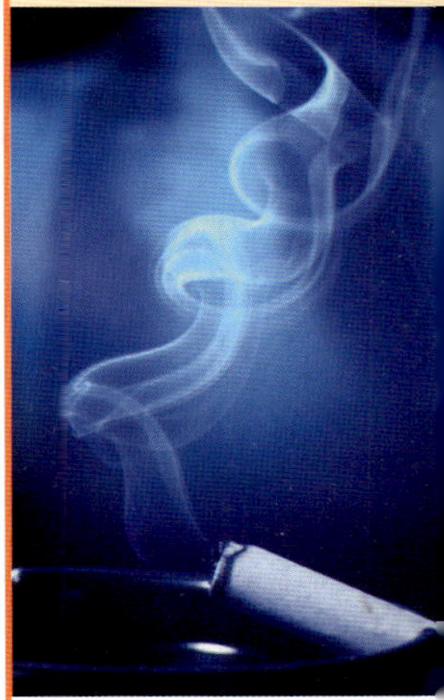

Raucher haben ein doppeltes Risiko, eine Hüftfraktur zu erleiden.

Osteoporose
erfolgreich behandeln
Beschwerden lindern,
Beweglichkeit erhalten

Mit Konsequenz zum Ziel

Unabhängig vom Alter lohnt sich eine Osteoporosebehandlung immer und ist nie zu spät. Während noch vor 100 Jahren viele Frauen die Menopause gar nicht erst erlebten, liegt heute das Alter, das eine Frau erreicht, bei 80 Jahren. Das bedeutet ferner, dass heute ein Drittel der Frauen älter als 50 ist. 2040 wird das Durchschnittsalter, das eine Frau erreichen kann, bei 98 Jahren liegen.

Geduld bringt den Erfolg

Ich möchte Sie auffordern, aktiv bei der Behandlung der Osteoporose mitzuarbeiten. Gerade bei chronischen Erkrankungen fällt es Patienten oft schwer, Medikamente regelmäßig einzunehmen, vor allem wenn sich die Krankheit nicht sofort unangenehm bemerkbar macht. Die Gefährlichkeit der Osteoporose wird leicht vergessen, solange noch keine Knochenbrüche eingetreten sind. Geduld und Ausdauer sind daher bei der Behandlung nötig, denn die Erkrankung, die im Lauf von vielen Jahren entstanden ist, braucht Monate, manchmal Jahre für ihre Heilung. Auch wenn es schwerfällt, sollte man in Phasen von Ungeduld an die vielen Jahre denken, die man noch mobil verbringen möchte. Ein guter Arzt wird Sie beharrlich motivieren und mahnen, Ihre Behandlungsstrategie zu realisieren. Als beste Motivation erwiesen sich Schmerzlinderung und Dokumentation der ansteigenden Knochenmasse in der jährlichen Knochendichtemessung. Der Patient sieht »schwarz auf weiß«, dass es seinen Knochen besser geht. Ein wichtiges psychologisches Signal.

Geduld und Beharrlichkeit sind die wichtigsten Eigenschaften, die sowohl Arzt als auch Patient an den Tag legen müssen, wenn sie die Osteoporose besiegen wollen.

Die Schmerzspirale durchbrechen

Osteoporosebedingte Schmerzen sind akute Schmerzen, denen fast immer ein Knochenbruch im mittleren und unteren Wirbelsäulenabschnitt vorangeht. Dieser schlagartig einsetzende Rückenschmerz lässt langsam nach, kann aber auch nach Abheilen des Bruchs in chronischen Schmerz übergehen. Er entsteht durch Verformung der Wirbelsäule, durch Fehl- und Überbelastung der Muskulatur und Schädigung der Wirbelgelenke. Dieser Schmerz kann zu Schlaflosigkeit, Reizbarkeit und Depressionen führen, die das Schmerzempfinden noch verstärken. Es gilt, als erste Therapiemaßnahme diese Schmerzspirale zu durchbrechen. Im Vordergrund steht dabei die physikalische Therapie. Schmerzmittel (Analgetika) werden erst in zweiter Linie eingesetzt.

Ein Korsett sollte, wenn überhaupt, nur in der akuten Schmerzphase angelegt werden. Die Gefahr einer Querschnittslähmung bei einem osteoporosebedingten Wirbelbruch ist wirklich minimal, da der Wirbelkörper vor allem vorne oder in der Mitte einbricht und nur selten den hinten gelegenen Rückenmarkkanal einengt.

Physikalische Therapie

In jedem Fall sollte eine Röntgenaufnahme des Skeletts im Schmerzbereich durchgeführt werden, um einen Knochenbruch nachzuweisen und das Ausmaß der Knochenzerstörung zu erkennen. Das Anlegen eines Korsetts ist möglichst zu vermeiden, um weitere Unbeweglichkeit zu umgehen. Im akuten Stadium ist zur Achsentlastung gelockerte Bettruhe sinnvoll, aber nur so lange, bis der Schmerz gelindert ist. Bewährt haben sich Wärmeanwendungen (Moorpackungen), Solebäder und spezifische krankengymnastische Maßnahmen, z.B. isometrische Muskelübungen. Danach können Phasen vorsichtiger und kurzzeitiger Achsbelastung, abwechselnd mit Übungen zu Entlastungshaltungen, mehrmals pro Tag eingebaut werden. Zusätzlich ist zur Durchblutungsförderung eine Behandlung mit kalten Wickeln sinnvoll, während eine Wärmebehandlung erst bei chronischen Schmerzen infrage kommt.
Der Arzt sollte auch krankengymnastische Behandlungen mit Entspannungs- und Atemübungen verordnen. Weitere Möglichkeiten: Massage, Akupunktur, Elektrotherapie und Injektionsbehandlungen mit Lokalanästhetika (Substanzen zur örtlichen Betäubung).

Mobilisierung des Patienten

Ist der akute Schmerz erträglich geworden, geht es vor allem um die Kräftigung der Muskulatur zur Mobilisierung des Patienten. Dies geschieht durch geführte Bewegungen und Anspannungsbewegungen, kombiniert mit einer Entlastungslagerung.

Eine durchblutungsfördernde und entspannende Wärmebehandlung mit lokalen Wärmepackungen in Form von heißen Rollen, feucht-heißen Kompressen oder Moorerdepackungen oder auch Infrarotbestrahlungen erleben schmerzgeplagte Patienten als besonders wohltuend. Massagen sind dagegen weniger effektiv. Bewegungsbäder im warmen Wasser (Thermalbad) bewirken durch den gewichtsentlastenden Auftrieb im Wasser eine zusätzliche Muskellockerung und dadurch eine deutliche Beschwerdelinderung. Vor allem Schwimmen stellt eine ideale Kombination aus Wirbelsäulenentlastung und Muskeltraining dar.

Krankengymnastik

Wenn es der Beschwerdeverlauf erlaubt, kann die Krankengymnastik nach und nach durch sporttherapeutische Maßnahmen abgelöst werden. Aktives Muskeltraining ist einerseits für die Stärkung der Knochen und der Muskulatur wichtig, andererseits trägt sie langfristig zur Linderung chronischer Schmerzen bei. Wichtig ist, dass die Übungen regelmäßig ausgeführt werden und dem Alter des Patienten angepasst sind. Das Training sollte zunächst unter krankengymnastischer Leitung oder im Rahmen einer Rückenschulung erlernt und später als Heimprogramm selbstständig und konsequent weitergeführt werden. Schwerpunkt ist dabei die Stabilisierung und Kräftigung der Rückenmuskulatur. Man sollte aber Sportarten mit Stauchungsbelastungen der Wirbelsäule wegen der dadurch bedingten Knochenbruchgefahr vermeiden, wie beispielsweise Skiabfahrtslauf, Reiten, Mountainbiken, Hoch- und Weitsprünge, Springseilübungen, Volleyball und Handball.

Krankengymnastik sollte in Gruppen durchgeführt und von einer geschulten Fachkraft geleitet werden. Später kann man die Übungen in einem Heimprogramm selbstständig fortführen.

Übungen, die Sie vermeiden sollten

Unter allen Umständen sollte man Übungen vermeiden, die ein erhöhtes Risiko für Wirbelkörperbrüche bedeuten:

- Alle Übungen, die die Wirbelsäule stauchen. Also keine Hoch- und Weitsprünge, Laufen und Radfahren in unebenem Gelände.
- Alle Übungen, die ein Abbiegen der Wirbelsäule nach vorne beinhal-

ten. Damit steigt das Risiko dramatisch, dass Wirbelkörper an der Vorderkante einbrechen und »Keilwirbel« entstehen.

- Alle Übungen, die ein Fallrisiko haben. Achten Sie auf vernünftige Sportschuhe mit gutem Fußbett und rutschfester Sohle. Meiden Sie feuchten oder nassen Holzboden. Gehen Sie nicht zu den Übungen, wenn die Bürgersteige vereist sind.
- Vermeiden Sie Übungen, die eine seitliche Bewegung gegen Widerstand aufweisen (»Abduktion« und »Adduktion«). Damit steigt das Risiko einer Oberschenkelhalsfraktur.

Innerhalb der fünf Formen körperlicher Aktivität – Schnelligkeit, Kraft, Flexibilität, Koordination und Ausdauer – kommt den beiden letzten der höchste Stellenwert zu. Beim Ausdauertraining werden große Muskelgruppen beansprucht, die gesteigerte Sauerstoffaufnahme kommt zudem allen Organen zugute. Die Koordination hilft vor allem, die Fallneigung zu reduzieren und Schutzreflexe beim Fallen instinktiv zu aktivieren. Zu empfehlen sind daher folgende Sportarten:

- Radfahren
- Wandern/Bergwandern
- Schwimmen
- Tischtennis
- Tanzen (Gesellschaftstanz)

Bewegung und sportliche Betätigung sind notwendig und sinnvoll bei Osteoporose – aber bestimmte Übungen sollten unbedingt vermieden werden!

Medikamentöse Schmerztherapie

Patienten mit manifester Osteoporose haben oft Hemmungen, von den Möglichkeiten schmerzlindernder Medikamente Gebrauch zu machen. Sie fürchten, von diesen Medikamenten abhängig zu werden, oder haben Angst vor den verschiedenen Nebenwirkungen wie Schwindel oder Magenblutungen.

Bei einem klaren Schmerztherapiekonzept sind aber die Nebenwirkungen der Schmerzmittel überschaubar und begrenzt. Der betroffene Patient muss erkennen, dass die Nebenwirkungen untherapierter Schmerzen für das Allgemeinbefinden weitaus schlimmer sind als die bekannten Nebenwirkungen, die von einer systemischen Schmerztherapie ausgehen.

Analgetika

Um akute Schmerzen zu beseitigen und bewegungstherapeutische Maßnahmen überhaupt erst zu ermöglichen, müssen vorübergehend auch Schmerzmittel (Analgetika) gegeben werden. Man wird zuerst peripher wirkende Analgetika mit guter Wirkung auf Skelett-, Muskel- und Gelenkschmerzen einsetzen: Acetylsalicylsäure (ASS), Paracetamol oder vor allem die nichtsteroidalen Antirheumatika (NSAR). Diese Medikamente entfalten ihre Wirkung durch lokale Hemmung des schmerzauslösenden Prostaglandins. Wegen der gleichzeitigen Möglichkeit von Nebenwirkungen wie z.B. Magenblutung oder Knochenmarkschädigung sollten sie nur kurzzeitig verabreicht werden.

Der Schmerz gehört zu den größten Problemen in der Betreuung von Osteoporosepatienten. Ungenügendes Schmerzmanagement ist heute nicht mehr zu akzeptieren.

Cox-2-Hemmer

Inzwischen gibt es nichtsteroidale Antirheumatika, die nur noch selektiv die Schmerzrezeptoren beeinflussen und weitgehend frei von den bisherigen Nebenwirkungen sind (Cox-2-Hemmer). Seit der Marktrücknahme von Rofecoxib (VIOXX®) und Valdecoxib (BEXTRA®) gibt es aber eine verbreitete Unsicherheit bezüglich des Stellenwerts der Cox-2-Hemmer in der Schmerzbehandlung. So konnte bei Langzeiteinnahme von Cox-2-Hemmern, auch Coxibe genannt, ein erhöhtes Risiko für Herz-Kreislauf-Erkrankungen in Studien nachgewiesen werden. Hauptargument für die Coxibe bleibt ein deutlich geringeres Auftreten von Nebenwirkungen auf den Magen-Darm-Trakt. Zugelassen sind in Deutschland derzeit folgende Coxibe: Celecoxib (Celebrex® Hartkapseln) und Etoricoxib (Arcoxia® Filmtabletten). Andererseits muss betont werden, dass keines der klassischen NSAR aufgrund der hohen gastrointestinalen Komplikationsrate heutige Kriterien für eine Neuzulassung erfüllen würde.

Stufenplan für Schmerzmittel

Zur Behandlung von akuten, subakuten und chronischen Rückenschmerzen – vor allem bedingt durch Wirbelkörpereinbrüche – hat sich in unserer Ambulanz folgendes Vorgehen praktisch bewährt:

Das WHO-Stufenschema ist auch beim Osteoporoseschmerz anzuwenden!

Stufe 1 Ist eine koronare Herzkrankheit (KHK) ausgeschlossen oder unwahrscheinlich, werden bevorzugt Coxibe über einen Zeitraum von maximal zwei Monaten eingesetzt (z. B. Celecoxib 200 mg täglich oder Etoricoxib 60 bis 90 mg täglich). Liegen Hinweise für eine KHK vor und sind gastrointestinale Ereignisse in der Anamnese auszuschließen, stehen alternativ für den kurzzeitigen Einsatz NSAR zur Verfügung (z. B. Diclofenac 25 bis 100 mg täglich oder Ibuprofen 400 bis 800 mg täglich).

Stufe 2 Reichen die Coxibe bzw. die NSAR für eine ausreichende Schmerzlinderung nicht aus, werden zusätzlich oder alternativ Tilidin-/Naloxon-Retardtabletten/-Tropfen in einer Dosierung von 50 bis 200 mg täglich oder Tramadol-Retardtabletten/-Tropfen in einer Dosierung von 100 bis 200 mg täglich eingesetzt.

Stufe 3 Bei weiter ungenügender Schmerzlinderung kommen Morphinpräparate (z. B. Fentanyl®-Pflaster) und Koanalgetika wie z. B. Carbamazepin, Gabapentin oder trizyklische Antidepressiva infrage. Ein zufriedenstellendes Protokoll ist oft nur mit Geduld und unter Hinzuziehen einer Schmerzambulanz zu erreichen.

Ein Rat für den Patienten: nie verzweifeln! Wenn eine Maßnahme nicht zum Erfolg führt, wird es eine andere sein.

Weiterhin ist zu berücksichtigen, dass die Schmerzempfindlichkeit beim Patienten individuell sehr unterschiedlich sein kann. Diese Schmerzspirale im frühen Stadium muss daher durchbrochen werden. Im Vordergrund der Behandlung stehen physikalische Therapie, Analgetika, intravenös applizierte Bisphosphonate bis hin zur perkutanen Injektion von Knochenzement in die Wirbelkörper (Vertebro- und Kyphoplastie). Damit kann heute eine rasche und andauernde Schmerzlinderung in etwa 90 % der Fälle erzielt werden.

Knochenschmerzen können besonders schnell und erfolgreich mit Bisphosphonaten behandelt werden. Diese neue Substanzgruppe hat das früher verwendete Kalzitonin weitgehend verdrängt. Bei starken Schmerzen können die oben aufgeführten Medikamente noch mit schwach wirkenden Opioiden kombiniert werden. Ist damit der Schmerz nicht zufriedenstellend zu behandeln, sollte gemeinsam mit einer Schmerzambulanz ein individueller Behandlungsplan erarbeitet werden, wobei Dosierung und Zeitplan vom Patienten fest eingehalten werden müssen. »Muskelrelaxanzien« zur Besserung der Muskelverspannungen sollten vermieden werden, da sie wegen der gleichzeitig sedierenden Wirkung das Sturzrisiko erhöhen.

Lebensfreude, Geduld und fester Wille sind die Basis jeder erfolgreichen Therapie.
Dies gilt insbesondere für die Osteoporose mit ihrem typischen Beschwerdebild.

Psychische Krankheitsverarbeitung

Kann man mit fortgeschrittener, schmerzhafter Osteoporose – vielleicht schon mit mehreren bewegungseinschränkenden Frakturen und der Angst vor weiteren Brüchen – noch Freude am Leben haben? Man kann! Dies demonstrieren viele Patienten tagtäglich und beteiligen sich trotz Bewegungseinschränkung am aktiven Leben. Was sind die Voraussetzungen, Derartiges zu wollen und zu tun? Völlige Schmerzbefreiung kann nicht die Lösung sein, denn die ist nach Frakturen selbst mit besten Schmerzmitteln nicht zu erwarten. Es gibt aber in der Tat ein »Geheimrezept«, sich die Lebensfreude zu bewahren und den Kampf gegen Osteoporose zu gewinnen. Patienten, die das Leid einer chronischen Krankheit überwinden, haben drei Eigenschaften:

- Sie sind bestens über die Krankheit informiert, haben gelernt, mit ihr umzugehen, sind für den Arzt zum kompetenten Partner geworden.
- Sie kämpfen konsequent gegen die Symptome der Krankheit an und planen aktiv ihren Alltag, ihr tägliches Handeln und verwirklichen ihre Wünsche.
- Sie gehen optimistisch, mit festem Willen und Mut ihre Zukunft an.

Positives Denken ist eine positive Zukunft! Lebensfreude und Fröhlichkeit ist eine Gabe, die für die Ausheilung jeder chronischen Krankheit genauso wichtig ist wie eine richtige Behandlungsstrategie. Die Strategie von Patient und Arzt muss sein: »Wir schaffen es!«

Geduld ist nötig

Die Bewältigung einer schweren oder chronischen Krankheit ist ein langfristiger Prozess. Nach der akuten Phase der Erkrankung mit ihren

typischen seelischen und emotionalen Begleitphänomenen wie Verleugnung, Angst, Wut, Auflehnung, Verwöhnungsansprüchen und Trauer folgt in der Regel eine langwierige rehabilitative Phase, die auch als »mit der Krankheit leben lernen« umschrieben werden kann. Nach einer depressiven Phase kommt allmählich wachsende Hoffnung, neue Erfahrungen werden gemacht. Man erkennt in Selbsthilfegruppen, dass auch andere die gleichen Probleme lösen müssen, und schließlich kommt es zu einem realistischen, rationalen Umgang mit der Krankheit.
Arzt, Angehörige und Selbsthilfegruppen haben die Aufgabe, den Patienten auf diesem langen, oft dornenreichen Weg zu begleiten, Lösungen aufzuzeigen, Rückschläge zu verkraften und Mut zu machen. Eine Krankheit ohne Hoffnung auf Heilung oder zumindest Besserung ist unmenschlich. Hoffnung ist der erste Schritt zur Genesung! Ein guter Arzt kennt all die physischen und psychischen Probleme während des Krankheitsprozesses und wird den Patienten individuell mit Trost, Rat und Tat stärken.

Kalzium und Vitamin D – die besten Freunde des Skeletts!

Denken Sie daran: Ein Glas Milch (0,3 Liter) enthält etwa 360 Milligramm knochenwichtiges Kalzium!

Kalzium und Vitamin D als Basisbehandlung

Die Verordnung von täglich 1000 Milligramm (= 1 Gramm) Kalzium und 1000 I. E. Vitamin D entspricht heute weltweit dem gültigen Standard in der Vorsorge und Basistherapie der Osteoporose. Diese Stoffe stehen als Tabletten, Brausetabletten oder Pulver zur Verfügung und können zum Essen eingenommen werden.
Bewährt haben sich auch Kombinationspräparate. Es gibt wenige Patienten, bei denen Kalziumpräparate nicht oder nur unter hausärztlicher Überwachung verordnet werden dürfen. Dazu zählen Patienten, bei denen der Blutkalziumspiegel erhöht ist (Hyperkalzämie) oder die ein Nierensteinrisiko haben. Auch Patientinnen mit Brustkrebs sollten vor der Verwendung von Kalziumpräparaten ihren Arzt konsultieren, um keine Hyperkalzämie zu provozieren.

Nahrungsergänzung

Obwohl Kalzium und Vitamin D theoretisch über die Nahrung aufgenommen werden, zeigen die Erfahrungen, dass die Patienten in der Regel allein über diesen Weg die erforderliche Mengen nicht erreichen. Im fortgeschrittenen Alter wirkt sich eine ungenügende Kalziumzufuhr besonders ungünstig aus, weil der kompensatorische Ausgleich über eine stärkere, effektivere Resorption aus dem Darm verloren geht. Ältere Menschen können sich daher nicht mehr an eine niedrige Kalziumzufuhr anpassen und gleiten sehr leicht in eine negative Kalziumbilanz. Der Körper bedient sich dann des Kalziumspeichers im Knochen – immerhin 1,5 Kilogramm Kalzium – und baut den Knochen über Parathormonerhöhung und Osteoklastenaktivierung ab. Nur mit einer Kalziumgabe lässt sich bei Älteren der Knochenverlust um 2 bis 4% pro Jahr senken. Auch die Frakturrate lässt sich damit reduzieren. Für junge Frauen und für Männer liegen nur vereinzelte kleinere Studien vor, es kann aber von einer Wirksamkeit ausgegangen werden.

Es gibt noch einen weiteren wichtigen Grund, jeder Osteoporosetherapie Kalzium und Vitamin D beizugeben: Vor allem Kalzitonin und Bisphosphonate senken den Kalziumspiegel im Blut und erhöhen damit automatisch die Parathormonausschüttung, die wiederum den Knochenabbau begünstigt. Dieser unerwünschte Regelkreis kann mit einer Kalziumzufuhr unterbrochen werden.

Kalzium und Vitamin D allein sind in der Behandlung der manifesten Osteoporose nicht ausreichend, aber sie steigern die Effektivität der Medikamente.

Regulator Vitamin D

Vitamin D ist der große Regulator des Kalzium- und Phosphathaushalts. Es fördert die Aufnahme von Kalzium aus dem Darm ins Blut und den Einbau von Kalzium in die Knochengrundsubstanz. Vitamin D3 ist die natürlich auftretende Form des Vitamin D beim Menschen. Es entsteht durch UVB-Bestrahlung in der Haut aus dem Provitamin D3, ist aber biologisch noch schwach wirksam. Erst durch eine weitere Bearbeitung der Substanz in Leber und Nieren entsteht die biologisch aktive Form, das Calcitriol. Diese Wirkform ist 25-mal stärker wirksam als Vit-

Vitamin D ist wie die Vitamine A, E und K fettlöslich und kann über längere Zeit gespeichert werden. Personen, die an einer Fettresorptionsstörung leiden, haben einen Mangel an diesen Vitaminen, der am besten mit einem entsprechenden Multivitaminpräparat ausgeglichen wird.

Deutschland ist heute ein Vitamin-D-»Mangelland« – und das nicht nur in den Wintermonaten!

amin D3. Da der Körper nur diejenige Menge Vitamin D3, die er auch wirklich benötigt, zur wirksamen Form weiterverarbeitet, kommt es praktisch zu keiner Überdosierung bei Vitamin-D3-Supplementierung. Es wurde berechnet, dass mit schweren Nebenwirkungen erst bei einer 40-fachen Überdosierung (entsprechend 40 000 I.E. Vitamin D3 täglich) zu rechnen ist – und dies kommt in der Praxis nicht vor!

Ein relativer Vitamin-D-Mangel wird bei älteren Menschen und vor allem bei Darmerkrankungen häufig vorgefunden. Hinzu kommt, dass im Alter der Umbau des zugeführten Vitamin D in die aktive, wirksame Form abnimmt. Vor allem in den Wintermonaten mit vermindertem Sonnenlicht nimmt die Bildung des aktiven Vitamin D ab – und damit die Verlustrate an Knochenmasse zu. Bei einem Mangel kommt es zu einer Mineralisationsstörung mit der Folge eines weichen, verformbaren, brüchigen und schmerzhaften Knochens: bei Kindern Rachitis, bei Erwachsenen Osteomalazie genannt. Bei Patienten mit chronischen Nieren- und Lebererkrankungen ist die Aktivierung von Vitamin D zusätzlich gestört.

Der direkte Einsatz der aktiven Vitamin-D-Metaboliten stabilisiert und erhöht sogar die Knochenmasse. Regelmäßige Kontrollen sind unbedingt nötig, um mögliche Erhöhungen des Kalziumspiegels in Blutserum und Urin frühzeitig zu erkennen und behandeln zu können. Hauptindikation für die Verwendung aktiver Vitamin-D-Metaboliten sind vor allem chronisches Nierenversagen, Dialyse und chronische Lebererkrankungen.

Kalzium ist neben Magnesium das notwendige Baumaterial für den neu gebildeten Knochen. Vitamin D fördert die Aufnahme von Kalzium aus dem Darm ins Blut und den Einbau von Kalzium in die Knochengrundsubstanz.

Für Kinder enorm wichtig

Vitamin D wird insbesondere in der Wachstumsphase benötigt. Kinder brauchen es für eine erhöhte Kalziumaufnahme aus der Nahrung, die Aktivierung der Osteoblasten (knochenaufbauende Zellen) und die Mineralisation und Härtung des neuen Knochens. Eine ausreichende Zufuhr von Vitamin D – vorgeschlagen werden 800 I.E. pro Tag – ist daher vor allem in der Kindheit von großer Bedeutung.

Schadet zu viel Kalzium?

Bei Kalziumaufnahme von mehr als vier Gramm täglich kann es bei gesunden Personen zu gastrointestinalen Nebenwirkungen bis hin zu Nierenschädigung und Verkalkungen außerhalb der Knochen kommen. In der Vergangenheit wurde die Nahrungsergänzung von Kalzium bei einer Nierensteinanamnese als nicht angezeigt angesehen. Nierensteine treten bei 8 bis 15 % der Menschen auf und kehren in 50 % der Fälle wieder. Bei ihrer Entstehung ist aber die Hyperkalzurie weniger wichtig als die Hyperoxalurie. Eine kalziumarme Diät würde das Risiko erneuter Nierensteinbildung sogar signifikant erhöhen. So senkte eine Kalziumzufuhr von 1200 Milligramm pro Tag in Kombination mit einer Reduktion von tierischem Einweiß und Salz die Rückfallrate in Bezug auf Nierensteine bei Männern gegenüber einer kalziumarmem Diät um die Hälfte. Eine genügende Flüssigkeitszufuhr (mehr als zwei Liter pro Tag) senkt die Rückfallrate zusätzlich. Vor einer Supplementierung sollten aber mögliche Ursachen einer erhöhten Steinrezidivrate abgeklärt werden, z.B. primärer Hyperparathyreoidismus (Erkrankung der Nebenschilddrüsen), Sarkoidose (Hauterkrankung), Neoplasien (Geschwulstbildung), Immobilisation, wiederkehrende Harnwegsinfekte, anatomische Deformitäten (z.B. des Harnleiters), renale tubuläre Azidose (Erkrankung der Nierenkanälchen) und Zystinurie (Ausscheidung der Aminosäure Zystin im Urin).

Unter Hyperkalzurie versteht man die vermehrte Ausscheidung von Kalzium im Urin infolge Stoffwechselstörungen, unter Hyperoxalurie eine erhöhte Oxalsäureausscheidung über die Nieren.

Lebenslang ausreichende Versorgung

Das Erreichen der maximalen Knochenmasse im jugendlichen Alter und das Bewahren des erreichten Kapitals Knochenmasse hängen von einer ausreichenden Kalziumzufuhr über alle Lebensabschnitte ab. Die empfohlene tägliche Kalziummenge von ca. einem Gramm kann bei gesunden Personen über eine knochenbewusste Ernährung mit Milchprodukten erreicht, aber problemlos auch über eine angepasste Supplementierung ergänzt werden. Liegt eine Laktoseintoleranz vor, kann Kalzium über kalziumreiche Mineralwässer oder laktosefreie Kalzium-

Vitamin D reguliert nicht nur den Kalziumstoffwechsel, es steigert auch die Muskelkraft, verbessert die Koordination, stärkt das Immunsystem und hat sogar eine Antitumorwirkung.

tabletten zugeführt werden. Regelmäßige Kalziumgabe führt über eine verminderte Parathormonausschüttung zu vermindertem Knochenabbau und damit zu einer Schonung des Mineralspeichers Knochen.
Bei Einsatz einer Östrogen- oder anderen antiresorptiven Therapie verbessert eine Kalziumsupplementierung, ergänzt durch Vitamin D, den positiven Effekt auf die Knochenmasse. Zweifellos ist Kalzium allein kein effektives Antiosteoporotikum, wohl aber zusammen mit Vitamin D eine unverzichtbare Begleitgabe bei allen antiresorptiven und osteoanabolen Therapiekonzepten. Die meisten »Therapieversager« unter einem effektiven Osteoporosemedikament beruhen auf einer Minderversorgung mit Kalzium und Vitamin D!

Es gibt auch Hinweise auf den schützenden Einfluss von Kalzium und Vitamin D auf das Wachstum verschiedener Tumoren, z. B. Mamma-, Kolon- und Prostatakarzinom. Bei bekannter Tumorerkrankung sollte aber verstärkt auf das Auftreten einer Hyperkalzämie unter einer Supplementierung geachtet werden. Eine Kalziumgabe bei Hyperkalzämie ist eine klare Gegenanzeige und kann zu schwerer Organschädigung führen.

Hormonersatztherapie in den Wechseljahren

Bereits Jahre vor der Menopause führt der zunehmende Östrogenmangel zu einem kontinuierlichen Knochenverlust. Ohne Hormonersatz verliert die Frau nach der Menopause jährlich ca. 1 bis 3 % Knochenmasse. Eine Frau in der Menopause steht daher vor der Entscheidung, ob sie den Mangel mit Tabletten, Spritzen oder in Pflasterform ausgleichen will. Im Amerikanischen wird dafür der Begriff »HRT« (Hormone Replacement Therapy) verwendet. Diese wichtige Entscheidung sollte immer mit dem Frauenarzt diskutiert und getroffen werden. Die Östrogenpräparate sind übrigens wesentlich niedriger dosiert als die Antibabypille.

Wirkungsvolle Hilfe

Eine HRT hilft kurzfristig, die typischen Symptome der Wechseljahre, wie Hitzewallungen, trockene Schleimhäute, depressive Verstimmungen und andere Effekte des Östrogenmangels, zu mildern. Langfristig werden Knochenschwund und Osteoporose mit Knochenbrüchen verhindert oder zumindest deutlich reduziert. Studien haben belegt, dass Frauen bei langjähriger Östrogenzufuhr um die Hälfte weniger

Knochenbrüche aufweisen als Frauen, die keine Hormone eingenommen haben.
Gefäßerkrankungen wie Herzinfarkt oder Schlaganfall sollen ebenfalls seltener auftreten. Weiter wird ein geringeres Risiko für die Alzheimerkrankheit diskutiert, die meist um das 50. Lebensjahr auftritt. Auch bei Epileptikern kann es unter einer Östrogen- und Progesterongabe zu einer Verbesserung der Krankheit kommen.

Risiken klären

Die zusätzliche Einnahme eines Gestagens ist erforderlich, um bei Frauen mit intakter Gebärmutter einem erhöhten Risiko von Endometriosen (versprengte Gebärmutterschleimhaut, beispielsweise in der Bauchhöhle) oder Tumoren der Gebärmutterschleimhaut entgegenzuwirken. Es ist allerdings nicht auszuschließen, dass ein langjähriger Hormonersatz (länger als fünf Jahre) bei Risikopatienten (mit familiärer Belastung) mit einer geringen Anhebung des Brustkrebsrisikos verbunden ist. Eine Mammografie vor Beginn der HRT mit jährlichen Kontrollen sowie Untersuchungen durch den Frauenarzt minimieren dieses Restrisiko. Einige Experten nehmen an, dass durch die Östrogengabe nur bereits vorhandene, aber noch nicht erkennbare Krebsgeschwulste der Brust zum Vorschein kommen.
Brustspannen, Schwere in den Beinen oder Gewichtszunahme sind häufige subjektive Beschwerden, die zum Abbruch der Hormonersatztherapie führen. Als Gegenanzeigen werden verstärkte Thromboseneigung, Lungenembolie, Nachweis einer Brustkrebserkrankung in der nahen Verwandtschaft, Bluthochdruck und chronische Lebererkrankungen angesehen. Auch bestimmte Krankheiten, wie z. B. Migräne und Gallenblasenerkrankungen, können durch Östrogene verschlimmert werden.

Eine HRT-Therapie ist nach wie vor sinnvoll zur Behandlung von klimakterischen Beschwerden. Die Therapie sollte aber nicht länger als vier bis fünf Jahre erfolgen. Vor Therapiebeginn muss ein Mammakarzinom in der Familienanamnese ausgeschlossen sein.

Einnahmedauer von Östrogenen

Bei Frauen unmittelbar nach der Menopause wird die zyklische Behandlung (Einnahmezyklus wie bei einer Antibabypille) empfohlen, bei älte-

Risiken und Benefits einer HRT in der WHI-Studie

(160 00 Patienten im Alter zwischen 50 und 79 Jahren, durchschnittliche Studiendauer 5 Jahre; jährliches Auftreten von Ereignissen pro 10 000 Frauen)

WHI-Studie	Ohne HRT (Plazebo)	Mit HRT (Prembro®)
Risiken		
Brustkrebs	30	38
Schlaganfall	21	29
Herzinfarkt	23	30
Thrombosen	16	34
Benefits		
Dickdarmkarzinome	16	10
Frakturen insgesamt	19,1	14,7
Oberschenkelhalsfraktur	15	10

Pflanzliche Östrogene können zwar Beschwerden der Wechseljahre positiv beeinflussen, ihre Wirkung auf das Knochenbruchrisiko ist aber noch nicht belegt.

ren Frauen, wenn also keine Regelblutung mehr gewünscht wird, die kontinuierliche Einnahme. Die Dauer der Östrogeneinnahme ist eine individuelle Entscheidung jeder Frau. Zur effektiven Verhütung einer Osteoporose wird mindestens eine Dauer von 10 bis 15 Jahren empfohlen. Je länger die Therapie andauert, desto länger hält der Knochenschutz an. Auch nach einem Alter von 75 Jahren kann noch mit einer HRT begonnen werden; sie muss aber sehr langsam einsetzen, um unerwünschte Nebenwirkungen zu vermeiden. Sobald die HRT eingestellt wird, beginnt erneut der Knochenabbau.

Obwohl die Vorzüge der HRT bekannt sind, lehnen zahlreiche Frauen die Behandlung ab. Es wird angenommen, dass nur 10 bis 20 % aller Frauen nach der Menopause bereit sind, Östrogene zu nehmen. Wir wissen auch nicht, wie viele Frauen Östrogene wirklich länger als fünf bis zehn Jahre einnehmen – der minimale Behandlungszeitraum zur Vermeidung von osteoporotischen Knochenbrüchen.

Es ist bekannt, dass gegen einen langzeitigen Hormonersatz erhebliche Vorurteile und Abneigungen bestehen. Eine zeitintensive Beratung der Frauen mit sorgfältiger Aufklärung über alle Aspekte ist daher notwendig. Insgesamt scheinen die Vorteile einer Östrogengabe die wenigen Nachteile zu überwiegen. Wichtig ist, dass die Frau fachärztlich beraten und untersucht wird (einschließlich Mammografie). Die WHI-Studie (Women's Health Initiative Study) konnte erstmals zeigen, dass die HRT die Frakturrate an der Wirbelsäule und am Oberschenkel signifikant senken kann. Bei Langzeittherapie überwiegen aber die Nebenwirkungen (Mammakarzinom, Thrombosen, Herz-Kreislauf-Erkrankungen) diese Vorteile am Knochen. Unter Berücksichtigung anderer effektiver Medikamente ist die Verwendung der Hormontherapie zur Prävention und Behandlung der Osteoporose heute nicht mehr nötig. Eine HRT ist derzeit nur noch zur Behandlung klimakterischer Beschwerden indiziert (»for symptoms only«); dabei sollte sich die Behandlung in Absprache mit dem Gynäkologen auf wenige Jahre beschränken. »Better safe than sorry«, wie ein englisches Sprichwort sagt.

Studien haben ergeben, dass 25 bis 30 % der HRT-Verschreibungen gar nicht begonnen werden und 50 % der Patientinnen die Behandlung nach sechs Monaten wieder abbrechen.

Pflanzliche Östrogene

Unter Phytoöstrogenen, die vielfältige Wirkungen im ganzen Körper haben, versteht man natürliche Östrogene, die in Pflanzen vorkommen. Vor allem in der Sojabohne, in bestimmten Erbsen- und Bohnenarten, in Milch und Bier sind Isoflavone und Lignane gespeichert, die in Phytoöstrogene umgewandelt werden. Diese Substanzen sind 1000-mal schwächer als medikamentöse tierische Östrogene; trotzdem haben sie positiven Einfluss auf die lästigen Symptome der Menopause. Ein weiterer Vorteil ist, dass sie wie Östrogen wirken, aber keinen tumorauslösenden Effekt haben sollen. Das Genistein der Sojabohne hat sogar eine Schutzwirkung gegen Krebserkrankungen. Genistein blockiert offensichtlich Schlüsselenzyme, die normale Zellen in Krebszellen umwandeln. Es ergeben sich immer mehr Hinweise, dass der Genuss der Sojabohne sowohl vor Osteoporose als auch vor Krebs schützen kann.

SERMS – maßgeschneiderte Östrogene

In den vergangenen Jahren wurden immer mehr östrogenartige Substanzen, »Antiöstrogene«, eingesetzt. Es handelt sich dabei um Substanzen, die noch einige Wirkungen des Östrogens haben, nicht aber dessen Nebenwirkungen verursachen; die genaue Bezeichnung lautet »Östrogen-Rezeptor-Agonisten/Antagonisten«. Im Amerikanischen werden sie deshalb Selective estrogen receptor modulators (SERMS) genannt.

Beispiel Tamoxifen

SERMS haben nur noch ausgesuchte Wirkungen des Östrogens und werden in Zukunft in vielen Bereichen der Medizin eingesetzt werden.

Bei Frauen mit Brustkrebserkrankungen wird z. B. Tamoxifen eingesetzt. Es wirkt wie ein Antiöstrogen auf das Brustgewebe, aber wie ein Östrogen auf andere Organe. Studien haben gezeigt, dass gestreute Tumorzellen des Brustkrebses, die noch Östrogenrezeptoren auf der Zelloberfläche haben, durch Tamoxifen in ihrem Wachstum gebremst werden. Dagegen verhält sich Tamoxifen wie ein Östrogen in seiner Wirkung auf Knochen, Leber und Fettstoffwechsel. Diese positive Wirkung auf den Knochen wurde mit dem so genannten Raloxifen weiterentwickelt. Es hat keine Wirkung auf das Brustgewebe und die Gebärmutter, aber positive Wirkung auf Knochen und Fettstoffwechsel. Es gibt keine unregelmäßigen Blutungen mehr; auch andere Unannehmlichkeiten wie Brustspannung oder Wassereinlagerungen werden nicht beobachtet.

Beispiel Raloxifen (Evista®)

Eine weltweite Studie zeigte, dass Raloxifen das Risiko für das Neuauftreten eines Wirbelkörperbruchs im Vergleich zur Plazebogruppe halbiert (MORE-Studie). Raloxifen ist für die Vermeidung der postmenopausalen Osteoporose bereits zugelassen und stellt eine gute Therapiemöglichkeit dar. Damit eröffnen sich neue Therapieansätze zur Osteoporosevorbeugung und Verminderung des Risikos für Herz- und Kreislauferkrankungen, ohne sich zugleich den risikobehafteten und lästigen Nebenwirkungen eines Hormonersatzes aussetzen zu müssen.

Fraktursenkende Wirkung durch medikamentöse Therapie der postmenopausalen Osteoporose

	Wirbelkörper-frakturen	Periphere Frakturen	Schenkelhals-frakturen	Primärprophylaxe von Frakturen
Alendronat (Fosamax®)	+	+	+	+
Risedronat (Actonel®)	+	+	+	+
Ibandronat (Bonviva®)	+	(+)	(+)	?
Raloxifen (Evista®)	+	(+)	?	+
Parathormon (Forsteo®, Preotact®)	+	+	?	?
Strontium-Ranelat (Protelos®)	+	+	+	+

Als Empfehlung gilt die dauernde Einnahme von 60 Milligramm Raloxifen täglich, ergänzt um eine Kalzium- und Vitamin-D-Gabe.

Raloxifen hat eine dreifach positive Wirkung: Es stärkt den Knochen, mindert das Brustkrebsrisiko und senkt den Cholesterinspiegel (was wiederum Herzinfarkt und Schlaganfall vorbeugt).

Bisphosphonate – einfach und effektiv

Eine neue Ära der Behandlung von Knochenkrankheiten begann vor etwa 15 Jahren mit der Einführung der Bisphosphonate. Diese Substanzen werden exklusiv auf der Oberfläche des Knochens angereichert und hemmen effektiv und sicher die Osteoklasten und damit den Knochenabbau. Sie stoppen nicht nur die Knochenzerstörung, sondern hemmen auch das Tumorwachstum im Knochen und Knochenmark.

Bei der Osteoporose hemmen Bisphosphonate den Knochenabbau ohne negativen Einfluss auf den Knochenaufbau und führen damit zu einer kontinuierlich positiven Knochenbilanz über viele Jahre. Bisphosphonate werden sowohl bei Osteoporosen mit hoher (»high turnover«) als auch mit niedriger Umbaurate (»low turnover«) eingesetzt. Spongiöse wie kompakte Knochen nehmen gleichermaßen an Dichte zu.

Wann soll behandelt werden?

Es gibt drei Gruppen postmenopausaler Frauen, die von einer Therapie mit Bisphosphonaten besonders profitieren:

- Frauen mit einer dokumentierten Wirbelkörperfraktur: Sie haben ein Risiko von 20 %, innerhalb des folgenden Jahres wieder eine Wirbelkörperfraktur zu erleiden (»Folgefraktur«).
- Frauen mit messtechnischer Osteoporose (T-Score <–2,5 in der DXA-Messung): Haben sie bereits eine Wirbelkörperfraktur (»manifeste« Osteoporose), ist das Risiko für eine Folgefraktur besonders hoch. Eine Therapie mit Bisphosphonaten ist daher zur Vermeidung von Folgefrakturen dringend anzuraten.
- Frauen mit einer niedrigen Knochendichte (T-Score zwischen –2,0 und –2,5) und einem schweren Risikofaktor (z. B. niedriges Körpergewicht, hohes Lebensalter, Kettenraucher, vorausgegangene Fraktur, positive Familiengeschichte, Kortisontherapie).

Der langjährige Einbau von Bisphosphonaten in den Knochen hat keinen negativen Einfluss auf die Knochenqualität. Das Argument eines »eingefrorenen« Knochens unter der Gabe von Bisphosphonaten ist falsch, da immer noch ein Basisumbau erfolgt.

Bei Männern gelten die gleichen Bedingungen, bei prämenopausalen Frauen muss vor einer Therapie eine Schwangerschaft ausgeschlossen sein und eine Aufklärung durch den Arzt erfolgen. Frauen mit einem T-Score zwischen 0 und –2,0 sollten nur eine Therapie bekommen, wenn die Vorsorge im Vordergrund steht und der postmenopausale Knochenschwund vermieden werden soll.

Die neue Generation der Bisphosphonate

Mineralisationsstörungen treten bei den neuen Bisphosphonaten nicht mehr auf. Durch die Veränderung der Seitenketten des Moleküls wurden inzwischen Bisphosphonate entwickelt, die bis zu 20 000fach potenter sind als diejenigen der ersten Generation, und ein Ende dieser erfreulichen Entwicklung ist noch nicht abzusehen. Zugelassene Bisphosphonate können inzwischen als Tablette (täglich, wöchentlich oder monatlich) oder als Kurzinfusion (vierteljährlich oder jährlich) verabreicht werden.

Alendronat (Fosamax® 10 mg, Fosamax® wöchentlich 70 mg, Fosavance® wöchentlich 70 mg mit 2800 I.E. Vitamin D)

Dieses moderne Aminobisphosphonat wurde inzwischen an 17000 Patienten in klinischen Studien erfolgreich getestet und über 5 Millionen Osteoporosepatienten in 80 Ländern weltweit verschrieben. In Deutschland ist Alendronat zur Therapie der postmenopausalen Osteoporose, zur Behandlung der kortisoninduzierten Osteoporose sowie bei Osteoporose des Mannes zugelassen. Die orale Gabe von täglich zehn Milligramm Alendronat führt innerhalb von ein bis drei Jahren zu einer Knochenzunahme von 5 bis 8 % und zu einer Abnahme der Frakturrate um etwa 50 %. Nach drei Monaten war die Knochendichte bereits signifikant angestiegen, nach einem Jahr war die Therapie bei 95 % der Patientinnen erfolgreich. Auch Schmerzreduktion und Zunahme der Mobilität waren unter Alendronat nachweisbar. Bereits nach einem Jahr ist eine deutliche Zunahme der Knochendichte zu verzeichnen.

Alendronat verringert sowohl Wirbel- als auch alle anderen Brüche (Unterarm, Oberschenkel) erheblich. Vergleichbare Ergebnisse konnten außerdem bei Männern und bei der kortisoninduzierten Osteoporose gezeigt werden. Diese Ergebnisse belegen mehrere große internationale Studien.

Als Durchbruch in der Akzeptanz der oralen Bisphosphonate ist die Wochentablette mit 70 Milligramm Alendronat (Fosamax® einmal wöchentlich 70 mg) einzustufen – sie hat die gleiche Wirkung und geringere Nebenwirkungen im Vergleich zur täglichen Einnahme. Neu auf dem Markt ist die Wochentablette von 70 mg Alendronat, kombiniert mit 2800 I.E. Vitamin D (Fosavance®).

Die Einführung der Bisphosphonate hat die Prävention und Therapie von Knochenkrankheiten revolutioniert. Damit können heute etwa 90 % solcher Krankheiten behandelt werden. Bisphosphonate lagern sich auf der Knochenoberfläche ab und hemmen die knochenabbauenden Zellen.

Risedronat (Actonel® wöchentlich 35 mg)

Ähnliche günstige Ergebnisse sind auch mit Risedronat in großen internationalen Studien an 15000 Patienten erzielt worden. Vor allem an der Lendenwirbelsäule nahm die Knochendichte bei einer Gabe von täglich fünf Milligramm Risedronat bereits nach einem Jahr um mehr als 5 %

Bisphosphonate werden heute patientenfreundlich in verschiedenen Formen angeboten. Der Patient kann wählen zwischen einer Tages-, einer Wochen- und einer Monatstablette. Inzwischen wird auch eine dreimonatliche Spritze angeboten. Bald werden sogar eine Jahresinfusion und eine halbjährliche subkutane Spritze zur Verfügung stehen.

zu. Die Abnahme des Knochenbruchrisikos im Bereich der Wirbelsäule war bereits nach einem Jahr mit bis zu 65 % hoch signifikant. Auch bei Frakturen außerhalb der Wirbelsäule konnte eine deutliche Abnahme des Frakturrisikos nachgewiesen werden.

Die Verträglichkeit war in klinischen Studien vergleichbar mit einem Plazebo (Scheinmedikament), selbst bei Patienten mit Magen-Darm-Problemen. Die Wirksamkeit ist auch bei kortisoninduzierter Osteoporose dokumentiert. Das Medikament ist in den USA und in Europa bei der postmenopausalen, der steroidinduzierten und Osteoporose des Mannes zugelassen.

Es gibt auch eine Wochentablette mit 35 Milligramm Risedronat sowie – neu auf dem Markt – eine Wochentablette mit 35 Milligramm Risedronat, kombiniert mit je 500 Milligramm Kalzium für die nächsten sechs Tage (Actonel® 35 mg plus Calcium).

Ibandronat (Bonviva®)

Die hohe Wirkpotenz von Ibandronat erlaubt im Vergleich zu den bisher für Osteoporose zugelassenen Bisphosphonaten geringere Dosierungen in größeren zeitlichen Abständen. Ibandronat ist auch das einzige Bisphosphonat, das oral wie intravenös verabreicht werden kann.

- Orale Therapie: Ibandronat wurde kürzlich als Monatstablette in einer Dosierung von 150 Milligramm (Bonviva®) zur Therapie und Prävention der postmenopausalen Osteoporose zugelassen.
- Intravenöse Therapie: Ihre Wirksamkeit wurde in einer Studie mit ca. 1400 Patientinnen mit postmenopausaler Osteoporose belegt, es wurden drei Milligramm Ibandronat als Vierteljahresspritze gegeben.

Zoledronat (Aclasta®)

Zoledronat ist ein hochpotentes und vor allem bei Krebspatienten erprobtes Bisphosphonat, das bereits bei über einer Million Patienten eingesetzt wurde. Klinische Osteoporosestudien werden gerade durchgeführt, u.a. mit einer jährlichen Kurzinfusion von fünf Milligramm

Zoledronat über 15 Minuten. Alle zurzeit laufenden Studien werden mit einmal fünf Milligramm Zoledronat jährlich durchgeführt. Damit wird in Kürze eine »Jahresinfusion« zur Osteoporosebehandlung zur Verfügung stehen (Aclasta®).

Etidronat

Mit diesem »Bisphosphonat der ersten Generation« liegen die längsten Erfahrungen in der Behandlung von Knochenkrankheiten vor. Es ist inzwischen von den stickstoffhaltigen Bisphosphonaten verdrängt worden.

Der einzige Nachteil der Bisphosphonate ist die schlechte orale Resorption (nur 1 %). Dieses Problem wird aber durch die hohe Potenz moderner Bisphosphonate und eine mögliche intravenöse Verabreichung wieder ausgeglichen.

Intravenöse Therapie

Die intravenöse Anwendung der Bisphosphonate hat einen hohen Grad der Zuverlässigkeit vor allem bei Patienten, die bereits zahlreiche andere Medikamente einnehmen müssen. Weitere Vorteile sind die 100-prozentige Bioverfügbarkeit und fehlende gastrointestinale Nebenwirkungen. Folgende Dosierungen und Zeitintervalle finden derzeit in unserer Osteoporoseambulanz Anwendung:

- Pamidronat (Aredia®): 30 Milligramm Infusion alle drei Monate
- Ibandronat (Bonviva®): drei Milligramm Injektion alle drei Monate
- Zoledronat (Aclasta®): fünf Milligramm Infusion alle zwölf Monate

Die Gabe von Bisphosphonaten in Intervallen von drei Monaten basiert auf der Beobachtung, dass eine einzelne intravenöse Gabe die Knochenresorption mehrere Wochen hemmt. Es muss betont werden, dass derzeit für die intravenöse Gabe nur Ibandronat (Bonviva®) eine offizielle Zulassung für die Behandlung der Osteoporose besitzt.

Die intravenöse Gabe der Bisphosphonate sollte bei folgenden Patienten diskutiert werden:

- Patienten mit Reflux, Ösphagitis oder anderen gastrointestinalen Störungen
- Patienten mit Resorptionsproblemen bei Bisphosphonaten
- Patienten mit Problemen bei der Einnahme oraler Bisphosphonate

- Patienten, die gleichzeitig auf die Einnahme zahlreicher anderer Medikamente angewiesen sind
- Patienten mit zweifelhafter Einnahmetreue oder nachgewiesener Nichteinnahme von Tabletten
- Bettlägerige Patienten
- Patienten mit ausbleibendem Anstieg der Knochendichte unter Therapie

Die nüchterne Einnahme der oralen Bisphosphonate ist absolut notwendig. Selbst Kaffee oder Orangensaft würden sie binden und damit ihre Wirkung aufheben. Nebenwirkungen von Bisphosphonaten sind selten und geringfügig, wenn die Vorschriften zur Einnahme eingehalten werden.

Wirkungsvoll einsetzbar

Bisphosphonate haben im Gegensatz zum Östrogen den Vorzug, dass sie bei entsprechender Indikation und Zulassung bei Frauen und Männern jeden Alters verabreicht werden können. Auch eine kombinierte Therapie mit Östrogenersatz oder Raloxifen in der Menopause ist problemlos und hoch effektiv. Bisphosphonate sind allerdings schwer resorbierbar (nur 1%). Dieser Nachteil wird heute durch sehr wirksame Weiterentwicklungen (Aminobisphosphonate) ausgeglichen. Gegenüber dem ersten Bisphosphonat, dem Etidronat, sind die neuesten bis zu 20 000-mal wirksamer. Früher musste man ein Bisphosphonat grammweise geben, heute reichen wenige Milligramm. Der Großteil der resorbierten Menge wird innerhalb von Stunden auf der Oberfläche des Knochens abgelagert und bleibt dort über Jahre bis Jahrzehnte nachweisbar. Ein kleiner Teil wird über die Nieren unverändert ausgeschieden. Ein nennenswerter Ab- oder Umbau in der Leber findet nicht statt, sodass eine gefährliche Interaktion mit anderen Medikamenten nicht auftritt.

Einnahmeempfehlungen

Für die Resorption und damit für die Wirkung der Bisphosphonate ist vor allem die nüchterne Einnahme ausgesprochen wichtig, da sie mit dem Kalzium der Nahrung eine unlösliche Verbindung eingehen würden. Für Alendronat und Risedronat wird die Einnahme der Tablette mit Leitungswasser eine halbe Stunde vor dem Frühstück in aufrechter Position empfohlen, um die Resorption sicherzustellen und etwaige Nebenwirkungen zu vermeiden. Die Monatstablette soll 45 Minuten vor dem Frühstück eingenommen werden. Die Tablette darf nicht mit Magensäure zurück in die Speiseröhre gelangen, da sie sonst die Schleimhaut schädigen könnte. Die wöchentliche/monatliche Einnahme reduziert die Nebenwirkungen auf die Verdauungsorgane erheblich – bei gleich bleibender Wirkung auf die Knochendichte. Bei Funktionsstörung oder Entzündung der Speiseröhre sollte von Beginn auf eine Infusionstherapie umgestiegen werden.

Anwendungsdauer

Die optimale Dauer einer Bisphosphonattherapie ist noch nicht bekannt, sie sollte aber mindestens ein Jahr betragen und kann bis zu zehn Jahre lang problemlos erfolgen. Danach bestimmen Kontrollmessungen der Knochendichte den Zeitpunkt der Wiederaufnahme der Therapie.

Mit Alendronat sind bereits Anwendungserfahrungen von mehr als zehn Jahren bekannt, ohne dass – die richtige Einnahme des Medikaments vorausgesetzt – nachteilige Effekte, wie z.B. Mineralisationsstörungen, aufgetreten wären. Bei Risedronat liegen bezüglich der Reduktion des Frakturrisikos bereits Sieben-Jahres-Daten vor. Darüber hinaus ist eine begleitende Kalzium- und Vitamin-D-Gabe für die raschere Mineralisierung des neu gebildeten Knochens und zur Verhinderung einer erhöhten Ausschüttung des Parathormons grundsätzlich anzustreben.

Die durchschnittliche Therapiedauer mit Bisphosphonaten beträgt zwei bis fünf Jahre, je nach Ausmaß des vorliegenden Knochenschwunds. Der Therapieerfolg sollte alle ein bis zwei Jahre kontrolliert werden. »Therapieversager« unter vorschriftsmäßiger Einnahme sind extrem selten und verlangen eine kritische Abklärung.

Wirkungsvollste Knochenstabilisierung

Im Gegensatz zur Wirkung der Fluoride ist der neue Knochen unter Bisphosphonaten voll belastbar, elastisch und normal strukturiert. Unter Bisphosphonaten ist das Knochengewebe wohlgeordnet und »lamelliert«, während der Knochen unter Fluoridgabe in höherer Dosierung zwar vermehrt, aber geflechtartig und chaotisch angeordnet ist. Bisphosphonate sind daher derzeit der »Goldstandard« zur Behandlung aller Formen der Osteoporose und beeinflussen die Knochenqualität nicht negativ.

Parathormon – effektiver Knochenaufbau

Ein Vorteil des Parathormons: Es wird schnell abgebaut und nicht in das Knochengewebe eingelagert.

Täglich unter die Haut gespritzt, steigert das Parathormon deutlich den Knochenanbau und damit die Knochendichte. Breit angelegte klinische Studien hierzu verliefen ausgesprochen viel versprechend, sodass das Parathormon als Teriparatid (Forsteo®) oder als natives Parathormon (Preotact®) in Deutschland bereits die Zulassung zur Behandlung der manifesten Osteoporose bzw. der Osteoporose von Hochrisikopatientinnen bei postmenopausalen Frauen hat.
Es wird in einer Dosierung von 20 bzw. 100 µg täglich subkutan gespritzt, die Behandlungsdauer beträgt maximal 18 bzw. 24 Monate. Im Vergleich zu den Bisphosphonaten (antiresorptive Substanzen) sind diese Medikamente zwar teurer, wirken aber osteoanabol (knochenaufbauend) und sind damit vor allem bei schweren Osteoporosen wirksam.

Strontium-Ranelat – doppelt wirksam

Strontium-Ranelat ist eine neue bzw. wiederentdeckte Substanz in der Behandlung der Osteoporose. Die bisherigen Studiendaten belegen seine Effektivität hinsichtlich der Reduzierung von Frakturen. Es wird in den Knochen eingebaut und besitzt einen dualen Wirkmechanismus: Es hemmt den Knochenabbau und stimuliert gleichzeitig den Knochenanbau. Strontium-Ranelat wird als Granulat in einer täglichen Dosierung von zwei Gramm abends mit Wasser eingenommen.

Leptin – ein neues Hormon

In den letzten Jahren kam vor allem das Hormon Leptin rund um Entstehung und Behandlung der Osteoporose in die Diskussion. Seine Funktion geht wohl weit über die Rolle eines Sättigungshormons hinaus. Dieses von Fettzellen gebildete Hormon beeinflusst den Zuckerstoffwechsel und die Produktion von Geschlechtshormonen. Dass ein Mangel an Geschlechtshormonen den Knochenabbau steigert, ist schon länger bekannt, während Übergewicht ihn hemmt. Dies lässt vermuten, dass Knochenmasse, Körpergewicht und Keimdrüsen von einem gemeinsamen Regelkreis im Gehirn gesteuert werden. Alles spricht dafür, dass Leptin den Aufbau von Knochengewebe hemmt. Forscher hoffen, dass durch Beeinflussung des Leptinspiegels oder dessen Rezeptoren eine neue Behandlungsform für Osteoporose gefunden wird.

Hoffnung Wachstumsfaktoren

Wachstumsfaktoren werden vor allem von Zellen des Knochenmarks produziert und regeln die Vermehrung, die Funktion und das Zusammenspiel der Knochenzellen. Es gibt verschiedene Regulatoren der Knochenbildung, z.B. Parathormon, Osteoprotegerin, Insulin, Wachstumshormon und Kortison. Sie wirken, indem sie die Produktion von Wachstumsfaktoren in bestimmten Knochenzellen stimulieren.
In einer klinischen Studie konnte bereits mit der Gabe eines solchen Wachstumsfaktors die Knochenbildung gesteigert werden. Man hofft, zukünftig mit der Gabe maßgeschneiderter Wachstumsfaktoren die verschiedenen Osteoporoseformen ganz gezielt behandeln zu können.

Wenn sich der positive Effekt von Statinen auf den Knochen auch in klinischen Studien bestätigen sollte, dann wären sie eine effektive Substanz gegen Arteriosklerose und gleichzeitig gegen Knochenschwund.

Statine – Fettsenker und Knochenstärker

Statine werden erfolgreich gegen zu hohe Fett- und Cholesterinwerte im Blut eingesetzt. Frauen, die wegen zu hoher Fette mit Statinen behandelt wurden, zeigten überraschenderweise eine höhere Knochendichte und ein niedrigeres Knochenbruchrisiko als vergleichbare Frauen ohne Behandlung. Neue weiterführende Versuche belegen in der Tat, dass Statine auch die Lebenszeit der knochenabbauenden Zellen (Osteoklasten) verkürzen und damit den Knochenabbau hemmen.

Neuentwicklungen

Der Nachteil aller oben beschriebenen Medikamente besteht darin, dass die Aktivierung bzw. Deaktivierung einer Knochenzelllinie gleichgerichtete Veränderungen in der anderen, funktionell entgegengerichteten Zelllinie verursachen. So reduzieren antiresorptive Substanzen die Knochenresorption, aber gleichzeitig über ein Regulationssystem des Knochenumbaus (»coupling«) auch die Knochenneubildung. Wird umgekehrt mit Teriparatid die Osteoblastenfunktion gesteigert, provoziert man auch eine an sich unerwünschte Osteoklastenaktivierung.

Neue Medikamente werden zukünftig nur noch zweimal im Jahr unter die Haut gespritzt.

Neue und vor allem kürzer wirksame Medikamente sind bereits in klinischer Erprobung, die dieses »coupling« für die Dauer der Therapie entkoppeln. Damit soll eine raschere Zunahme der Knochendichte und der Knochenfestigkeit erreicht werden. Neuere antiresorptive Moleküle wie z. B. Osteoprotegerin, RANKL-Antikörper, Kathepsin-K-Inhibitoren, Integrine und Prostaglandine haben zudem eine wesentlich kürzere Wirkzeit und werden nicht in das Knochengewebe eingelagert. Auch »Betablocker«, die man in der Behandlung von Herz-Kreislauf-Erkrankungen einsetzt, steigern die Knochendichte und reduzieren das Bruchrisiko – ein Hinweis dafür, dass das Knochengewebe auch zentralnervös gesteuert wird.

AMG 162 (Denosumab), ein Antikörper gegen ein Gewebshormon, das den Knochenumbau steuert, wird bereits bei der postmenopausalen Osteoporose an 7200 Patienten getestet. In einer weiteren Studie erhielten 49 Frauen eine einzelne subkutane Dosis von AMG 162. Es kam zu einem raschen, ausgeprägten und lang anhaltenden (bis zu sechs Monaten) Abfall der Knochenabbaumarker. AMG 162 wurde sehr gut vertragen ohne Auftreten von ernst zu nehmenden Nebenwirkungen.

In einer Studie an 411 postmenopausalen Frauen erhöhte AMG 162 die Knochendichte innerhalb eines Monats und zeigte sich in kortikalen Skelettbereichen sogar deutlich effektiver als die etablierten Bisphosphonate.

Testosterontherapie beim Mann

Tritt ein auffallender Knochenschwund bei einem jungen Mann auf, muss vor allem an eine sekundäre Osteoporose gedacht werden. Infrage kommen die Glasknochenkrankheit und ein Mangel an Sexualhormonen (Hypogonadismus). Die Therapie der Wahl bei Testosteronmangel oder Hypogonadismus ist der frühe Beginn der Behandlung mit dem männlichen Sexualhormon Testosteron. Sie kann mit anderen Medikamenten zum Wiederaufbau der Knochendichte kombiniert werden. Vor Therapiebeginn muss ein Prostatakarzinom ausgeschlossen sein.

Ein Prostatakarzinom, also eine Krebsgeschwulst der Vorsteherdrüse, wird über erhöhte Werte des PSA (prostataspezifisches Antigen) im Blut nachgewiesen.

Auch Männer haben Osteoporose!

Anabolika für den Muskelaufbau

Ihr möglicher Nutzen bei Osteoporose ist seit langem bekannt. Die muskelaufbauende und damit kraftfördernde Wirkung der Anabolika bewirkt indirekt eine Knochenstabilisierung und eine direkte Wirkung auf die knochenaufbauenden Zellen. Sinnvoll ist die Anwendung der Anabolika daher bei muskelschwachen bis hin zu kachektischen (ausgezehrten) Patienten, bei denen eine Muskelstärkung angestrebt wird.

Anabolika werden einmal monatlich intramuskulär verabreicht, die Behandlungszeit sollte auf drei Jahre begrenzt sein. Mögliche Nebenwirkungen wie Virilisierung (Vermännlichung) der Frau oder Leberschäden müssen bedacht werden. Bei Männern ist mit einer Beeinträchtigung der Sexualfunktion zu rechnen. Vor einer Therapie bei Männern muss eine Prostatakrebserkrankung ausgeschlossen sein, da dieser Tumor durch Anabolika aktiviert werden kann.

Fluoride – nicht mehr im Einsatz

Fluoride wurden zwar wegen des günstigen Preises im großen Umfang bei Osteoporose eingesetzt, ihr Wert blieb aber umstritten. Übereinstimmung bestand darin, dass Fluoride über eine Stimulierung der

Fluoride haben in einer modernen Osteoporosetherapie nichts mehr zu suchen, da sie schwere Nebenwirkungen haben können und einen qualitativ minderwertigen Knochen bewirken. Somit sinkt das Knochenbruchrisiko unter Fluoridtherapie nicht – trotz einer Zunahme der Knochendichte.

Osteoblasten (knochenaufbauende Zellen) zu einer Zunahme der Knochenmasse führen. Jedoch war die mechanische Belastbarkeit des neu gebildeten Knochens mangelhaft. Eine hohe Dosierung der Fluoride führte zwar zu einer messbar hohen Knochendichte, die Wirbelkörperbrüche nahmen aber trotzdem nicht ab. Zusätzlich wurden schwere Nebenwirkungen wie Gelenkbeschwerden und Knochenschmerzen beobachtet. Neue Studien bevorzugten daher niedrigere Dosierungen zusammen mit Vitamin D und Kalzium. Heute werden Fluoride durch das Parathormon, einen extrem potenten Knochenanbauer, ersetzt.

Kalzitonin – kaum noch im Einsatz

Kalzitonin ist ein normal vorkommendes Hormon im Knochenstoffwechsel und der Gegenspieler des Parathormons: Es hemmt die Osteoklasten (knochenabbauende Zellen). Kalzitonin kann entweder unter die Haut gespritzt oder über ein Nasenspray aufgenommen werden. Ein Anstieg der Knochendichte und eine Abnahme von Wirbelkörperbrüchen konnte in mehreren Studien gezeigt werden, vor allem bei Patienten mit erhöhtem Knochenabbau. Eine längere Anwendung wird aber durch Nebenwirkungen wie Hitzegefühl bis hin zum Erbrechen deutlich eingeschränkt. Die Anwendung von Nasenspray führt häufig zu Irritationen der Nasenschleimhaut. Die eigentlichen Haupteinsatzgebiete des Kalzitonins bestehen heute im schnellen Ansprechen des Knochenschmerzes bei Wirbelkörperbrüchen. Ihr Einsatz ist aber durch die einfachere Anwendung (als Tablette oder Infusion) der Bisphosphonate weitgehend verschwunden.

Kalzitonin ist ein potentes Mittel bei Knochenschmerz, sollte aber nicht mehr zur Behandlung der Osteoporose eingesetzt werden.

Sind Kombinationen sinnvoll?

Wenn ein Patient auf ein Medikament nur ungenügend anspricht, wird der behandelnde Arzt entweder die Substanz wechseln oder Medikamente mit anderen Wirkmechanismen hinzugeben (Kombinationstherapie), um ein befriedigendes Ergebnis zu erreichen. So werden bei der Einstellung eines ausgeprägten Bluthochdrucks meist mehrere Medikamente benötigt, um einerseits den Blutdruck auf den angestrebten Wert zu senken, andererseits Nebenwirkungen möglichst niedrig zu halten.

Fasst man alle bisherigen Erkenntnisse zusammen, müssen heute im Rahmen einer Basistherapie der Osteoporose in jedem Fall routinemäßig 1000 I. E. Vitamin D und 1000 Milligramm Kalzium hinzugefügt werden. Dies gilt besonders, wenn hochwirksame Medikamente wie die Bisphosphonate eingesetzt werden.

Zweifelhafter Effekt

Obwohl diese Strategie auch in der Behandlung der Osteoporose plausibel erscheint, ergeben sich doch Probleme. Die Parameter, die in der Praxis für die Kontrolle der Osteoporosetherapie verwendet werden – Knochendichte und Knochenumbaumarker –, sind zur Beurteilung des Therapieerfolgs (Frakturreduktion) nicht immer zuverlässig. So ist aus Studien bekannt, dass therapierte Patienten mit fehlender Zunahme der Knochendichte durchaus ein reduziertes Frakturrisiko aufweisen können. Auch Veränderungen der Knochenresorptionsmarker unter antiresorptiver Therapie korrelieren nicht immer mit dem Frakturrisiko.
Ferner gibt es erhebliche Wirkunterschiede zwischen den antiresorptiven Medikamenten. So können bei Raloxifen geringe Veränderungen der Resorptionsmarker und/oder der Knochendichte mit erheblichen Verbesserungen des Frakturrisikos einhergehen. Auch bedeutet das Auftreten einer neuen Fraktur unter Therapie noch lange kein fehlendes Ansprechen (Nonresponse). Treten bei Patienten mit manifester Osteoporose unter Therapie Folgefrakturen auf, kann trotzdem eine effektive Therapie zugrunde liegen. Der behandelnde Arzt ist aber geneigt, bei fehlendem Anstieg der Knochendichte oder bei Auftreten neuer Frakturen unter Therapie ein zweites Medikament hinzuzufügen. Dabei stellt sich die Frage, ob der Einsatz zweier antiresorptiver Substanzen einer antiresorptiv/osteoanabolen Kombination vorzuziehen ist. Alle bisherigen Studien mit Kombinationstherapien haben leider nur die Parameter Knochendichte und Knochenumbaumarker untersucht, aber nicht den klinisch relevanten Parameter, die Reduktion des Frakturrisikos.
Man kann zwar zwei antiresorptive Substanzen (z.B. Alendronat und

Raloxifen) gleichzeitig einsetzen, es ist aber unwahrscheinlich, dass die Mehrkosten für den gleichzeitigen Einsatz zweier Medikamente eine vielleicht gering höhere Effektivität rechtfertigen. Es ist mit dieser Kombinationstherapie nur ein zusätzlicher Gewinn von 1 bis 2% Knochendichte pro Jahr zu erwarten. Nach den bisherigen Erkenntnissen erscheint nur eine abwechselnde Therapie mit antiresorptiven und osteoanabolen Medikamenten sinnvoll. Sinnvoll wäre es, nach 18 Monaten Therapie mit Teriparatid (osteoanaboles Prinzip) auf Alendronat, Risedronat oder Raloxifen (antiresorptive Prinzipien) umzusteigen. Diese zwei Therapieprinzipien dürfen aber unter keinen Umständen gleichzeitig verabreicht werden, da sie gegensätzliche Wirkungen auslösen (Hemmung bzw. Stimulierung des Knochenumbaus)!

Die Knochendichte ist nur ein Parameter der Knochenfestigkeit. Trotzdem ist eine jährliche Messung unter Therapie wertvoll im Hinblick auf Führung und Motivation des Patienten.

Therapiekontrolle – wann und wie?

Die Messung der Knochendichte ist ein entscheidender Fortschritt in der Betreuung von Osteoporosepatienten. Für die Beurteilung des Frakturrisikos und für die Therapiekontrolle (»monitoring«) ist sie heute unentbehrlich. Die einzig zugelassene Methode zur Diagnosestellung der Osteoporose ist aufgrund ihrer Messgenauigkeit die DXA-Messung der Lendenwirbelsäule und Hüfte (siehe Seite 30ff.). Sie ist für die Beurteilung eines Therapieerfolgs zwar nicht absolut zuverlässig, da die Medikamente auch qualitative Veränderungen des Knochens bewirken und so das Frakturrisiko beeinflussen. Trotzdem kann auf sie nicht verzichtet werden, da die Knochendichtezunahme etwa für 50% des Erfolgs verantwortlich ist.

Wenn unter einer Bisphosphonattherapie die Knochendichte nicht ansteigt, nimmt trotzdem das Frakturrisiko ab. Das haben große Therapiestudien gezeigt.

»Goldstandard« DXA-Messung

Derzeit ist nach Meinung von Experten die DXA-Messung unentbehrlich zur Therapiebeurteilung. Andererseits kann von einem Therapieerfolg auch dann ausgegangen werden, wenn die Knochendichte nicht angestiegen ist. Nur bei Abfall der Knochendichte unter Therapie muss geprüft werden, ob das Medikament nach Vorschrift oder vielleicht gar nicht genommen wurde. Entsprechend muss die DXA-Methode flächendeckend in Deutschland zur Verfügung stehen und den Patienten angeboten werden.

Die Knochendichte ist immer noch der wichtigste Parameter zur Beurteilung des Frakturrisikos, es müssen zukünftig aber noch Parameter der Knochenstruktur, -geometrie und -qualität mit analysiert und in die Gesamtbewertung mit eingebaut werden. Dies ist mit hochauflösendem CT und MRT möglich, ihre praktische Umsetzung ist aber wegen der hohen Strahlenbelastung bzw. Kosten noch eingeschränkt. So lange die Bestimmung der Knochenqualität in der Praxis noch nicht möglich bzw. nicht preiswert durchzuführen ist, bleibt die DXA-Messung der Lendenwirbelsäule und der Hüfte der diagnostische »Goldstandard« – sowohl für die erstmalige Diagnosestellung als auch für die Therapiekontrolle. Die biochemischen Knochenumbauparameter sind für die Diagnosestellung nicht nötig, sie geben aber zusätzliche Informationen für die Beurteilung des Knochenumbaus, des Frakturrisikos und Therapieerfolgs.

Wie bei allen biologischen Messmethoden sind die Qualitätskontrolle des Gerätes, die präzise Durchführung der Messung, die kritische Interpretation und die Berücksichtigung des verwendeten Medikaments (vor allem beim Einsatz von Teriparatid und Strontium-Ranelat) entscheidend für die klinische Wertigkeit.

Zur Knochenfestigkeit tragen vier Faktoren bei:
- Knochendichte
- Knochenarchitektur
- Knochenumbau
- Knochenmaterial

Davon ist zurzeit nur die Knochendichte einfach, genau und preiswert zu messen.

Jährliche Kontrolle

Unter einer medikamentösen Therapie wird die Knochendichte der Wirbelsäule und Hüfte mittels DXA-Messung in jährlichen Abständen gemessen. Nach etwa zwei bis fünf Jahren, in Abhängigkeit von der Messung und der Klinik, kann das Medikament abgesetzt werden. Es erfolgt nur noch die Begleittherapie mit Kalzium und Vitamin D, kombiniert mit Wirbelsäulengymnastik und Bewegung. Sollte die Knochendichte in weiteren Kontrollen wieder abfallen, kann jederzeit ein

Das Frakturrisiko setzt sich aus drei klinischen Faktoren zusammen: der Fallneigung, der Knochendichte und bereits aufgetretenen Knochenbrüchen. Neben der Knochendichte ist auch die Knochenqualität ein wichtiger Faktor, der aber leider nur durch eine Knochenbiopsie beurteilt werden kann.

effektives Medikament wieder eingesetzt werden. Eine Beschränkung der Therapiedauer gibt es nur bei Teriparatid (18 Monate). Bisphosphonate können sogar über zehn Jahre verabreicht werden, ohne dass eine Einbuße der Knochenqualität zu befürchten wäre. Dies habe mehrere Langzeitstudien mit Alendronat (zehn Jahre) und Risedronat (sieben Jahre) belegt.

Vibrationen – neue Bewegungstherapien

Muskeln und Knochen sind über Sehnen miteinander verwachsen und bilden eine Funktionseinheit: den Bewegungsapparat. Man weiß heute, dass die Muskeln aus Fasern unterschiedlicher Art bestehen. Einige davon (Typ 2a) zucken mit hoher Geschwindigkeit, auch wenn wir uns nicht bewegen. Diese Aktivitäten bestimmter Muskelfasern helfen uns, das Gleichgewicht zu halten; sie unterstützen auch den Blutkreislauf. Allerdings arbeiten diese Muskelfasern mit zunehmendem Alter immer weniger, beeinträchtigen die Koordination und verursachen ein höheres Sturzrisiko und auch Knochenschwund. Hier setzen neue Entwicklungen ein, die über eine Plattform genau diese Schwingungen in das Körpergerüst einleiten. Es handelt sich um senkrechte Schwingungen von etwa 50 µm (etwa die Dicke eines Haares); dies passiert 34-mal in der Sekunde. Die sanften Bewegungen spürt man kaum und man empfindet sie sogar als angenehm. Diese Bewegungstherapie wird in der Wissenschaft auch Dynamic Motion Therapy genannt, das Gerät in Deutschland von Juvent GmbH vertrieben. Klinische Studien an Kindern mit Lähmungen haben bereits sehr gute Ergebnisse bezüglich Aufbau der Knochenmasse gezeigt. Weitere Studien an Erwachsenen folgen. Andere Ansatzpunkte haben Vibrationsplattformen mit stärkeren Rüttelbewegungen, die vor allem die Muskelmasse und damit sekundär auch die Knochenmasse aufbauen. Ein bekanntes Gerät auf dem Markt ist die »Juvent Therapie-Plattform«. In 20 Minuten erhält der Körper rund 40 000 Impulse, die Muskeln und Knochen stärken.

Bei der »Juvent«-Therapie werden kleinste mechanische Vitalimpulse über eine Plattform sanft in den Körper geleitet und das Knochengewebe stimuliert. Sie wird bereits von der NASA bei Astronauten eingesetzt.

Knochenbruch – kein Grund zur Verzweiflung

Wer einen Knochenbruch durch Osteoporose erlitten hat, muss nicht verzweifeln. Es gibt mittlerweile viele medizinische Möglichkeiten, um die Heilung zu beschleunigen; auch Sie selbst können eine Menge dazu beitragen:

- Um die Schmerzen zu lindern
- Um die Knochenheilung zu beschleunigen
- Um die Beweglichkeit wiederherzustellen
- Um die Muskeln wieder zu trainieren
- Um zukünftige Brüche zu vermeiden
- Um die Gesamtknochenmasse wieder anzuheben

Erste Schritte zu neuer Gesundheit

Besprechen Sie mit Ihrem Arzt ein Behandlungsprogramm, das genau auf Sie zugeschnitten ist. Alle bereits beschriebenen Maßnahmen zur Vermeidung der Osteoporose sollten aber weiterlaufen. Zusätzlich müssen Sie lernen, mit der Diagnose »Osteoporose« zu leben, mit dem Schmerz umzugehen und die täglichen vertrauten Aktivitäten – zumindest allmählich – wieder aufzunehmen. All diese neuen Erfahrungen und Aufgaben lösen Sie am besten mit Ihrem Hausarzt, Ihrem ausgebildeten Therapeuten und Ihrem Krankengymnasten.

Oft finden Sie auch in Ihrer Familie oder in Selbsthilfegruppen psychischen und physischen Beistand, um Perioden des Schmerzes, der Niedergeschlagenheit oder der körperlichen Beeinträchtigung zu überstehen. Sie müssen lernen, wieder Optimismus und Tatendrang zu gewinnen und die Krankheit mit festem Willen und Geduld zu überwinden. Depressionen sind der größte Feind des Handelns. Allein das Gefühl, sich selbst aktiv in die Behandlung einzuschalten, und positive Zukunftsperspektiven unterstützen die Ausheilung auch dieser chronischen Erkrankung.

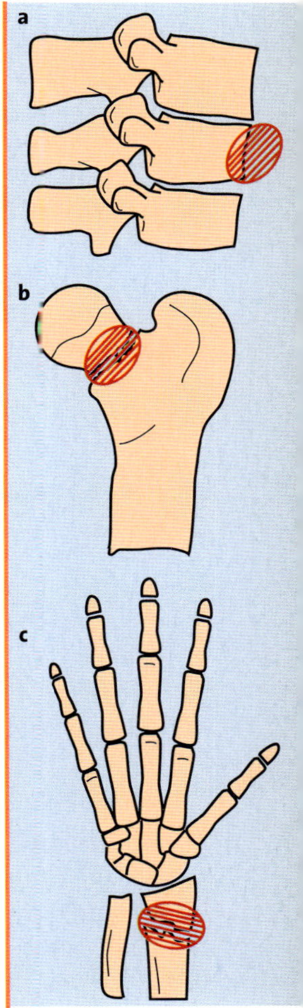

Osteoporotische Knochenbrüche findet man sehr oft an Wirbelkörpern (a), am Oberschenkelhals (b) und am Speichenknochen des Unterarms (c).

Spezialkliniken für Osteoporose

Inzwischen wurden in Deutschland mehrere Osteoporosekliniken eingerichtet, die schwerpunktmäßig für Patienten mit manifester Osteoporose tätig sind. In erprobten Programmen wird die breite Palette physikalischer und krankengymnastischer Therapie sowie Patientenschulung durchgeführt. Nach der stationären Rehabilitation kann der Patient am Heimatort einer Selbsthilfegruppe beitreten, in der er weiter an der Stabilisierung seiner Knochen arbeitet und bei Fragen Hilfe erhält.

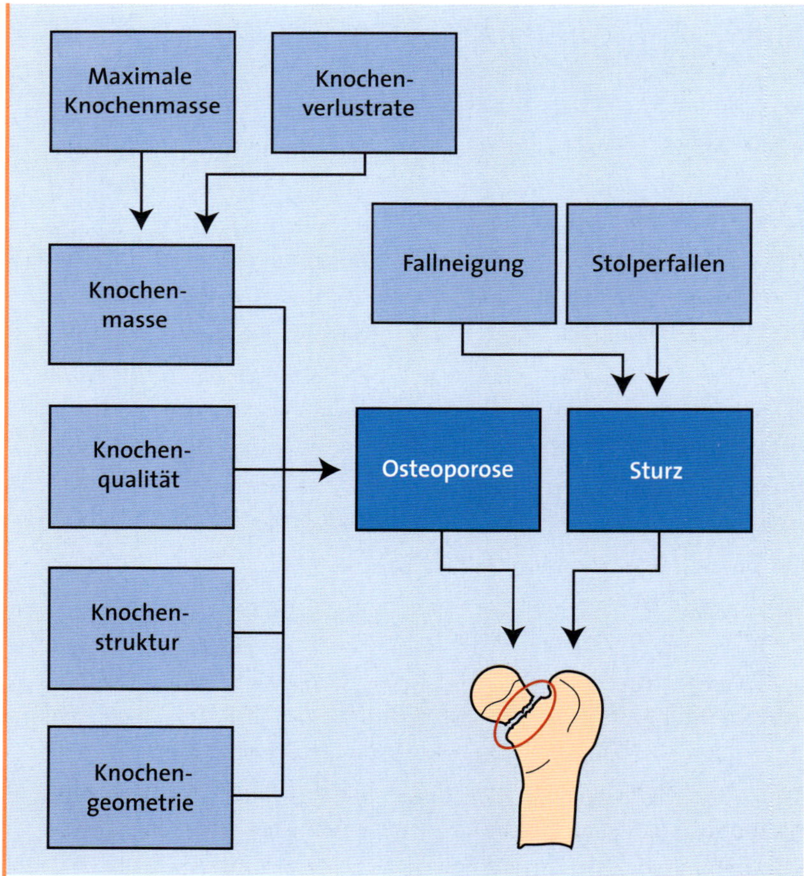

Fallneigung und Stolperfallen in der Wohnung bergen an sich schon ein gewisses Verletzungsrisiko. Trifft dies einen Osteoporosepatienten, bei dem Knochendichte und -qualität vermindert sind, ist die Wahrscheinlichkeit groß, dass ein Knochen bricht.

Allgemeines zu Brüchen

- Fast alle Frakturen stehen in Zusammenhang mit einer niedrigen Knochendichte. Einzige Ausnahmen sind Frakturen des Schädels, der Finger und der Zehen. Andererseits nimmt auch das Risiko unfallbedingter Frakturen mit dem Vorliegen einer niedrigen Knochendichte zu.
- Mit Eintreten der Menopause haben Frauen ein zwei- bis dreifach höheres Risiko für Wirbel- und Hüftfrakturen als Männer. Da Frauen im Durchschnitt länger leben als Männer, haben Frauen insgesamt ein drei- bis fünffach höheres Frakturrisiko als Männer.
- Frakturen nehmen dramatisch zu nach dem 50. (Wirbel) und dem 65. Lebensjahr (Hüfte). Die Frakturprävention hat daher dann den höchsten Wert.
- Patienten mit Nachweis einer Fraktur in der Lebensgeschichte haben ein hohes Risiko für Folgefrakturen; diese Aussage gilt unabhängig von der gerade vorliegenden Knochenmasse.
- Wirbelfrakturen sind sehr häufig, verursachen schwerste Schmerzen und Bewegungseinschränkung, können aber auch unerkannt bleiben: Die meisten radiologisch nachgewiesenen Wirbelfrakturen werden klinisch entweder gar nicht oder nur als Kreuzschmerz realisiert.
- Wirbelfrakturen, gleichgültig ob bekannt oder unerkannt, gehen mit einem hohen Risiko für weitere Frakturen einher: Eine Frau mit einem Wirbelbruch hat das vierfache Risiko, künftig eine erneute Wirbelfraktur zu erleiden, und das 1,5- bis 2fache Risiko für eine Hüftfraktur. Sind bereits zwei Wirbelbrüche nachweisbar, erhöht sich das Frakturrisiko um das Zwölffache.
- Hüftfrakturen sind mit sehr hohen Kosten verbunden: Die Versorgung einer Hüftfraktur einschließlich Rehabilitation kostet ca. 30 000 Euro. Maßnahmen, die das Hüftfrakturrisiko reduzieren, sind daher für die Gesellschaft effektive und rentable Investitionen.
- Knochenmasse und individuelles Frakturrisiko sind großteils genetisch bestimmt. Dabei beeinflussen genetische Faktoren nicht nur die Knochenmasse, sondern auch Knochenqualität und -geometrie.

Ein entscheidender Durchbruch im Verständnis der genetischen Veranlagung zur Osteoporose ist in den letzten Jahren gelungen. Es gibt z. B. eine Gruppe von Personen, bei denen ein bestimmter Vitamin-D-Rezeptor, ein Eiweiß auf der Zelloberfläche, nicht richtig funktioniert. Diese Personen resorbieren zu wenig Kalzium und weisen daher bereits in jüngeren Jahren eine zu geringe Knochenmasse auf. Es gibt aber wahrscheinlich noch Hunderte andere Gene, die ebenfalls für die Vererbung einer Osteoporoseneigung verantwortlich sind und in den nächsten Jahren in mühsamer Arbeit entdeckt und katalogisiert werden müssen.

Formen der Wirbelbrüche

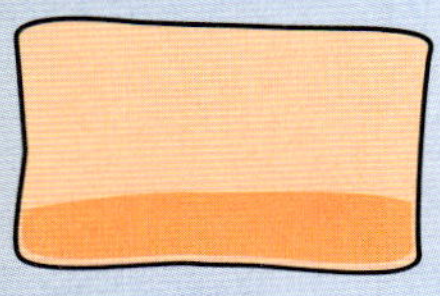

Normaler Wirbelkörper

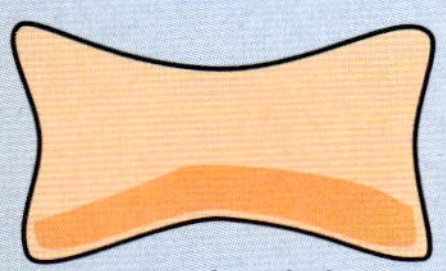

Fischwirbel

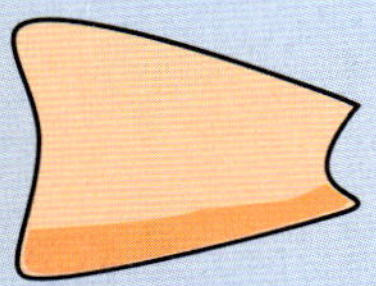

Keilwirbel

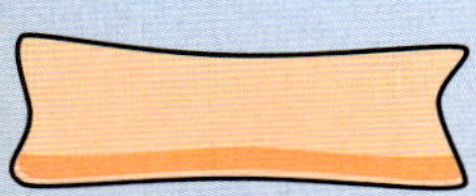

Plattwirbel

Die Grafiken zeigen die unterschiedlichen Formen von Wirbelbrüchen. Solche Frakturen bleiben häufig unentdeckt, können aber auch schwerste Rückenschmerzen bis hin zum »Vernichtungsschmerz« wie bei einem Herzinfarkt verursachen.

- Zahlreiche Risikofaktoren erklären sich über die negative Beeinflussung der Knochenmasse: Alter, Geschlecht, Körpergewicht, Rauchen, Krankheiten und Medikamente.
- Einige vermeintliche Risikofaktoren haben sich in Studien nicht bestätigt: Dazu gehören mäßiger Alkohol- und Kaffeegenuss. Schwangerschaft und Stillzeit führen zwar zu einer Abnahme der Knochendichte; dieser Knochenmasseverlust wird aber in der Regel später bei ausreichender Kalzium- und Vitamin-D-Zufuhr wieder ausgeglichen. Blonde und hellhäutige Menschen haben ebenfalls kein erhöhtes Frakturrisiko.

Oberschenkelhalsbrüche

Weit mehr als 130 000 Patienten erleiden in Deutschland jährlich einen Oberschenkelhalsbruch. Diese Brüche haben schwerwiegende Konsequenzen, da sie in der Regel operativ versorgt werden müssen und oft mit einer Gehbehinderung verbunden sind. Die Rehabilitation muss vor allem auf gute Bewegungskoordination und Vermeidung von Stolperfallen und Sturzrisiken achten. Vor allem beim ungebremsten Sturz auf die Seite, mit Aufprall des ungeschützt unter der Haut liegenden Oberschenkelknochens auf hartem Untergrund, steigt das Risiko eines Oberschenkelhalsbruchs um ein Vielfaches.

Einen wirksamen Schutz stellen handflächengroße Kunststoffschalen dar, die in die Unterwäsche eingearbeitet sind und bei einem Sturz auf die Seite die Aufprallenergie flächenhaft verteilen. Gleichzeitig beginnt während der Rehabilitation das Muskeltraining, um vor allem eine möglichst schnelle Unabhängigkeit in der Bewältigung täglicher Aufgaben wiederzugewinnen. Die Ausheilung eines Oberschenkelhalsbruchs dauert ca. vier bis acht Monate.

Brüche der Wirbelkörper

Mehr als zwei Millionen Osteoporosepatienten in Deutschland haben bereits einen Wirbelkörperbruch erlitten. Ursachen dafür können falsches Lastentragen, Verdrehungen oder Stöße sein.

Schmerzhafter Wirbelkörperbruch

Der Bruch eines oder mehrerer Wirbelkörper verursacht in der Regel einen plötzlichen, stechenden und anhaltenden Schmerz. Manchmal wird der Schmerz allerdings mit einer Muskelzerrung oder einem Bandscheibenvorfall verwechselt.

Brüche und Einbrüche der Wirbelkörper verformen die Wirbelsäule und begünstigen damit die Entstehung von schmerzhaften Gelenkschädigungen (Arthrosen) und Muskelverspannungen.

Schmerzloser Wirbelkörperbruch

Wirbelkörperbrüche können allerdings auch langsam ohne Schmerz verlaufen. Der Patient bemerkt nur, dass er kleiner wird oder dass ein Rundrücken (Kyphose) entsteht. Eine operative Versorgung ist nur sehr selten nötig, da die Gefahr einer Querschnittslähmung nur in den wenigsten Fällen gegeben ist. Nach einer akuten Phase (etwa zwei Wochen) mit gelockerter Bettruhe beginnt die Phase mit leichter Bewegung, physikalischer Therapie und Rehabilitation. Orthesen (orthopädische Prothesen, die die Wirbelsäule und Gelenke stützen und entlasten) und Mieder sollten möglichst nur kurze Zeit verwendet und mit dem Orthopäden abgesprochen werden. Sie dienen zur Schmerzlinderung und zur Vermeidung einer Kyphose. Man sollte aber nicht vom Tragen einer Orthese abhängig werden, sondern die Rückenmuskulatur weiterhin aktiv trainieren. Die Ausheilung eines Wirbelkörperbruchs benötigt ungefähr zwei bis vier Monate. Bei frischen, schmerzhaften und therapieresistenten Wirbelkörperbrüchen stehen heute Methoden der Zementeinspritzung mit Aufrichtung des eingebrochenen Wirbels zur Verfügung (Vertebro- und Kyphoplastie). Der Einbruch sollte nicht älter als drei Monate und mit medikamentöser/physikalischer Therapie nicht zufriedenstellend zu behandeln sein. Diese Methoden sind bereits sehr ausgereift, sollten aber nur von geübten, chirurgisch ausgebildeten Experten ausgeführt werden.

Kyphoplastie – eine Methode mit Zukunft und erfolgreich in geübter Hand! Sie ist bei frischen, schmerzhaften Wirbelkörperfrakturen besonders effektiv.

Unterarmbrüche

Ein Bruch des Unterarms (Radiusfraktur) ist der häufigste Knochenbruch vor dem 75. Lebensalter. Vor allem Frauen in der Zeit um die Menopause sind davon betroffen. Eine Radiusfraktur zwischen dem 40. und 60. Lebensjahr ist immer ein Warnzeichen für bestehende Osteoporose. Zur Abklärung ist eine Knochendichtemessung sinnvoll. Mit erheblicher Beeinträchtigung bei der Alltagsarbeit ist vor allem zu rechnen, wenn der dominante Arm betroffen ist, also der Arm, mit dem die meisten Tätigkeiten ausgeführt werden. Eine Schiene wird für sechs bis acht Wochen benötigt. Während dieser Zeit sind passive und aktive Übungen der Finger, der Hand, des Oberarms und der Schulter wichtig, um deren Beweglichkeit und Funktion zu erhalten.

Moderne Osteoporosemedikamente führen zu keiner relevanten Beeinträchtigung der Frakturheilung und können daher auch bei vorliegenden Frakturen problemlos eingesetzt werden.

Beeinträchtigen Osteoporosemittel die Heilung?

Bisphosphonate und Raloxifen hemmen den Knochenumbau. Es liegt daher nahe anzunehmen, dass diese Medikamente die nötigen Umbauvorgänge bei einer Frakturheilung behindern könnten. Tierexperimentelle Untersuchungen haben gezeigt, dass Bisphosphonate folgende Veränderungen an der Frakturheilung verursachen:

- Vermehrte Bildung und Mineralisation des neuen Knochens an der Bruchstelle (auch Kallus genannt)
- Verzögerte Modellierung des neugebildeten Geflechtknochens in den höherwertigen lamellären Knochen (»remodelling«)

Daraus kann gefolgert werden, dass Bisphosphonate die Durchbauung des neugebildeten Knochens leicht verzögern können. Es ist daher durchaus zu vertreten, diese Medikamente bei Auftreten einer neuen Fraktur für einen Monat auszusetzen und nur Kalzium und Vitamin D weiterzugeben. Bei Raloxifen und Östrogen sind keine Verzögerungen der Knochendurchbauung bekannt. Bei Teriparatid ist der Knochenumbau insgesamt gesteigert, es kommt daher sogar zu einer rascheren Frakturheilung.

Reduzierung der Sturzgefahr – der beste Schutz

Wirbelkörper und Rippen können bei Patienten mit Osteoporose ohne größere Gewalteinwirkung oder Sturz brechen. Unterarm- und Ober-

Empfehlungen zur Behandlung der Osteoporose nach einer osteoporosebedingten (»Low trauma-Fraktur«)

- Bei allen Patienten mit einer »Low trauma«-Fraktur soll möglichst noch während des stationären Aufenthalts eine Osteoporose diagnostisch abgeklärt werden (Röntgen LWS in zwei Ebenen, DXA-Messung der Hüfte und/oder LWS, Ausschluss einer sekundären Variante).
- Bei frakturbedingten Schmerzen soll nach dem WHO-Stufenschema ein Schmerztherapieplan zur effizienten Behandlung aufgestellt und vom Hausarzt weitergeführt werden.
- Ein individuelles Gymnastikprogramm soll aufgestellt und eingeleitet werden – zur Stärkung der Muskulatur, Verbesserung der Koordination und Senkung des Sturzrisikos.
- Alle Patienten sollen täglich 1000 I.E. Vitamin D und 1000 Milligramm elementares Kalzium erhalten (»1000er«-Regel als Basistherapie lebenslang).
- Vor Entlassung des Patienten soll der Basistherapie ein A-klassifiziertes Medikament (Alendronat oder Risedronat als Wochentablette, Ibandronat als Monatstablette oder Raloxifen) hinzugefügt und die Verträglichkeit getestet werden. Bei gastrointestinalen Beschwerden kann alternativ ein intravenöses stickstoffhaltiges Bisphosphonat (z.B. Ibandronat 3 mg in vierteljährlichen, Zoledronat 5 mg in jährlichen Abständen) gegeben werden.
- Alternativ zu den antiresorptiven Medikamenten können die osteoanabolen Substanzen Teriparatid (Forsteo®) 20µg oder Parathormon (Preotact®) 100 µg subkutan täglich mit einem Pen verabreicht werden. Die Zulassung für die manifeste Osteoporose liegt vor.
- Nach Entlassung des Patienten soll die eingeleitete Therapie vom Hausarzt mindestens zwei Jahre lang fortgeführt und überwacht werden (jährliche DXA-Kontrolle zur Beurteilung des Therapieerfolgs, Messung möglichst mit dem gleichen Gerät). Sind die Messwerte nach zwei Jahren weiterhin im osteoporotischen Bereich (T-Score <–2,5 SD), wird die Fortführung der Therapie für weitere zwei Jahre empfohlen.

(Modifiziert und erweitert nach den »National Osteoporosis Foundation«-Leitlinien)

Aufgrund dieser häufigen Situationen im Alter wissen wir, dass etwa 30 % der über 65-Jährigen mindestens einmal im Jahr stürzen. Eine nicht zu unterschätzende Rolle spielen dabei reduzierte Muskelkraft, verzögerte oder fehlende Reflexe und schlechte Koordination der Bewegungen.

schenkelhalsbrüche sind aber fast immer Sturzfolge, begünstigt durch brüchigen Knochen. Als Ursachen kommen verschiedene Faktoren infrage, die oft kombiniert auftreten und ihre Wirkung dadurch verstärken:

Altersbedingte Beeinträchtigungen Muskelschwäche, Haltungsprobleme, Gangstörungen, Schwindelattacken, Sehstörungen, -schwäche, verlängerte Reaktionszeiten, Aufregung und Ängste, Sturzangst

Spezifische Krankheiten und Medikamente/Substanzen Zerebrovaskuläre Erkrankungen, Morbus Parkinson, multiple Sklerose, Arthritis, Arthrose, Katarakt oder Netzhautdegeneration, »Blackouts«, Harninkontinenz, Sedativa, Antihypertensiva, übermäßiger Alkoholkonsum

Umwelteinflüsse Schlechte Ausleuchtung, rutschiger oder unebener Boden, fehlende Haltegriffe im Bad, rutschige Vorleger und Teppiche, weitere Stolperfallen in der Wohnung wie Kabel oder Spielzeug auf dem Boden, schlechtes Wetter

Will man die folgenschweren sturzbedingten Frakturen vermeiden, muss neben einem knochenaufbauenden Programm auch eine gezielte Sturzprophylaxe erfolgen. Dazu gehören:

- Abbau der Stolperfallen in der Wohnung
- Verbesserung der Muskelkräfte durch Gymnastik
- Verbesserung der Balancereaktionen (gezieltes Gleichgewichtstraining)
- Verbesserung der Körperhaltung (Stichwort »aufrechte Haltung«)
- Verbesserung des Reflexverhaltens
- Anpassung der Brille durch den Augenarzt
- Verbesserung der Körperwahrnehmung (propriorezeptives Training)
- Gabe von Vitamin D (gleichzeitige positive Wirkung auf Knochenstärke und Muskelkoordination!)
- Verwendung von Hüftprotektoren (Hüftschutzhosen mit eingenähten Kunststoffschalen)
- Psychische Motivierung, um einen Teil der Unsicherheit und Angst vor einem weiteren Sturz zu nehmen

Osteoporose bei Männern

Noch vor wenigen Jahren wurde Osteoporose als typische Erkrankung der Frau über 50 angesehen. Das stimmt nur bedingt: Männer sind zwar weitaus weniger betroffen, aber immer häufiger müssen Männer mit Osteoporose und Knochenbrüchen behandelt werden.

Männer sind nicht immun gegen Knochenschwund im Alter, er tritt mit etwa zehn Jahren Verspätung im Vergleich zu den Frauen auf. Die Erfahrung zeigt, dass immer mehr Männer an Osteoporose leiden, da sie in jungen Jahren durch Bewegungsmangel und Ernährungsfehler eine unzureichende maximale Knochendichte aufbauen.

Ursachen

Die häufigste Ursache der Osteoporose beim Mann ist mit 30% ein länger bestehender Testosteronmangel. Eine Blutuntersuchung mit Bestimmung des erniedrigten Testosteronspiegels ist nötig, da diese Patienten gelegentlich eine normale Sexualfunktion und auch normal große Hoden aufweisen.

Testosteronmangel beim Mann ist in seiner Wirkung nicht mit dem Östrogenmangel der Frau gleichzusetzen. Er bewirkt zusätzlich zu dem auch bei Östrogenmangel bekannten gesteigerten Knochenabbau einen verminderten Knochenanbau und damit einen besonders schnellen Knochenschwund. In der Tat sind auch beim Mann die weiblichen Hormone, die Östrogene, bei der Entstehung der Osteoporose von Bedeutung. Immerhin enthält der Organismus eines gesunden Mannes zwischen 35 und 40 etwa ein Drittel der Östrogenmenge einer gleichaltrigen Frau. Nach den Wechseljahren sind die Östrogenspiegel der Frau sogar deutlich niedriger als die des Mannes. Es ist daher sinnvoll, beim Mann im Rahmen der Osteoporoseabklärung neben dem Testosteron auch das Östrogen im Blut zu messen.

Mögliche Auswirkungen eines Androgenmangels auf den Mann:

- Neigung zu depressiver Verstimmung
- Rückbildung der Muskulatur
- Vermehrung des Fettgewebes
- Verkleinerung der Hoden mit Rückbildung von Körper- und Schambehaarung
- Zunehmende Knochenporosität

- Abnahme der Hautdicke
- Rückgang von Potenz und Libido
- Blutarmut

Bei Vorliegen dieser Symptome ist die Messung der Sexualhormone und der Knochendichte angesagt.

Risikofaktoren bei Männern:
- Einnahme von Kortisonpräparaten
- Zu hoher Alkoholkonsum
- Rauchen
- Zu geringe Produktion von Testosteron
- Nierensteine
- Lebererkrankungen
- Chronisch entzündliche Darmerkrankung (Morbus Crohn)
- Kalziumarme Ernährung
- Schilddrüsenüberfunktion
- Zu wenig körperliche Bewegung

Seltenere Knochenbrüche

Untersucht man Häufigkeit und Ort der Knochenbrüche bei Mann und Frau, stellt man fest, dass sich junge Männer sowohl in Kindheit als auch in Jugend Arme und Beine sehr viel öfter brechen als Mädchen. Dies ist verständlich, denkt man an die häufig höhere sportliche Aktivität, an den betonteren Kontakt- und Mannschaftssport und an die ausgeprägtere physische Kraft junger Männer.

In der Zeit zwischen dem 35. und dem 60. Lebensjahr nimmt beim Mann die Häufigkeit der Oberschenkelbrüche deutlich ab und erst nach dem 70. Lebensjahr wieder zu. Junge Frauen haben dagegen wesentlich seltener Arm- und Beinbrüche, dafür nehmen diese nach dem 45. Lebensjahr, also ab der Prämenopause, dramatisch zu. Vor allem Wirbelkörperbrüche treten besonders häufig bei Frauen nach dem 55. Lebensjahr auf.

Unterschiedlich große Knochenmasse

Der entscheidende Unterschied der Knochensituation zwischen Mann und Frau liegt in der maximalen Knochendichte und der weiblichen Menopause. Der junge Mann hat durch seine normalerweise höhere physische Aktivität und Kalziumaufnahme eine größere maximale Knochenmasse – sie liegt ungefähr um 25 % höher als bei der jungen Frau. Dazu trägt häufig auch die Neigung junger Frauen zu kalorienarmen Schlankheitskuren mit niedrigem Kalziumgehalt bei.

Auch der altersbedingte Knochenschwund nach dem 30. Lebensjahr verläuft beim Mann langsamer als bei der Frau: pro Jahr 0,3 % Knochenverlust beim Mann und 0,8 % bei der Frau. Der Mann wird also sowohl durch die höhere maximale Knochenmasse als auch durch einen späteren und geringeren altersbedingten Knochenschwund vor Brüchen geschützt.

Spongiöse Knochen sind besonders gefährdet

Warum treten bei der Frau bevorzugt Knochenbrüche des Handgelenks und der Wirbelkörper auf? Diese Skelettareale bestehen vor allem aus spongiösem Knochen (siehe dazu Seite 10), der bei einem Östrogenmangel nach der Menopause besonders stark abgebaut wird.
Beim Mann fällt der Testosteronspiegel im Alter nur langsam ab, sodass es eine »männliche Menopause« mit einem abrupten Abfall des Sexualhormons nicht gibt. Frauen verlieren in ihrem Leben bis zu 40 % ihres spongiösen Knochens, Männer dagegen nur 14 %.

Niedrige Serumspiegel von Östrogen sind ebenfalls ein wichtiger Risikofaktor für Osteoporose beim Mann. Eine Testosteronersatztherapie ist nur bei Patienten mit erniedrigtem Testosteronspiegel sinnvoll!

Veranlagung ist von Bedeutung

Die geringere Häufigkeit der Osteoporose bei Männern kann also zurückgeführt werden auf:

- Höhere Spitzenknochenmasse bei Skelettreife in der Jugend
- Geringere Knochenverlustrate im weiteren Leben
- Fehlen einer hormonell bedingten Ursache (beim Mann tritt keine Menopause auf)
- Geringere Lebenserwartung

Osteoporosevorbeugung beim Mann

Um die Osteoporose des Mannes zu vermeiden, muss vor allem ein Kalzium- und Testosteronmangel ausgeglichen werden. Testosteron kann problemlos im Blut gemessen und bei erniedrigten Werten über Pflaster, Gel oder intramuskuläre Injektionen ausgeglichen werden. In einer Studie der Mayo-Klinik, USA, waren vor allem Rauchen und übermäßiger Alkoholkonsum verantwortlich für Osteoporose bei Männern. Folgender Plan zur Vermeidung der Osteoporose wird daher empfohlen:

- Sorgen Sie für eine Zufuhr von täglich 1000 bis 1500 Milligramm Kalzium und 1000 I. E. Vitamin D.

- Achten Sie darauf, dass Sie sich regelmäßig körperlich belasten (Ausdauersport etc.).
- Rauchen Sie nicht mehr.
- Vermeiden Sie übermäßigen Alkoholkonsum.
- Sprechen Sie bei Nachlassen der Sexualfunktion frühzeitig mit Ihrem Arzt darüber: Besteht ein Testosteronmangel?
- Erkundigen Sie sich, ob Medikamente, die Sie einnehmen müssen, zu den so genannten Knochenräubern gehören (siehe Seite 88ff.).

Für die medikamentöse Therapie der Osteoporose des Mannes kommen wie bei der Frau Bisphosphonate kombiniert mit Kalzium und Vitamin D zum Einsatz. Das Parathormon als osteoanabole Substanz bei schwerer, manifester Osteoporose (mit Frakturen) steht ebenfalls zur Verfügung.

Rauchen, Alkohol, Testosteronmangel und Veranlagung sind die häufigsten Ursachen für die Osteoporose des Mannes.

Osteoporose bei Kindern

In der Wachstumsphase werden Form und Stabilität des Knochens durch zwei Prozesse gesteuert: Wachstum und Umbau. Während des Wachstums reagiert der Knochen besonders rasch auf äußere Einflüsse, kann aber auch Fehlentwicklungen schnell wieder beheben.

Jeder unbehandelte Knochenschwund in der Kindheit beeinträchtigt die maximale Knochendichte, mit erhöhtem Frakturrisiko im späteren Leben.

Angeboren oder erworben?

Obwohl Osteoporose bei Kindern relativ selten auftritt, verursacht sie in diesem Alter oft schwere Schmerzen, Knochenbrüche und vor allem lebenslange Bewegungseinschränkung. Bei Kindern wird Osteoporose häufig erst nach Auftreten mehrerer Frakturen oder bei Vorliegen auffälliger Röntgenbilder des Skeletts diagnostiziert. Deshalb sollte gerade bei Kindern mit entsprechenden Symptomen immer an Osteoporose gedacht werden.

Sie umfasst ein breites Spektrum zugrunde liegender Erkrankungen, sowohl angeborene wie erworbene. Vor allem die Bewegungseinschränkung beeinträchtigt die Knochenneubildung und erhöht die Knochenresorption.

Wichtige Ursachen der Osteoporose in der Kindheit:

- Unzureichende Produktion des Knochengewebes (angeborene Krankheiten)
- Längere Immobilisation (Frakturen oder neurologische Erkrankungen)
- Gelenkentzündungen (chronische rheumatische Erkrankungen)
- Vitamin-D-Mangel (Ernährungsfehler und gastrointestinale Erkrankungen)
- Bösartige Erkrankung des Knochenmarks (onkologische Erkrankung)
- Therapie mit Glukokortikoiden und immunsuppressiven Medikamenten

Bei Kindern mit manifester Osteoporose müssen angeborene Formen sorgfältig abgeklärt werden (z. B. die Glasknochenkrankheit). Grundsätzlich gelten bei Kindern die gleichen Therapiestrategien wie bei Erwachsenen.

Die Therapie

Die Osteoporosebehandlung bei Kindern umfasst folgende Maßnahmen:

- Schmerztherapie bei Wirbelkörperfrakturen
- Orthopädische Eingriffe zur Fixierung der Frakturen der langen Röhrenknochen
- Physiotherapie zur Stärkung der Muskeln
- Wirbelsäulengymnastik
- Minimieren der Bettruhe
- Bisphosphonate in Kombination mit Kalzium und Vitamin D

Inzwischen liegen mehrere ermutigende Therapiestudien bei kindlicher Osteoporose und bei Glasknochenkrankheit vor. Diskutiert wurden mögliche Nebenwirkungen auf das wachsende Skelett; diese Befürchtungen konnten jedoch inzwischen ausgeräumt werden. Nachteilige Effekte auf die Frakturheilung oder die Wachstumsrate wurden nicht gefunden. Es muss aber betont werden, dass bei Kindern auch spontane Heilungen ohne jede medikamentöse Therapie beobachtet werden. Bei einigen Kindern mit Osteoporose ist es daher ratsam, den Progress des Knochenschwunds nur zu beobachten, insbesondere wenn die Frakturrate spontan abnimmt. Bei dieser zurückhaltenden Strategie muss vor allem die zugrunde liegende Krankheit der Osteoporose berücksichtigt werden.

Am Anfang jeder Abklärung von Rückenschmerzen steht eine genaue Befragung. Lokalisation, Dauer, Beginn, Charakter, Intensität und Beeinflussbarkeit des Schmerzes sowie sensorische und motorische Funktionseinschränkungen sind genau zu erforschen. Es können sich oft nur Muskelverspannungen, manchmal aber auch schwere Erkrankungen wie Wirbelbruch, Bandscheibenvorfall, Morbus Bechterew, Tumorinvasion und sogar ein Herzinfarkt dahinter verbergen.

Glasknochenkrankheit nicht übersehen!

An diese Erbkrankheit, von Experten auch Osteogenesis imperfecta genannt, muss bei jeder schweren kindlichen Osteoporose gedacht werden. Die Wirbelsäule zeigt häufig schwere Veränderungen, Frakturen treten vor allem an den Extremitäten auf. Neben den Knochen sind auch andere Organe betroffen, z. B. mit blauen Skleren, Zahnanomalien und Taubheit. Die Therapie der Wahl ist die früh einsetzende Behandlung mit Bisphosphonaten, entweder oral oder bei schweren Fällen mit Infusionen. Eine zusätzliche Therapie mit Vitamin D und Kalzium verbessert die Mineralisation des neugebildeten Knochens.

Sorgenkind Wirbelsäule

Mehr als die Hälfte aller Deutschen leidet unter Rückenproblemen. Mehr als 90 % dieser Patienten haben diese nicht zum ersten, sondern zum wiederholten Mal. Es handelt sich also um eine chronisch wiederkehrende Schmerzkrankheit.

Rückenschmerzen sind nicht nur häufig, sondern auch sehr teuer. Volkswirtschaftlich entstehen durch Rückenschmerzen in Deutschland direkte und indirekte Kosten von insgesamt 16 Milliarden Euro pro Jahr. Betrachten wir den Rückenschmerz im globalen Vergleich, ist es überraschend, dass in Ländern, in denen körperlich weitaus mehr gearbeitet wird, Rückenschmerz seltener vorkommt. Sind es vielleicht die sozialen Sicherungssysteme, die dazu verleiten, sich dem Rückenschmerz intensiv zuzuwenden?

Übereinstimmend führen Orthopäden dieses Rückenproblem auf die besondere Konstruktion und Funktion der menschlichen Wirbelsäule und vor allem auf den inaktiven Lebensstil moderner Menschen zurück.

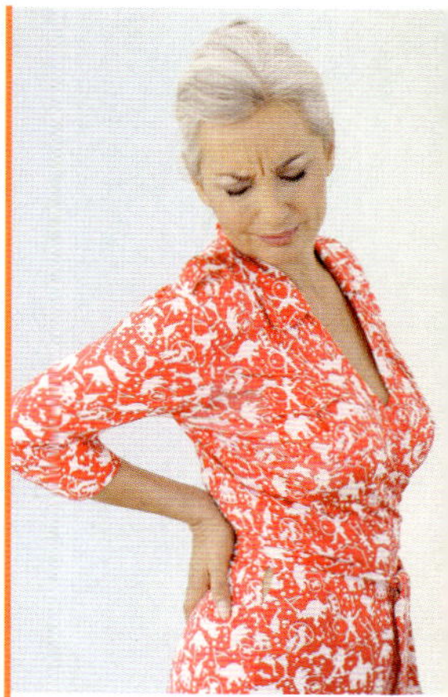

50 % aller Menschen klagen über wiederkehrende Rückenschmerzen. 16 Milliarden Euro werden in Deutschland jährlich für ihre Behandlung ausgegeben. Regelmäßige Wirbelsäulengymnastik würde viel Leid und Geld ersparen.

Rückenschmerzen als Alarmsignal

Wenn wir vom Rücken und von Rückenschmerzen reden, meinen wir in der Regel die Wirbelsäule und das Funktionssystem von Muskeln, Bändern, Sehnen, Wirbeln, Bandscheiben und Nerven, die uns den aufrechten Gang ermöglichen. Doch der aufrechte Gang war in der Entwicklungsgeschichte mit dieser Geschwindigkeit nicht vorgesehen. Seitdem muss unser Rückgrat den größten Teil des Körpers hoch über dem Boden balancieren und außerdem Stauchungen beim Gehen und Laufen abfedern.

Die Wirbelsäule bildet das Achsenskelett des menschlichen Körpers. Sie ist aufgrund ihres Bauprinzips besonders empfindlich, Knochenmasse zu verlieren und Brüche zu erleiden. Sie besteht aus 34 Wirbeln, den Zwischenwirbelscheiben (»Bandscheiben«) und dem Bandapparat. Die Wirbel der Wirbelsäule gliedern sich in:

- 7 Halswirbel
- 12 Brustwirbel
- 5 Lendenwirbel
- 5 Kreuzbeinwirbel
- 4 bis 5 Steißbeinwirbel

Die oberhalb des Kreuzbeins liegenden 24 Wirbel werden als freie Wirbel bezeichnet, die die so genannte freie Wirbelsäule bilden; sie ist beim Erwachsenen etwa 55 bis 65 Zentimeter lang (35 % der Körperlänge).

Besonders bruchgefährdet sind die Wirbelkörper im Bereich der Brust und am Übergang von der Brust- in die Lendenwirbelsäule. Die Wirbelsäule ist doppelt s-förmig gekrümmt (Lordose und Kyphose). Sie bildet einen biegsamen Stab, der Belastungen beim Laufen ideal abfedern kann. Seitwärtskrümmungen (Skoliosen) sind krankhaft und oft Folge von Fehlhaltungen, Muskelschwäche oder Beinlängenunterschieden.
Bei Biegung der Wirbelsäule werden die Bandscheiben zusammengedrückt, können bei Vorschädigung einreißen und nach hinten rutschen. Die mögliche Kompression des Rückenmarks oder von Nervenwurzeln kann zu schweren Schmerzen und Lähmungserscheinungen führen. Brechen die Wirbelkörper im Rahmen einer Osteoporose ein, bleibt in der Regel die Hinterwand stabil, eine Kompression des Rückenmarkkanals tritt daher selten auf. Die Stabilisierung durch ein Korsett ist also in der akuten Phase nur bei schweren Schmerzen sinnvoll.

Aufrechte Körperhaltung, körperliche Beweglichkeit und kräftige, aber auch entkrampfte Rückenmuskeln sind die Basis für einen gesunden Rücken und einer langwierigen Schmerzbekämpfung immer vorzuziehen! Schmerzmittel führen oft zu Schwindelzuständen und erhöhen so das Frakturrisiko.

Wer rastet, der rostet!

Dieser Spruch gilt besonders für die Wirbelsäule. Ohne Belastung und Muskeltraining werden Wirbelkörper porös und brüchig, die Bänder schlaff, die Bandscheiben instabil, Muskeln verkümmern. Vorbeugende Maßnahmen gegen Rückenbeschwerden konzentrieren sich vor allem auf Vermeidung unphysiologischer Belastungsformen und Pflege eines leistungsfähigen Muskelkorsetts der Wirbelsäule. Letzteres lässt sich durch Training (Rückenschule bzw. Wirbelsäulengymnastik) erreichen.

Rückenschmerz – was steckt dahinter?

Wenn Sie sagen »Mir tut das Kreuz weh«, kann das eine harmlose Ursache haben. Doch ein dauerhafter oder immer wiederkehrender Schmerz sollte Sie zum Nachdenken anregen. Rückenschmerz bedarf einer sorgfältigen Abklärung durch den Arzt. Viele Krankheiten kommen infrage:

- Von der Wirbelsäule (WS) ausgehend (»vertebral«): entzündlich, degenerativ, tumorös und vom Knochenmark ausgehend

- Von anderen Organen ausgehend (»extravertebral«): von Organen des Bauchraums, Nerven, Muskeln oder benachbarten Tumoren
- Psychosomatisch

Rückenschmerzen – akute, rezidivierende und chronische – bedürfen auch einer internistischen Abklärung. Es können sich eventuell Tumorkrankheiten dahinter verbergen (z. B. Bauchspeicheldrüsenkrebs).

Ein Kreuz mit dem Kreuz

Knochenschwund manifestiert sich zuallererst an Knochen mit dem höchsten Anteil an Knochenbälkchen: an den Wirbelkörpern und am Oberschenkelknochen. Wirbelbrüche gehören daher zu den frühen Komplikationen der Osteoporose und verursachen unterschiedliche Schmerzen.

Akuter Rückenschmerz: Der Beginn ist heftig und einschießend, oft nach Heben einer Last. Er kann an Intensität einem »Vernichtungsschmerz« wie bei einem Herzinfarkt entsprechen. Der Patient gibt oft an, ein Knacken im Rücken gehört zu haben. Ursache für diese Schmerzform ist ein akuter Einbruch eines Wirbelkörpers. Die radiologischen Wirbelkörperveränderungen müssen aber nicht der Schwere des Schmerzes entsprechen. Er kann durch Einblutungen, Muskelverspannungen oder psychische Überlagerungen noch verstärkt werden.

Chronischer Rückenschmerz: Er ist meist ein Weichteilschmerz (Muskel, Sehnen, Bänder), der in der Folge von Wirbelkörperbrüchen ausgelöst wird. Hinzu kommen altersbedingte Abnutzungen an Wirbelgelenken und Bandscheiben. Folgen sind Dauerschmerz, Wut, Depression, Mobilitätsverlust, Pflegebedürftigkeit bis hin zur erhöhten Mortalität.

Eine erfolgreiche Therapie des Rückenschmerzes hat drei Ziele:

Erhöhung der Knochenfestigkeit (Kalzium-/Vitamin-D-Substitution zusammen mit einem modernen Bisphosphonat oder Raloxifen)

Behandlung der Rückenschmerzes (Schmerzmittel, individuell angepasstes Stoffmieder, passive physikalische Therapie (Wärmeapplikation und Massage), Infiltration mit Steroiden oder Lokalanästhetika, Akupunktur oder Elektrostimulation)

Stärkung und Lockerung der Rückenmuskulatur (Körperliche Aktivität

Die zehn Gebote der Rückenschule

Diese Merksätze dienen der Vorsorge und Linderung eines Wirbelsäulenproblems:

1. Bewegen Sie sich oft und vielfältig mit Training aller Muskelgruppen. Liegen und Gehen sind besser als Stehen oder Sitzen.

2. Beugen Sie beim Bücken Hüft- und Kniegelenke und halten Sie den Rücken gerade. Bereiten Sie sich mit geeigneten Übungen auf rückenbelastende Tätigkeiten (z. B. Schneeschaufeln, Gartenarbeiten) vor. Gestalten Sie den Arbeitsplatz rückenfreundlich.

3. Vermeiden Sie das Tragen schwerer Lasten. Verteilen Sie Lasten auf beide Seiten und halten Sie sie dicht am Körper.

4. Achten Sie auf Schuhe mit festem Fußbett, aber weicher Sohle (z. B. luftgepolstert als Stoßdämpfer für Wirbelsäule und Gelenke). Verwenden Sie zur Vermeidung einer Hohlkreuzstellung keine hohen Absätze.

5. Halten Sie beim Sitzen den Rücken gerade und stützen Sie den Oberkörper ab. Wechseln Sie die Haltung öfter und verdrehen Sie Ihren Oberkörper nicht. Suchen Sie ergonomische Stühle aus.

6. Gehen Sie zum Schwimmen, um die Rückenmuskulatur zu lockern und zu stärken. Der Auftrieb im Wasser und die gestreckte Rückenhaltung entlasten die Wirbelsäule.

7. Dehnen Sie täglich Ihre Muskeln und trainieren Sie die Rumpfmuskulatur. Achten Sie auf Ihre Körperhaltung.

8. Regelmäßige Atem- und Entspannungsübungen bei langem Sitzen im Auto oder im Büro entspannen die Rückenmuskeln.

9. Beim Liegen gilt: Die Wirbelsäule muss in ihrer Gesamtlänge auf einer horizontalen Unterlage liegen. Kissen oder Rollen können als Ausgleich dienen. Vermeiden Sie eine durchgelegte Matratze. Zu empfehlen sind ein harter Bettrost und darauf eine weiche Matratze.

10. Achten Sie auf das ideale Körpergewicht. Jedes überflüssige Pfund belastet die Gelenke und die Bandscheiben.

und spezielle Wirbelsäulengymnastik, verbunden mit muskelentspannenden Medikamenten). Körperliche Aktivität muss nicht übertrieben sein, aber sie muss regelmäßig erfolgen. Wenn Sie es nicht schaffen, täglich 30 Minuten zu trainieren, geben Sie nicht auf und machen Sie regelmäßig mehrere kurze Übungsteile. Wählen Sie aus der Vielfalt der Möglichkeiten diejenigen aus, die Ihnen auch Spaß machen. Wer mehr für seinen Knochen tun will, kann Ausdauersportarten oder im Fitnessstudio gezieltes Krafttraining betreiben. Sportvereine bieten heute eine Fülle von Möglichkeiten an, die schweißtreibende Tätigkeit mit Vergnügen und Geselligkeit verbindet. Der Übungsplan sollte in zwei Teile gegliedert sein:

- Aerobische Übungen: Der erste Teil besteht aus Ausdauerübungen mit hoher Sauerstoffzufuhr. Angeboten werden Gehen, Laufen, Tanzen, Schwimmen, Treppensteigen, Seilspringen und Radfahren. Eine kurze Aufwärmphase und eine schrittweise Zunahme des Schwierigkeitsgrads halten die Verletzungsgefahr niedrig.
- Krafttraining und Gymnastikprogramm: Zusätzlich sollte ein besonderes Muskel- und Knochenaufbauprogramm absolviert werden, das sich auf bestimmte Körperpartien konzentriert. Dafür kann auch mit leichten Hanteln, Expandern oder Gummibändern gearbeitet werden.

Altersbedingte Verschleißerscheinungen führen besonders stark zu Bandscheibenschäden mit schmerzvollen Bewegungseinschränkungen. Diese degenerativen Veränderungen betreffen vor allem die am stärksten belastete Lendenwirbelsäule.

Warum spezielle Wirbelsäulengymnastik?

Rückenschmerz wird bei einem schwachen Muskelkostüm noch verstärkt. Eine schlechte Körperhaltung, vor allem Hohlkreuz im Stehen, zusammen mit schlaffer Bauchmuskulatur und Übergewicht führen zu einer schmerzhaften Überlastung der Wirbelgelenke und Bandscheiben. Fehlhaltungen wie Skoliose oder Rundrücken (Kyphose) führen zusätzlich zur Abnutzung der falsch belasteten Wirbelgelenke. Folge des veränderten Körperschwerpunkts ist eine Fehlbelastung der Hüft- und Kniegelenke (Cox- und Gonarthrose). Mit Stärkung der Rumpfmuskulatur können diese Fehlhaltungen wieder korrigiert werden. Ein gezieltes Training ist daher entscheidend für eine erfolgreiche Behandlung.

Anhang

Diagnose der Osteoporose im Überblick

Fakten zur Volkskrankheit Osteoporose

- In Deutschland leiden sieben Millionen Menschen an Osteoporose. Die Kosten werden auf fünf Milliarden Euro jährlich geschätzt.
- Frauen sind weitaus häufiger betroffen als Männer. Die durchschnittliche Wahrscheinlichkeit für eine 50-jährige Frau, im Lauf ihres weiteren Lebens eine osteoporosebedingte Fraktur zu erleiden, liegt bei ca. 40 %.
- 25 % der Patienten mit Schenkelhalsfrakturen sterben innerhalb des ersten Jahres im Vergleich zu einem altersgleichen Kontrollkollektiv vorzeitig, weitere 25 % bleiben dauerhaft invalide.
- Osteoporose ist eine unterdiagnostizierte und – trotz effektiver Medikamente – immer noch eine untertherapierte Volkskrankheit. Selbst bei Vorliegen einer manifesten Osteoporose werden nicht einmal 10 % der Patienten mit einer effektiven Therapie versorgt. Nur die konsequente Umsetzung eines Vorsorgeprogramms in der Gesellschaft kann die immensen Kosten und das Leid um diese Volkskrankheit reduzieren.

Hier lesen Sie eine Zusammenfassung der Kompaktleitlinien des Bayerischen Osteoporosezentrums unter Berücksichtigung der neuen Leitlinien des Dachverbands Osteologie (DVO) 2006. Diese Leitlinien des DVO geben uns Ärzten »ein einheitliches Konzept für eine wissenschaftlich fundierte, wirtschaftliche und zweckmäßige Diagnostik und Therapie der Osteoporose«. Unsere Aufgabe ist es jetzt, die Richtlinien konsequent umzusetzen. Patienten und Ärzte müssen in die Pflicht genommen werden!

Die Diagnosestellung

Die klinische Abklärung der Osteoporose umfasst die Erstellung eines Risikoprofils, die messtechnische Diagnosestellung mittels der DXA-Methode, den Nachweis oder Ausschluss von Knochenbrüchen, die Bestimmung des Schweregrads des Knochenschwunds und den Ausschluss einer Grundkrankheit (»sekundäre Osteoporose«).

Diagnostische Schlüsselfragen

- Wie hoch ist die aktuelle Knochenmasse?
- Liegen bereits Frakturen/Deformierungen des Skeletts vor?
- Sind die Veränderungen noch reversibel?

- Ist ein gleichzeitig bestehender Vitamin-D-Mangel ausgeschlossen?
- Welches Risikoprofil liegt vor, welche Risikofaktoren sind vermeidbar?
- Liegt eine bestimmte Krankheit zugrunde (sekundäre Osteoporose)?

Körperliche Untersuchung

- Körpergröße und deren Abnahme, Körpergewicht, Körperhaltung
- Bewegungseinschränkungen, Muskeltonus und -verspannungen
- Rundrücken und andere Wirbelsäulendeformierungen
- Reflexsituation und Sturzneigung
- Andere altersbedingte Beschwerden?
- Zeichen einer sekundären Osteoporose?

Laboruntersuchung (Blut)

- Blutbild, Blutkörperchensenkung, Transaminasen/»Leberwerte«, Glukose und Kreatinin/»Nierenwerte« (Minimalprogramm allgemein)
- Kalzium, Phosphat, alkalische Phosphatase (Minimalprogramm Knochen)
- Vitamin D, Parathormon (PTH), Schilddrüsenwerte, Testosteron (weitere internistische Abklärung)

Bildgebung (Knochendichtemessung)

- Röntgen der Lendenwirbelsäule (LWS) in zwei Ebenen (bei entsprechenden Beschwerden auch die Brust- und Halswirbelsäule (BWS und HWS): Nachweis von Wirbeleinbrüchen führt zur Diagnose »manifeste Osteoporose«. Aortenkalk? Skoliose? Bandscheibenschäden?
- Ultraschall (US) von Ferse oder Finger wird als Screening verwendet. Er erlaubt eine Einschätzung des Frakturrisikos, nicht aber die Diagnose einer Osteoporose. Die Ultraschallmessung ist kein Ersatz für eine DXA-Messung und derzeit nicht geeignet für die Beurteilung, ob eine medikamentöse Therapie sinnvoll ist oder nicht.
- DXA (»Dual X-ray absorptiometry«) der LWS und der Hüfte (»central DXA«):

Fragen zur Krankengeschichte (Anamnese)
- Familiäre Osteoporosebelastung?
- Rücken-, Kreuz- und Gelenkschmerzen?
- Vorbestehende Frakturen?
- Östrogenersatz bereits eingeleitet?
- Knochenschädigende Krankheiten/Medikamente?
- Erstellen eines Risikoprofils

Röntgenbilder der Wirbelsäule sind bei Rücken- und Kreuzschmerzen immer noch unentbehrlich.

Der T-Wert, auch T-Score genannt, ist für die Diagnosestellung entscheidend.

T-Werte: >−1 SD = Normalbefund; −1,0 bis −2,5 SD = Osteopenie; <−2,5 SD = Osteoporose. T-Wert = Vergleich des Patienten mit einem normalen jungen Erwachsenen. SD = Standardabweichung.

- Quantitative Computertomografie (QCT) nur bei Patienten mit schweren degenerativen Veränderungen der LWS. QCT peripher nur zur Beurteilung des peripheren Skeletts, nicht aber zur Diagnosestellung der Osteoporose geeignet.
- Magnetresonanztomografie (MRT, »Kernspin«) zur Abklärung sekundärer Osteoporosen. Metastasen? Knochenmarködem?
- Skelettszintigramm bei der Fragestellung: frische oder alte Fraktur?

Die DXA ist eine von der WHO und dem DVO (Dachverband Osteologie) vorgeschriebene Methode zur Diagnosestellung und zum Monitoring einer Osteoporose (»Goldstandard«), sehr strahlenarm, gleichzeitige Messung von LWS und Hüfte empfehlenswert. QCT, pQCT und US sind für die Diagnosestellung nicht empfehlenswert.

Knochenmarker

CrossLaps (= Abbauprodukt des Knochenkollagens, CTx, NTx). Für kurzfristiges Monitoring und zur Frage der Tabletteneinnahmetreue des Patienten wichtig!

Knochen-/Knochenmarkbiopsie

Zur Abklärung spezieller Knochen- und Knochenmarkerkrankungen. Heute nur noch sehr selten nötig.

Schweregrade der Osteoporose

- Schweregrad 0: T-Score zwischen −1 und −2,5 SD (= Osteopenie)
- Schweregrad 1: T-Score unter −2,5 SD, aber noch keine Knochenbrüche (= messtechnische Osteoporose)
- Schweregrad 2: T-Score unter −2,5 SD und erste Wirbeleinbrüche (= manifeste Osteoporose)
- Schweregrad 3: T-Score unter −2,5 SD und zusätzliche Frakturen (= schwere manifeste Osteoporose)

Indikationen für die Abklärung (DVO-Empfehlungen)

- Periphere Frakturen nach nicht-adäquatem Trauma
- Radiologisch gesicherte osteoporotische Wirbelkörperfraktur(en)

- Bodymass-Index < 20 oder ungewollte Gewichtsabnahme um mehr als 10 % in letzter Zeit
- Hohes Sturzrisiko (zwei oder mehr häusliche Stürze im letzten Halbjahr)
- Hohes Risiko einer sekundären Osteoporose (z. B. Glukokortikoidmedikation, Hyperthyreose, Diabetes mellitus, Marcumar®, Antiepileptika, Malabsorption, Alkoholismus, Anorexia nervosa)

Bei Osteoporose immer an knochenschädigende Medikamente denken!

Behandlung der Osteoporose im Überblick

Therapeutisches Ziel

- Erreichen einer positiven Knochenbilanz mit Zunahme der Knochenmasse (Nachweis mittels T-Werte an LWS und Hüfte)
- Stabilisierung der Knochenstruktur mit Reduktion des Frakturrisikos
- Linderung der Schmerzen und Verbesserung der Lebensqualität
- Durchbrechen der depressiven Stimmung, Vermeidung sozialer Isolation
- Bei operativer Versorgung von Frakturen möglichst kurzer Krankenhausaufenthalt zur Vermeidung von Thrombosen und Muskelschwäche

Gefährliche/komplizierte Verläufe

- Bei Verdacht auf instabile Wirbelfraktur (z. B. Einbruch der Hinterkante) mit neurologischen Symptomen Klinikeinweisung
- Auch bei Vorliegen frischer Frakturen können Bisphosphonate gegeben werden. Die Frakturheilung wird klinisch relevant nicht beeinträchtigt
- Bei Verdacht auf maligne Erkrankung stationäre Abklärung

Therapeutische Schlüsselfragen

- Reicht die Basistherapie zur Verhinderung des Knochenschwunds aus?
- Welche Schmerztherapie ist sinnvoll?
- Ist eine Hormontherapie anzuraten?
- Wann sind Bisphosphonate einzusetzen?
- Welches Bisphosphonat ist vorzuziehen?
- Welche Einnahmeform bevorzugt der Patient?
- Wann ist Raloxifen vorteilhaft?
- Wann sind osteoanabole Substanzen wie Teriparatid oder Strontium-Ranelat sinnvoll?
- Sind Therapiekombinationen sinnvoll?

- Wie kontrolliere ich den Therapieerfolg?
- Welche Therapiedauer ist ausreichend?
- Was ist zu tun, wenn unter Therapie die Knochendichte nicht ansteigt oder sogar abfällt?

Man muss so früh und konsequent wie möglich mit diesem Basisprogramm gegen Osteoporose beginnen! Denn: Die Prävention beginnt im Kindes- und Jugendalter.

Basistherapie

- Körperliche Aktivität, Koordinationsübungen, Wirbelsäulengymnastik
- Psychische Motivation, Bekämpfung depressiver Stimmungslage
- Stop den Knochenräubern (Rauchen einstellen!)
- Knochenbewusstes Ernährungsprogramm
- Insgesamt 1000 mg Kalzium pro Tag und 1000 I.E. Vitamin D pro Tag (»1000er-Regel«)
- Empfehlenswert sind pro Tag zusätzlich 500 µg Vitamin K und 500 mg Magnesium
- Sturzgefahr im Umfeld des Patienten reduzieren

Schmerztherapie

- Einsatz des gesamten Spektrums der physikalischen Therapie
- Gegebenenfalls Stabilisierung durch elastische Stützmieder
- Peripher wirkende Analgetika und nichtsteroidale Antirheumatika (NSAR, Cox-2-Hemmer)
- Opioide kurzzeitig bei Frakturschmerz (WHO-Schema) oder stickstoffhaltige Bisphosphonate monatlich als Option
- Koanalgetika, die den Effekt von Schmerzmitteln verstärken können
- Rasche Mobilisierung

Eine zufriedenstellende Schmerztherapie ist der Beginn einer erfolgreichen Behandlung.

Hormontherapie

- Östrogen/Gestagen (HRT) postmenopausal, in Absprache mit dem Gynäkologen. Kontraindikationen ausschließen und Aufklärungsgespräch über Risiken! Aber: Viele Patientinnen brechen die HRT innerhalb eines Jahres ab. Als Konsequenz der WHI-Studie (Women's Health Initiative Study) sollte derzeit ein Hormonersatz nur zur Behandlung von Wechselbeschwerden erfolgen (»for symptoms only«) und möglichst nicht länger als vier Jahre dauern. Ihr Einsatz ist im Sinne einer Nutzen-Risiko-Abwägung nach den derzeitigen Studien nicht zu rechtfertigen. Als Alternative kommt Tibolon infrage.

- Pflanzliche Östrogene (Soja-Isoflavone) in einer Dosis von 100 mg täglich führen zu einer Zunahme der Knochendichte, randomisierte Studien zur Beurteilung einer Reduktion des Frakturrisikos fehlen noch.
- Testosteron (intramuskulär monatlich/vierteljährlich oder Pflaster/Gel täglich) nur bei Männern mit Testosteronmangel sinnvoll. Vorher PSA (prostataspezifisches Antigen) im Serum bestimmen und auch klinisch ein Prostatakarzinom ausschließen!

Hormontherapie – nur bei klimakterischen Beschwerden zu diskutieren!

Raloxifen-Therapie

Raloxifen oral 60 mg täglich, zur Behandlung und Prävention der Osteoporose bei postmenopausalen Frauen zugelassen. Sinnvoll für die Prävention von Wirbelkörperfrakturen. Raloxifen reduziert das Mammakarzinomrisiko um 76 % und hat einen positiven Effekt auf den Fettstoffwechsel.

Bisphosphonat-Therapie

- Alendronat 70 mg als Wochentablette. Vorteile: sehr gute Verträglichkeit bei starker Wirkung und hoher Akzeptanz der Patienten. Sehr gute Ergebnisse in Studien, auch bei Patienten ohne vorbestehende Wirbelkörperfrakturen (messtechnische Osteoporose). In einer umfangreichen Befragung haben sich neun von zehn Patienten für eine wöchentliche Applikation ausgesprochen. Die Wochentablette wird jetzt auch mit 2800 I. E. Vitamin D kombiniert angeboten.
- Risedronat 35 mg als Wochentablette. Die Wochentablette wird auch mit täglichen Kalziumtabletten 500 mg für Tag zwei bis sieben angeboten. Alternativ Alendronat 10 mg oder Risedronat 5 mg als Tagestablette.
- Ibandronat 150 mg als Monatstablette oder Ibandronat 3 mg als Injektion/Infusion vierteljährlich oder Zoledronat 5 mg als Kurzinfusion jährlich.

Aufgrund des Wirkmechanismus und der Studienlage können heute nur noch stickstoffhaltige Bisphosphonate empfohlen werden. Diese sind bereits bis zu 20 000-mal stärker wirksam als Etidronat, das Bisphosphonat der ersten Generation.

Bisphosphonate sind nicht anzuwenden während Schwangerschaft und Stillzeit. Streng genommen sind Bisphosphonate bei Frauen vor der Menopause nicht zugelassen. Patientinnen müssen daher darüber genau aufgeklärt, die Indikation muss streng gestellt werden.

- Für die Osteoporosetherapie bei Männern sind Alendronat 10 mg als Tagestablette und Risedronat 35 mg als Wochentablette zugelassen.
- Für die glukokortikoidinduzierte Osteoporose sind inzwischen sowohl Alendronat als auch Risedronat zugelassen.
- Bei oralen Einnahmeproblemen stickstoffhaltiges Bisphosphonat vierteljährlich bis jährlich (haben aber noch keine Zulassung bei Osteoporose, daher nur in Abstimmung mit einem Osteoporosezentrum).
- Orale Bisphosphonate genau nach Vorschrift einnehmen.
- Bisphosphonate stets mit Vitamin D und Kalziumgabe kombinieren (additiv obligate Begleittherapie).
- Es bestehen keine Wechselwirkungen mit anderen Medikamenten.
- Eine Hypokalzämie sollte vor Beginn der Osteoporosetherapie ausgeglichen werden.

Parathormon-Therapie

Teriparatid 20 µg oder Parathormon 100 µg werden täglich mittels Pen unter die Haut (subkutan) verabreicht. Sie sind inzwischen für die Therapie der manifesten Osteoporose der postmenopausalen Frau zugelassen. Die Therapiedauer ist auf 18 bzw. 24 Monate beschränkt. Antiresorptive Substanzen dürfen nicht gleichzeitig gegeben werden.

Strontium-Ranelat-Therapie

Strontium-Ranelat wird täglich als Granulat in einer Dosierung von 2 g verabreicht und hat die Zulassung für die Therapie der postmenopausalen Osteoporose. Es wirkt antiresorptiv und osteoanabol.

Osteoporose – »so überflüssig wie ein Kropf«, um ein bayerisches Sprichwort zu zitieren.

Behandlungsstrategie

- Schritt 1: Basistherapie gilt für alle Patienten – mit Bewegung, Ernährung, gesundem Lebensstil, Kalzium (600 bis 1200 mg täglich) und Vitamin D (400 bis 1000 I.E täglich). Koordinationsübungen und Reduktion der Sturzgefahr. DXA-Kontrolle jährlich. Die Basistherapie erfolgt lebenslänglich.

▸ Schritt 2: Option der Hormonsubstitution (HRT) kritisch abwägen. Östrogen/Gestagen bei postmenopausalen Frauen bzw. Testosteron bei Männern mit Testosteronmangel. Aufgrund der Daten der WHI-Studie sollte bei der postmenopausalen Frau die HRT nur noch bei Vorliegen von Wechselbeschwerden eingesetzt werden. Bei Männern muss vor der Testosterongabe ein Prostatakarzinom ausgeschlossen sein!

▸ Schritt 3: Effektive Medikamente konsequent einsetzen. Falls die Basistherapie nicht ausreicht oder bereits eine messtechnische oder manifeste Osteoporose vorliegt, konsequenter Einsatz getesteter Medikamente (Alendronat, Risedronat, Ibandronat, Raloxifen oder Strontium-Ranelat). Die wöchentliche oder monatliche Tabletteneinnahme wird von den meisten Patienten bevorzugt. Infusionstherapien mit potenten Bisphosphonaten in vierteljährlichen bis jährlichen Abständen stehen vor der Zulassung. Teriparatid und Parathormon sind bei manifester Osteoporose postmenopausaler Frauen zugelassen und werden täglich subkutan gespritzt (osteoanaboler Ansatz, nicht gemeinsam mit einem antiresorptiven Medikament verabreichen). Medikamentöse Schmerztherapie nach dem WHO-Stufenschema. DXA-Kontrolle jährlich. Therapiedauer ein bis vier Jahre, je nach Schweregrad, Medikament und Anstieg der Knochendichte.

Die Wirkung effektiver Medikamente wurde in großen Studien weltweit nachgewiesen (A-klassifiziert).

Von einer Reduktion des Frakturrisikos unter Bisphosphonaten ist auszugehen, auch wenn die Zunahme der Knochendichte in der DXA-Kontrollmessung nur gering ausfällt. In diesen Fällen sollten zur Beurteilung des Therapieerfolgs auch die Knochenumbaumarker mit berücksichtigt werden.

Osteoporosemittel mit nachgewiesener Wirkung

Kalzium und Vitamin D

1000 Milligramm Kalzium sollten täglich mit der Nahrung, in Mineralwasser und/oder in Tablettenform zugeführt werden. 1000 I.E. Vitamin D werden täglich als Tablette zum Essen eingenommen.

Kalzium und Vitamin D sind eine absolut unverzichtbare Begleittherapie jeder effektiven medikamentösen Behandlung der Osteoporose; bei alleiniger Gabe sind sie aber nicht für die Therapie der Osteoporose ausreichend.

Bisphosphonate in Tablettenform (»Goldstandard« bei Osteoporose)

Alendronat (Fosamax®, Fosamax ® 70 mg Wochentablette, Fosavance® 70 mg mit 2800 I.E. Vitamin D Wochentablette) Alendronat wird als Tablette morgens auf nüchternen Magen eingenommen.

Risedronat (Actonel®, Actonel® 35 mg Wochentablette, Actonel® 35 mg Wochentablette mit je 500 mg Kalzium für die nächsten 6 Tage) Risedronat wird als Tablette morgens auf nüchternen Magen eingenommen.

Ibandronat (Bonviva® 150 mg Monatstablette) Ibandronat wird einmal im Monat als Tablette auf nüchternen Magen eingenommen.

Bisphosphonate in Tablettenform sind der »Goldstandard« bei Osteoporose! Als Infusion sollten sie nur in Absprache mit einem Osteoporosezentrum verabreicht werden.

Bisphosphonate als Spritze oder Infusion

Ibandronat (Bonviva®) 3 mg Injektion vierteljährlich

Zometa (Aclasta®) 5 mg Infusion jährlich (Zulassung bereits beantragt)

Weitere effektive Osteoporosemittel

Raloxifen (Evista®, Optruma®) 60 mg werden als Tablette täglich unabhängig von den Mahlzeiten eingenommen.

Teriparatid (Forsteo®) 20 µg werden täglich mit einem Pen unter die Haut (subkutan) gespritzt.

Parathormon (Preotact®) 100 µg werden täglich mit einem Pen unter die Haut (subkutan) gespritzt.

Strontium-Ranelat (Protelos®) 2 g werden täglich abends als Granulat mit Wasser eingenommen.

Östrogen und Östrogen/Gestagen

Sie sollen allein zur Behandlung der Osteoporose nicht mehr eingesetzt werden. Hauptindikation ist die Behandlung klimakterischer Beschwerden. Es stehen Tabletten oder Pflaster zur Verfügung.

Eine differenzierte Beratung durch den behandelnden Gynäkologen ist angezeigt.

Glossar

Aminobisphosphonat Extrem wirksame Bisphosphonate der neuesten Generation, die in einer Seitenkette des Moleküls eine Amino-(= Stickstoff-)Gruppe enthalten

Anabolika Chemische Verbindungen, die den Eiweißaufbau, besonders den Muskelaufbau, fördern

Analgetika Medikamente zur Schmerzbehandlung

Anorexia nervosa Magersucht mit zahlreichen gesundheitlichen Folgeschäden

Antirheumatika, nicht steroidale (NSAR) Medikamente, die zur Behandlung degenerativer Gelenkerkrankungen eingesetzt werden und kein Kortison (= Steroide) enthalten

Bisphosphonate Substanzgruppe, die im Molekül zwei Phosphatgruppen enthält, in den Knochen eingebaut wird und vor allem den Knochenabbau gezielt hemmt

Calcitriol Biologisch aktives Vitamin D, das in Leber und Nieren aus dem in der Haut produzierten Vitamin D3 erzeugt wird

Cox-2-Hemmer Substanzen, die bei Arthrose Schmerzen und Entzündungserscheinungen hemmen und gleichzeitig keine Magen-Darm-Probleme verursachen

Cushing-Syndrom Klinische Folgen einer chronisch erhöhten Kortisonproduktion oder einer Langzeitbehandlung mit hohen Kortisondosen

Cross-link-Telopeptide Beim Knochenabbau werden auch Kollagenbruchstücke frei, die in Urin oder Blutserum nachzuweisen sind

Degenerativ Durch natürlichen Verschleiß und Alterung hervorgerufene Veränderungen der Gelenke

Desoxypyridinolin Spezielles Abbauprodukt des Kollagens

Dexamethason Synthetischer Kortisonabkömmling

DVO Dachverband Osteologie

DXA-Knochendichtemessung »Duale X-ray Absorptiometrie«, auch DEXA- oder QDR-Methode genannt. Diese Methode misst die Absorption eines feinen Röntgenstrahls in verschiedenen Skelettbereichen und berechnet daraus die Knochendichte

Frakturen, extravertebrale (»nonvertebrale«) Brüche von Knochen mit Ausnahme der Wirbel (»vertebra«)

Genistein Ist in Sojabohnen enthalten und gehört zu den Isoflavonen. Es verhindert als Antioxidans die Entstehung von Tumorzellen

HRT Hormonersatztherapie mit Östrogen und Gestagen

Hydroxyprolin Baustein des Kollagens

Hyperkalzämie Erhöhter Kalziumspiegel im Blut

Hypogonadismus Angeborener oder erworbener Testosteronmangel, der beim Mann zu schwerer Osteoporose führt und deshalb behandlungsbedürftig ist

Intertrochanterregion Besondere Skelettregion im Oberschenkel nahe der Hüfte

Isoflavone Diese Substanzgruppe (z.B. in der Sojabohne) wird in Phytoöstrogene umgewandelt, die ähnliche Wirkungen wie das Östrogen aufweisen

Kalzitonin Hormon, das den Kalziumspiegel im Blut senkt und den direkten Gegenspieler des Parathormons darstellt

Klimakterium Wechseljahre etwa um das 50. Lebensjahr mit Einstellung der Ovarfunktion und Abfall der Sexualhormone im Blut

Knochenphosphatase, alkalische Substanz, die von den knochenaufbauenden Zellen (Osteoblasten) gebildet wird und im Blut nachweisbar ist. Sie ist insbesondere bei Knochenmetastasen und auch bei Vitamin-D-Mangel erhöht

Koanalgetika Medikamente, die die Wirkung von Schmerzmitteln verstärken können

Kyphoplastie Aufrichtung eingebrochener Wirbelkörper mit Knochenzement zur schnellen Schmerzlinderung

Laktoseintoleranz Unfähigkeit des Organismus, Milchzucker abzubauen

Leptin Dieses Hormon hemmt die Aktivität der knochenaufbauenden Zellen und fördert damit die Osteoporose

Lymphome Bösartige Erkrankungen der Lymphdrüsen

Muskelrelaxanzien Medikamente, die Muskelverspannungen lösen

Maximale Knochendichte Maximale Knochenmasse (Dichte), die ein junger Erwachsener aufbaut und die das Auftreten einer Osteoporose entscheidend mit beeinflusst

Opioide Starke Schmerzmittel, die sich vom Opium ableiten und eine Suchtgefahr bergen

Osteodensitometrie Knochendichtemessung

Osteokalzin Bestandteil der Knochensubstanz

Osteonektin Ebenfalls ein wichtiger Bestandteil der Knochensubstanz

Osteoid Neuer, noch nicht mineralisierter Knochen

Osteopenie Verminderte Knochendichte, aber noch kein Zeichen einer Erkrankung

Parathormon Hormon, das in den Nebenschilddrüsen (= Epithelkörperchen) gebildet wird und den Kalziumspiegel im Blut erhöht. Täglich unter die Haut gespritzt, steigert es den Knochenanbau

Phytoöstrogene Östrogenartig wirkende Substanzen, die von bestimmten Pflanzen produziert werden (z. B. Soja)

Plazebo Dem Originalarzneimittel nachgebildetes und diesem zum Verwechseln ähnliches Mittel, das jedoch keinen Wirkstoff enthält

Plasmozytom Bösartige Erkrankung der Plasmazellen im Knochenmark. Plasmazellen bilden die Immunglobuline, die wir vor allem zur Infektabwehr benötigen. Mit dem Fortschreiten der Krankheit kommt es zu einer Zerstörung des Knochens

Postmenopause Zeit nach der letzten Regelblutung, meist nach dem 50. Lebensjahr

Prednison Kortisonabkömmling, der vor allem in der Behandlung entzündlicher, allergischer und bösartiger Krankheiten eingesetzt wird

Prostataspezifisches Antigen (PSA) Eiweißkörper im Blut, der bei erhöhten Werten das Vorliegen eines Prostatakrebses anzeigt

QCT Quantitative Computertomografie. Damit kann die Knochendichte der Lendenwirbelkörper gemessen werden

Raloxifen Gehört zur Gruppe der SERMs, die ähnlich wie Östrogen den Knochenabbau reduzieren und gleichzeitig gegen Brustkrebs und Herz-Kreislauf-Erkrankungen schützen

Screening-Methode Einfache und preiswerte Methode, die im großen Umfang eingesetzt werden kann, um Krankheiten erstmals zu entdecken

SERMs Selektive Östrogen-Rezeptor-Modulatoren, die nur noch bestimmte und gewünschte Östrogenwirkungen haben

Skoliose Wirbelsäulenverkrümmung

Spongiosa Schwammartige Knochenstruktur, umgeben von der Knochenrinde (z.B. in Wirbelkörpern oder im Oberschenkelhals)

Statine Medikamente, die zur Senkung der Cholesterin- und Fettwerte im Blut eingesetzt werden. Neue Untersuchungen belegen auch einen knochenschützenden Effekt

Strontium-Ranelat Neues Osteoporosemittel, das sowohl den Knochenabbau senkt als auch den Knochenaufbau steigert

Teriparatid Fragment des Parathormons, das osteoanabol wirkt und dadurch vor allem den Knochenanbau steigert. Es muss täglich unter die Haut gespritzt werden

Trochanterregion Bestimmte Region des Oberschenkelknochens nahe der Hüfte, die als Muskelansatz dient

T-Score Messwert, der die Knochendichte des Patienten mit einem gesunden 30-Jährigen vergleicht; für die Diagnosestellung der Osteoporose notwendig

Ultraschall-Knochendichtemessung Man misst Absorption, Ablenkung oder Geschwindigkeitsänderung von Schallwellen im/am Knochen und schließt so auf die Dichte

Vitamin-D-Metaboliten Das zugeführte oder in der Haut gebildete Vitamin D muss in Nieren und Leber in eine aktive Form umgewandelt werden (= Metabolite)

Wachstumsfaktoren Substanzen, die das Wachstum bestimmter Zellen anregen

Wardsches Dreieck Skelettareal nahe des Oberschenkelhalses, das häufig eine niedrige Knochendichte aufweist

Z-Score Messwert, der die Knochendichte des Patienten mit gesunden Personen gleichen Alters und Geschlechts vergleicht

Zytokine Lokale Gewebehormone, die das Wachstum von Zellen steuern

Literatur

Bartl, R.: Osteoporose – Prävention, Diagnostik, Therapie. Thieme Verlag. Stuttgart/New York, 2. Auflage 2004

Bartl, R./Bartl, C.: Osteoporose-Manual: Diagnostik, Prävention und Therapie. Springer Verlag. Heidelberg 2004

Bartl, R./von Tresckow, E./Bartl, C.: Das Bisphosphonat-Manual. Springer Verlag. Heidelberg 2006

Faßbender, W.: Evidenzbasierte Therapie der Osteoporose. Uni-Med. Bremen 2006

Kanis, J. A.: Osteoporose. Blackwell Wissenschaft. Berlin 1995

Keck, G./Kruse, H.-P.: Osteoporose: Klinik – Diagnostik – Therapie. Gustav Fischer Verlag. Stuttgart 1994

Mittermaier, R./Bartl, R.: Stabile Knochen – mobiles Leben. Knaur Verlag. München 2005

Ringe, J. D.: Osteoporose. Thieme Verlag. Stuttgart 1996

Schild, H. H./Heller, M.: Osteoporose. Thieme Verlag. Stuttgart 1996

Register

100-Prozent-Regel 7

Acetylsalicylsäure (ASS) 97
Alendronat **111,** 114f., 121f., 124, 131, 149ff.
Alkohol **25f.,** 50, **84,** 135f., 147
Allergien 27
Alzheimerkrankheit 105
Amenorrhö 24
AMG 162 118
Anabolika **119**
Analgetika **97,** 98, 148
Antazida 90
Antiepileptika 35, 90, 147
Aorta 33
Aromatasehemmer 27
Asthma bronchiale 27, 91
Atmung 67
Aufwärmen 66f., **68, 72, 76, 79**
Ausdauersport 66, 96, 136, 143

Bandscheibenvorfall 38
Bewegung **63ff.,** 89
Bewegungsmangel 15, **23f.,** 25, 44
Bisphosphonate 7, 27, 37, 40, 89, 91, 98, 101, **109ff.,** 130, 136ff., 147, **149f.**
– Anwendungsdauer **115,** 124
– Einnahmeempfehlungen **114f.**
Bluthochdruck 6, 37, 85, 105, 121
bone mineral density 29
bone remodelling units 12
Bor 47, 63
borderline osteoporosis 36
Bronchitis, chronische 83, 91
Brüche (Frakturen) 6, **127ff.** ▶ Wirbelbrüche ▶ Oberschenkelhalsbrüche

Celecoxib 97f.
Chemotherapeutika 19, 27, 35, 90
Cox-2-Hemmer (Coxibe) 97f., 148
CROSSLAPS 39, 146
Cross-link-Telopeptide 39f.
CTX 39, 146
Cushing-Syndrom 27
Cyclosporin A 90

Dehnübungen 66f., **70, 74, 78, 81**
Depressionen 16, **25,** 90, 94, 133
Desoxypyridinolin 39
Dexamethason 88, 90
Diabetes mellitus 6, 37, 85, **91,** 147
Diagnostik **28ff., 144ff.**
Diclofenac 98
Dünndarmerkrankungen 27, 35, 44
Durchblutungsstörungen 18
DVO (Dachverband Osteologie) 16, 29f., 144, 146
DXA-Knochendichtemessung (Osteodensitometrie) 16, 22, **30ff.,** 34, 110, 122f., 131, 131, 145, 150
Dyn-Air-Kissen 72

Eisen 47f.
Eiweiß (Protein) 44f., 47f., **86**
Emphysem 83, 91
Epilepsie 27, 105
Erkrankungen, chronische **90f.,** 93
Ernährung 15, 24f., **26**
– kalziumreiche 43ff. ▶ Rezepte
Etidronat **113,** 114
Etoricoxib 97f.

Fallneigung/-risiko **27f.,** 39, 67, 96, 126 ▶ Sturzprophylaxe
Fehlbelastung 19
Fette 45, 47, **86f.**
Fitnessprogramm **64ff.,** 89
Fluoride **119f.**
Frakturen ▶ Brüche
Fruchtsäfte 44f., 49

Gelenkerkrankungen 35
Gemüse 45ff., 50ff., 87
Geschlecht und Alter **22,** 128
Gestagen 26, 105, 152
Getreideprodukte 45
Glasknochenkrankheit (Osteogenesis imperfecta) 41, 119, **138**
Gleichgewichtstraining 67, **71, 75, 79, 82**
Glukokortikoide 27, 137, 147

Handgelenke 11, 17, 32, 135
Heparin 27, 35, 90
Herzinfarkt 6, 25, 38, 85, 105, 109, 138
Hochleistungssport **24**
Hormone 10, 12, 49
Hormonersatztherapie **104ff.,** 148f.
Hormonmangel **26**
Hormonstörungen 19
Hormonsubstitution 40, 151
HRT (Hormone Replacement Therapy) **104ff.,** 148
Hüften 17, 29f., 33f., 123, 127
Hüftfraktur, Risiko **34**
Hüftprotektoren 28, 128, 132
Hyperglykämie 27
Hyperkalzämie 100, 104
Hyperkalzurie 103
Hyperoxalurie 103
Hyperthyreose 41, 89, 147
Hypogonadismus 26, 119

Ibandronat **112,** 113, 131, 149, 151f.
Ibuprofen 98
Immobilität 19
Immunerkrankungen 27
Intertrochanterregion 33
Isoniazid 90

Juvent-Therapie 124

Kalzitonin 14, 98, 101, **120**

Kalzium 9f., 12ff., 17, 22f., 26, 40, **43ff.,** 84ff., **100ff.,** 112, 115, 123, 130f., 135ff., 148ff.
- Gefahr der Intoxikation **48**

Kalziumaufnahme
- Beeinflussung **44**
- empfohlene tägliche **44f.**

Kalziumeinnahme, effektive **47**
Kalziumlieferanten (Nahrungsmittel) **45f.**
Kalziumtabletten **46f.,** 89, 100ff.
Kalziumzitrat **47**
Käse, Kalziumgehalt 52f.
Kinder
- und Kalziumzufuhr 48
- und Osteoporose **136ff.**
- und Vitamin-D-Zufuhr 102

Knochen
- Aufbau/Aufgabe 9f.
- kortikaler 10f., 17
- Selbstreparatur 12, 18
- spongiöser 10f., 14, 16f., 19, 32f., 109, 135
- Umbau 11ff.

Knochenbiopsie **41,** 124, 146
Knochendichte, maximale (»peak bone mass«) 14f., 22, 35
Knochendichtemessung 6, 27, **29ff.,** 41, 89, 91, 93, 130
- Empfehlung/Indikation 34f.
- periphere Messwerte 33f.
- Regelmäßigkeit 34
- Untersuchung **35f.**

Knochenfestigkeit, fehlende 38f.
Knochenmarker 39f., 146
Knochenmasse, maximale
- aufbauen 7, 14f., 103f.
- Prinzip 14

»Knochenräuber« 45, **84ff.,** 136
Knochenschutz, effektiver **43ff.**
Knochenschwund 6, 11, 14, 23, 29, 41, 83, 89, 104, 134f., 141
- Entstehung 12f.
- genetisch festgelegte 22
- Risikofaktoren erkennen 6

Knochenwachstum (modelling) 11
Koanalgetika 98, 148
Koffein 45, 48, 50, **84f.**
Kollagen 10ff., 39f., 62, 86, 91
Kombinationstherapie 120f.
Körpergröße, Abnahme der 35, **38**
Korsett 94, 140
Kortison 23, 25, 27, 35, 88, **89,** 90f., 110ff., 117
Krafttraining 66f., **68, 72f., 76, 80,** 143
Krankengymnastik **95**
Kräuter 48
Kupfer 47, 63
Kyphoplastie 98, 129

Laktose(intoleranz) 44f., 47, 49, 103
Lebenserwartung 44, 93, 135
Lendenwirbelsäule 30, 33f.
Leptin **116f.**
Leukämie 41
Lithium 27, 90
»Low trauma«-Fraktur **131**
Lungenkrebs 25
Lymphom 41

Magen-Darm-Erkrankungen 91
Magersucht (Anorexia nervosa) 26, 88, 147
Magnesium 9, 45, 47, 62f., 84ff., 102, 148
Magnetfeldtherapie 19
Marcumar® 35, 90, 147
Medikamente 6, 25, **27, 96ff.,** 128
- Knochenräuber **88ff.**
- Neuentwicklungen **118**
- Osteoporoseverursachende **90**

Menopause 7, 14, 22, 25f., 35, 40, 44, 83, 93, 104f., 107, 110f., 114, 127, 129f., 134f.
Methotrexat 90
Mikrofrakturen 12, 18
Milch/Milchprodukte 44ff., 48ff., 103
Mineralien 10, 26, **63,** 85
Morphinpräparate 98
Mucopolysaccharide 10
Muskelschwund 16, 23f., 133
Muskulatur 23f., 72, 124, 131

Naloxon 98
Nichtsteroidale Antirheumatika (NSAR) 97f., 148
Nierensteine 103
NTX 39, 146

Oberschenkelhals(brüche) 6, 11, 14, 17f., 24, 33, 107, **128,** 134, 142
Obst 45, 47, 87
Opioide 98
Osteoblasten 12f., 39, 102, 118, 120
Osteokalzin 39, 62
Osteoklasten 12f., 101, 117, 120
Osteomalazie 41, 90, 102
OSTEOMARK 39
Osteonectin 39
Osteopenie 35f.
Osteoporose
- behandeln **92ff., 147ff.**
- bei Männern 26, **133ff.**
  - ▶ Testosteron
- Definition 15
- Entstehung 16ff.
- Fakten 144
- idiopathische 21
- Risikofaktoren **21ff.**
- Schweregrade **36f.,** 146
- Spezialkliniken 126
- vorbeugen 6f., 15
- beim Mann **135f.**

Osteoporosen, sekundäre **40f.,** 144
Osteozyten 13
Östrogen(spiegel) 14, 22, 24, 26, 83, 88, **104ff., 130,** 133, 152
Oxalsäure 45, 103

Pamidronat 113

Paracetamol 97
Parathormon 14, 26, 37, 40, 85f., 101, 104, 115, **116,** 117, 120, 131, 136, 145, 150ff.
Pezziball 72, 75
Phosphat 9f., 14, 40, 45, 48, 62, **86,** 145
Phosphor 45
Physikalische Therapie **94ff.,** 98
Phytoöstrogene **107,** 149
Plasmozytom 41
Polyarthritis, chronische **90f.**
Polyglobulie 27
Prednison 27, 88ff.
Prostaglandin 97
Psyche **99f.**

Quantitative Computertomografie (QTC) **32,** 146

Rachitis 7, 41, 102
Raloxifen **108f.,** 114, 121f., 130f., 141, 147, **149,** 151f.
Rauchen 12, 15, **25,** 44, **83,** 89ff., 110, 128, 135f., 148
remodelling 11, 130
Rezepte, »knochenfreundliche« **50ff.**
Rheumatische Erkrankungen 27, 137
Rippen 11, 16f.
Risedronat **111f.,** 114f., 122, 124, 131, 149ff.
Röntgenaufnahme **29f.,** 94, 131, 145
Rückenschmerzen 35, **38,** 93, 138, **139ff.**
Rückenschule, zehn Gebote **142**

Saluretika 90
Salz 45, 48, 50, **85f.**
Säure-Basen-Gleichgewicht 87
Säureblocker, aluminiumhaltige 27
Schilddrüsenhormone 27, **89,** 90
Schlaganfall 38, 85, 105, 109
Schmerzen 38, **93ff.**
Schmerztherapie
– medikamentöse **96ff.**
– Stufenplan 97f.
Schwangerschaft und Stillzeit **22f.,** 26, 43, 50, 110
Schwermetalle 19
Screening-Methode 33, 145
Selbsthilfegruppen 100, 126
SERMS (Selective estrogen receptor modulators) **108f.**
Silizium 47, 63
Skelett 9, 12, 14f., 23, 29f., 35, 38, 43, 71, 82, 94, 137
Spondylarthrose 38
Sport ▸ Bewegung
Spurenelemente 10, 44f.
Standardabweichung (SD) 35f., 146
Statine **117**
Stolperfallen **28,** 126, 128, 132
▸ Sturzprophylaxe
Strahlentherapie 18
Stress, körperlicher/psychischer 44
Strontium-Ranelat **116,** 123, 147, 150ff.
Sturzprophylaxe 130, 132

T-Score 35ff., 110, 146
Tamoxifen **108**
Telopeptide
– aminoterminale 39
– carboxyterminale 39
Teriparatid 116, 118, 123f., 130f., 147, 150ff.
Testosteron 26, 83f., **119,** 133, 135, 145, 149, 151
Therapie, intravenöse **113f.**
Therapiekontrolle 122f.
Tiliridin 98
Training 65ff.
– Aufbau **66f.**
– Ausführung **67**
Tramadol 98
Trochanterregion 33
Tumor 38, 90, 104f., 109

Übergewicht 24, 49, 117, 143
Übersäuerung **87**
Übungen
– im Sitzen **72ff.**
– im Stand **68ff.**
– im Vierfüßlerstand **79ff.**
– in Rückenlage **76ff.**
– ungeeignete 83, 95f.
Ultraschall **33,** 145
Unterarmbrüche **129f.**
Untergewicht **24f.,** 50, 87, **88,** 91, 110

Vertebroplastie 98, 129
Vibrationen **124**
Vitamin D 7, 14, 22f., 26, 40f., 43ff., 48, 50, 62, 85f., 89, 91, **100ff.,** 115, 123, 130ff., 135ff., 145, 148ff.
Vitamine 10, 12, 18, 26, 44f., **62,** 84

Wachstumsfaktoren **117**
Wardsches Dreieck 33
Wechseljahre 7, 26, 104ff., 133
WHO (Weltgesundheitsorganisation) 35f., 131
Wirbelbrüche 6, 11, 14, 16, 22, 30, 37f., 93ff., 110, 128f., 134
Wirbelkörper 7, 22, 24, 33, 37, 96, 110, **128f.,** 135, 141
Wirbelsäule 29f., 33, 38f., 83, 94ff., 107, 123, **138ff.**
Wirbelsäulengymnastik 143
Witwen-/Witwerbuckel 39

Zähne 43, 85
Zink 47, 63
Zoledronat **112f.,** 131, 149
Zucker 45, 48, **85**
Zytokine 12

Über dieses Buch/Impressum

Bildnachweis

Bartl Rainer, München: 10, 30, 31 li, 39; Beate Brömse, München: 69-82; F1online, Frankfurt: 91 (Prisma); Jump, Hamburg: U1 (K. Vey), 42, 92, 139 (M. Sandkühler); Lizenzfreie Bilder: 2 (photodisc), 119 (stockdisc), 136 (fancy); Mauritius, Mittenwald: 8 (photo researchers), 20 (Stock Image), 100 (Pierre Bourrier); Südwest Verlag, München: 17, 13, 31 re.u., 125, 126, 128 (Veronika Moga), 26 (A. Plewinski), 38 (W. Szeczesny), 53 (B. Bonisolli), 58 (M. Holz)

Hinweis

Die Ratschläge in diesem Buch sind von Autor und Verlag sorgfältig erwogen und geprüft; dennoch kann eine Garantie nicht übernommen werden. Eine Haftung des Autors bzw. des Verlags und dessen Beauftragten für Personen-, Sach- und Vermögensschäden ist ausgeschlossen.

Wenn Sie den Autor kontaktieren möchten

Prof. Dr. med. Reiner Bartl, Leiter des Bayerischen Osteoporosezentrums der Universität München – Klinikum Großhadern, 81366 München
Anmeldung für die osteologische Ambulanz: 0 89/70 95-30 03 und -25 20
E-Mail: Reiner.Bartl@med.uni-muenchen.de
Homepage: www.Bayerisches-Osteoporose-Zentrum.de, www.osteologie-online.de

Impressum

Projektleitung
Sabine Gnan

Redaktion
Text & Form, Nicola von Otto

Gesamtproducing
v|Büro – Jan-Dirk Hansen

Korrektorat
Susanne Langer

Bildredaktion
Sabine Kestler

Umschlaggestaltung
R. M. E. Eschlbeck/Kreuzer/Botzenhardt

Druck
Alcione, Lavis

Printed in Italy

ISBN: 978-3-517-06989-0

9817 2635 4453 6271